I Love you

爱就爱了

潘乾 / 著

天津出版传媒集团

天津人民出版社

图书在版编目（CIP）数据

爱就爱了 / 潘乾著 . -- 天津：天津人民出版社，
2021.5
ISBN 978-7-201-17243-9

Ⅰ.①爱… Ⅱ.①潘… Ⅲ.①长篇小说－中国－当代
Ⅳ.① I247.5

中国版本图书馆 CIP 数据核字（2021）第 074808 号

爱就爱了
AI JIU AI LE

潘乾 著

出　　版	天津人民出版社
出 版 人	刘　庆
地　　址	天津市和平区西康路 35 号康岳大厦
邮政编码	300051
邮购电话	（022）23332469
电子信箱	reader@tjrmcbs.com
责任编辑	谢仁林
装帧设计	马　佳
制版印刷	天津雅泽印刷有限公司
经　　销	新华书店
开　　本	880 毫米 ×1230 毫米　1/32
印　　张	9
字　　数	208 千字
版次印次	2021 年 5 月第 1 版　2021 年 5 月第 1 次印刷
定　　价	49.80 元

序

四月下旬，潘乾发微信给我，说他快要出版人生中的第一部长篇小说了，书名是《爱就爱了》，他想请我为这本书写个序言。他是以近乎平淡的语气告诉我这个喜讯的，我没感觉到他在提及此事时有任何不同于平日的兴奋，但我却非常兴奋地把这个好消息告诉了家人，作为他的亲戚、朋友和知音，我为他感到无比高兴。一个生活在普通百姓之间、先天不足的基层残疾人事业工作者，能够出版自己的长篇小说，能够拥有今天的成绩，这背后该有多少鲜为人知的艰辛啊！

在我看来，潘乾不是一个自甘平庸、碌碌无为的人，而是一个"野心勃勃"的人。他的"野心"激励着他实现了一个又一个的人生梦想。因为身高上的先天不足，年轻时他无缘走进大学校园，但他竟然凭着坚强的毅力和不懈的坚持，自学完成了大学中文系全部课程，取得本科文凭并拿到文学学士学位。21岁时，他在报纸上发表了第一篇文章，从此就一发而不可收。多年来，他在《中国青年报》《北京人才市场报》《北京人物周刊》《淮海晚报》《中国残疾人》《杂文报》等多家国家、省、市级媒体上发表了若干篇小说、诗歌、散文、短剧、电影评论、论

1

文等。

因为身高，潘乾从小时候就遭受了周围人不少冷言冷语和异样目光，而这恰恰锻造了他倔强的性格。他希望有一天能以自己的实力，证明自己和健全人没有什么两样，至少并不比他们差。他是个言行一致的人，说过的话就一定要做到。多少个寒来暑往，每到工作之余，他躲进好不容易争取到的那一小间公租房里耕耘着他的文学田地，进行着人生的"苦修"。他的"成绩单"没有辜负他的艰苦努力。这些年来，他获得过会计证书、计算机等级证书，且荣获"淮安市技术能手"称号，还夺得过淮安市残疾人乒乓球单打冠军、淮安市残疾人计算机比赛冠军，成为了金湖县作协会员、诗歌协会会员。他的论文《金湖县计生家庭养老模式研究》《家庭幸福指标体系研究》《浅论农村劳动力转移对家庭的影响》《构建"四位一体"德育网络，夯实"人材"基础》等多次获得淮安市和金湖县的各类奖项。

潘乾曾以半是认真、半是调侃的口吻说，他是抱着曹公写红楼梦的心态完成这部长篇小说的。我明白他想表达的意思。作为一名多年孜孜不倦的文学爱好者，谁不想给自己的人生留下值得纪念的作品呢。在读这部小说之前，我想象不出，一个没有婚姻史甚至连恋爱经历都屈指可数的男作者，如何去驾驭一个爱情主题的文学作品。读完小说之后，我惊讶于男作者同样可以有丰富的情感世界，同样可以以细腻的笔触描绘爱情、婚姻、家庭等生活琐事。这部小说中的主人公并没有多么远大的理想，也没有不同于常人的德行，他只是在按照世俗的要求行事处世，平庸地生活，但恰恰是在这些普通人身上让我们窥见了人生百态和世事苍凉。

小说以主人公陈菲为主线，描述了她一生虽经历多次恋爱，最终却只身一人、孤老终生的故事，给人们留下唏嘘感慨和启迪思考。但《爱就爱了》绝不是纯粹的言情小说，爱情只是小说里的主要线索，但不是生活的全部，爱情也从来不会独立于生活之外。通读整篇作品，除了爱情，还有友情、亲情、商战、办公室故事等。作者没有简单地将它们"大杂烩"，而是通过情海生波、风云突变的爱情故事情节，展现痴男怨女的人物性格，表现他们的理智与情感、精神与情欲。从某种意义上说，无论是爱情、亲情、友情，爱就爱了，是一种态度，无怨无悔。爱过，但不一定要有完美的结局，因为过程本身值得每个人去回忆和珍惜。

小说中既有甜蜜的校园恋情，也有缠绵悱恻的成人情感纠葛。隐喻了在现实生活中没有多少真正的敌人，也没有绝对的友情爱情。爱一个人，不一定要付出所有；恨一个人，也不必不共戴天。小说的结局虽给人以淡淡的忧伤，但故事的整体还是充满了积极的正能量，颂扬了以真善美为主流的人际关系，语言风格略带幽默，对人物个性的描画非常到位。

小说在结构安排上，借鉴了一些影视剧中的表达手法以及小说的意识流手法，整个故事的铺展总能给人留下一些悬念。小说开头部分，以主人公陈菲女儿陈璐璐之女冯莹莹耍脾气闹离婚为"引子"，然后以陈璐璐讲故事的口气，讲述了关于她的母亲——陈菲一生的故事。然后又以 37 岁的主人公陈菲午夜接电话时的遐思，引出她与男主人公徐达四年前的一次偶遇以及对曾经校园时光的回忆。其后发生的所有故事，我们都可以理解成陈璐璐的讲述。但作者并没有任其单线发展，有放有收，尤其结尾故意留下悬念，给读者以更多的想象空间，可以说让原本忧伤的结局又增添了一些"希望之光"。如果读者认为王凯不可能死，小说结尾那个老人就可能是王凯；如果读者认为王凯有可能死，那老人的出现也许就是一种传说。

小说中出现的大大小小的人物近三十人。这些人的爱恨情仇组成了一部活灵活现的现代生活场景。小说描写了主人公陈菲从十九岁青春少女直至去世的生活经历，能引发读者静下心来思考自己的人生。不管结局如何，我们都因为曾经的年轻而留下过美好的回忆，都曾为自己的付出而无怨无悔，也会为自己年少的冲动而辗转反侧……

作为小说附录部分的短篇，《梦在风雨中》描述了一个普通残疾人在社会生活中的种种不易以及不向命运低头并自强奋斗的故事。这两部小说的共同之处就是：结局不完美，但过程很励志，都讴歌了生活中的真善美。作者似乎想告诉读者，人生的意义并不是在于一个美好的结局，而是在于过程，在于对命运的不屈抗争，在于困境中的砥砺前行，在于黑暗中对光明的期待，在于曾经拥有的一份收获和甜蜜回忆。大团圆般的美好不是人生的唯一形态，有苦有甜、有笑有泪、有爱有恨才是更完整、更真实的人生。

总之，《爱就爱了》是一部很值得阅读的作品。

原团中央国际部部长　万学军

2020 年 5 月于北京

目 录
contents

楔子

若干年后的一天

陈璐璐 54 岁那年，一日，新婚五个月的女儿冯莹莹跑回家向母亲诉苦。说她和老公真的没法过了，说老公爱较劲，心眼小，不体贴人，甚至怀疑她老公有外遇。陈璐璐说，那你愿意永远离开他吗？冯莹莹不语。陈璐璐道，那是你心里还割舍不下他。婚前，你说他这也好，那也好，怎么现在把他说得一文不值？婚前，你放大了他的优点；婚后，你放大了他的缺点。如果你心中还有爱，就不要期望对方太完美。爱他就要爱他的全部，包括他的缺点。妈妈给你讲一个真实的故事，大多是我的亲身经历，也有一些细节是听别人讲的，但绝对真实，因为我就是故事的一个亲历者。

第一卷

爱了知情重

I Love you

第一章　午夜铃声

夜幕徐徐降下，渐渐地，天黑了。陈菲最怕这可恶的长夜，谁能理解一个单身的女人，在漫漫长夜里，是一种怎样的煎熬？是一种怎样的落寞？白天在忙碌中，时间不知不觉就过去了。可到了晚上呢？无论灯光如何的昏暗，她毫无困意。索性打开卧室里最亮的一盏灯，对镜凝神、发呆。三十七岁的自己，无论用多么昂贵的化妆品，也抵不上少女的一丝青春气息。爱情到底是什么？谈了无数次恋爱，难道真的要孤独一生吗？

手机突然响了，"做你的爱人"的铃声响个不停。谁会这么晚打电话？都十一点了。她看了一下来电显示，是他？他打电话干什么？她决然地挂断了手机，继续躺在床上想蒙头入睡，却更没了睡意。记忆的闸门缓缓打开，思绪如滔滔江水，奔涌而出，尤其那段令人难忘的校园时光。

徐达，Ｓ市雄风房地产有限公司的法人代表，今年三十四岁。他是陈菲高中时的同班同学，但不仅仅是同学的关系。

当年的徐达，要比同届同学平均年龄小两岁，比陈菲小三岁。在认识陈菲前，徐达的学习成绩一直是文科班第一名。陈菲是在徐达上高三时，从本市一所重点中学转来的复读生。

陈菲学习一般，但家庭条件好。当时没考上大学，本来不想念书了，可父母硬让她念。陈菲要面子，不好意思在母校复读，于是就选择了徐达所在的S市第二中学。

陈菲学习平庸，但有没有其他优点？有。她长得绝对漂亮，无论在哪个学校，都是校花。上高三那年，陈菲十九岁，身高一米六七，已是亭亭玉立，充满成熟的青春气息。陈菲唱歌不错，跳舞也不错。虽学习成绩不怎么样，但上学时，一直都是学校的文艺骨干。

陈菲的年龄要比同届同学长一两岁。用她自己的话说，自己太笨，上学迟。

陈菲来S市第二中学前，徐达一直对女生没什么感觉，对于班上的女生的感觉像是和一群大姐姐在一起学习，仅此而已。自从陈菲转来之后，他便经常有意无意地找陈菲搭话。而陈菲也很喜欢和聪明的小男生在一起，希望在学习上能够得到他们的帮助。

渐渐地，徐达喜欢……应该说恋上了陈菲，陈菲也恋上了徐达。用陈菲的话说，我们的姐弟恋比谁都要早！

结果，他们的恋情被老师、同学、家长察觉。老师对他们进行了严厉的批评。徐达的父母望子成龙，希望儿子能够考上大学，跃过龙门，自然大骂陈菲是狐狸精。而陈菲的父母都是当地国企的中层干部，家庭条件相对较好，所以不会同意女儿这么早和一个穷小子谈恋爱。

结果，那年徐达因为早恋，只考上了大专。陈菲却自费上了一所民办大学。

为此，陈菲很自责，再也不敢见徐达。

直到她大学毕业，在一次偶然的机会下见到了徐达，他已是一个一岁男孩的父亲。当她回想起高中时代的那段青葱岁月，至今仍有那品呷不完的甜蜜。

第二章　校园回忆

001　新生乍到

陈菲初到 S 市第二中学的第一节课，就在班上引起了轩然大波。

班主任黄老师向同学们介绍道："下面介绍一位新同学，她叫陈菲，大家欢迎。"

陈菲刚到班级时，还未来得及领校服，她一头长发，中间夹了一个粉红蝴蝶结发卡，上身穿了件黄色的紧身短衫，下身着纯白色系红腰带的短裙。

教室里先是沉默了足足五秒，然后便是潮水般的掌声、嘘声、口哨声、尖叫声，甚至还有人用笔"嘟嘟嘟"地敲起了文具盒或桌子。

有人交头接耳道："据说，这就是某某中学的校花耶，果然名不虚传。"

班主任有点莫名其妙，以前介绍新同学时，同学们也没有这么大的反应啊！于是，不由得用黑板擦狠狠地敲了几下讲桌："安静点！像话吗？像重点中学学生的素质吗？"

陈菲有点尴尬地略略低下了头，但同时也有点自得，无意中她与第三排一名瘦小的同学的目光碰个正着，只有他没有欢呼，没有鼓掌，只是用眼睛直盯着自己。那位男生与陈菲的目光无意中对视了一下，便不好意思地红着脸，微笑着低下了头。这个同学不是别人，就是后来让陈菲心思百转千回的徐达。她和他的故事由此拉开了序幕。

"我要是不穿校服，肯定也很美。"一个大胆的女生突然迸出一句。

"就你，就算造型大师来打造你，可能都回天无力。"有人站起来嬉笑道。

说这话的，正是徐达。

这位女生一看，气不打一处来："就你，除了学习好，有什么好？瘦骨伶仃的。我还以为是哪位帅哥呢！寻了半天，原来是你啊！看我下课不挠死你！"

徐达上高三时，个头才一米六五，所以这位女生用了一个"寻"字，以示他的矮小。

同学们哄然大笑，徐达有点不好意思，不觉结巴道："反正，你……你没人家漂亮。"

教室里又一阵哄笑。

黄老师再次敲了敲黑板擦，"安静！安静！看来今天没法上课了，就多留给你们一段时间，和新同学认识认识，不过要有一篇作文任务，题目就叫《记我的一名新同学》。"

"晕倒！"教室里一片唏嘘声。

自从陈菲到来之后，不止这一个班，整个高三都没有安宁过，因为她总能引起一些波澜与骚动。

陈菲去食堂排队，总会有一些男生抢着要为她打饭，甚至还有人因为插不上手，而伺机报复那些已帮过忙的男生。陈菲本就成绩不好，加上这些没完没了的纠缠，让她的成绩一落千丈。照这样下去，别说参加高考，就连预考这关都很难通过。一想到自己严厉的父母对自己的期望，她不免有点抑郁和惶恐。校花的称号给她带来的一点虚荣感，也没能抵挡住她内心的忧虑。她不是不想把学习搞好，实在是底子差，没什么进步。尤其是数学，稍微有点难度，她就不知所措，总是求别的同学帮忙，才勉强完成作业。有些学习稍好一点儿的男生，总是用帮助她为条件，趁机接近她，讨好她，甚至要约她出去看电影。一开始，陈菲碍于新同学的面子，为了搞好关系，偶尔也出去几回。但后来发觉，想和她接近的男生越来越多时，她不免了无兴趣，也越发惶恐不安起来。也许有人要问，学习好的女生没有吗？当然有，但一方面，女生见她貌美如花，颇受男生青睐，难免有小小的醋意，便推说题目不会，避而远之，另一方面男生又是争先恐后地要"帮助"她，自然，这些的男生数量要更胜于女生。

学习好一点儿的男生，品德还好一点儿，无非是图个亲近，而有一些学习差的，则常常无端骚扰她。尤其是隔壁理科班，又被同学称为"和尚班"（因为整个理科班也就六七名女生）的一些男生，常常打她的主意。

还好，陈菲在学生时代就展现了其"管理"才能，如果她反感某些男生的骚扰，就会主动和另一些男生接近，这就使得他们常常在校内或校外大打出手，为此还有一名男生被学校开除。班主任和校长多次找陈菲谈话，让她懂得自律，交友要有度，陈菲强烈表示自己很冤枉，说那是别人的问题，不关自己的事。同时，学校对文理科班同学也做了训诫，强调高三是人生的冲刺阶段，对一些不安心学习，不遵守校风校纪的同学，将会严惩不贷，绝对不允许个别同学"一泡鸡屎坏了一缸酱"，坏了重点中学的风气。在这种大环境下，男生女生都收敛了许多。陈菲也渐渐不再过于嬉笑，变得安静了许多，一门心思想把学习搞好。然而，树欲静而风不止。

一日，隔壁理科班的郭垒同学递给徐达一个小纸条，折得左一层右一层的。这家伙小气的连个信封都没用，却让徐达帮他把纸条递给陈菲。徐达装作很随意的样子，随手放进了衬衣的口袋，然后对郭垒说："哥们，一定替你转交。"

徐达可没那么老实，郭垒一走，他就偷偷地打开纸条，看了上面的内容。全文如下：

> 亲爱的陈菲同学，自从第一次见到你，我就被你的美貌所打动！美只是你的外表，更主要的，我能感觉到你的温柔和善良。你就是我的安琪儿，我心中的女神。承蒙不弃，是否可交你这个朋友？
>
> 郭垒

徐达微微一笑，心想：你癞蛤蟆想吃天鹅肉！竟然还让我做这绿衣使者，成全他人好事。与其这样，还不如成全自己。他想把纸条扔掉，但转而一想，还是交给陈菲吧，看看她有什么反应。

借一次课间休息的时间，徐达把纸条递给了陈菲，陈菲看了看，团成一团，准备扔进垃圾筒。旋即又不放心地展开纸条，撕了个粉碎，扔了。然后一本正经地说："徐达，请你以后别帮别人传小纸条给我好吗？"徐达略显尴尬，小声道："遵命，陈姐。不，陈菲同学。"陈菲不觉一笑，觉得徐达并不像同学们之前描述的那样是个书呆子。他其实挺幽默的，只不过他年龄较小，讲正经话时，同学们认为他装成熟。他说风趣话，同学们并不认为幽默，觉得他是"童真未去"。以前也有女生喜欢逗徐达，比如，徐达，喜欢本大小姐吗？徐达便不好意思地低下了头，惹得男生女生一片哄笑。徐达当时因为成绩优异，人也长得秀气，只是个子矮点，所以一般同学还是比较喜欢他的。只是大家老笑他情商太低，发育迟缓，徐达便有点不高兴。陈菲是下学期来到这所学校的，也许是她的美真的打动了徐达，也许是徐达情窦初开了，反正自从陈菲来之后，徐达的话变得多了，更乐于在同学面前发言、表现自己。他"突然而至"的成熟，让同学们有点始料未及，尤其让一些男生不敢对他掉以轻心，认为徐达是大智若愚，非常狡猾。比如在别的同学和陈菲套近乎插话时，他总能插科打诨地插上一杠，打击别的男生的"良好"形象。

一次一个男生，在晚自习的时候，借口向陈菲借一本《高考数学模拟精选》，坐在了陈菲旁边的位置。因为陈菲刚来不久，她同桌便因病休假了，这个空出的位置不知来来往往坐了多少个男生。

班上的所有女生都是坐在教室前三排的，徐达个子矮，坐在了第四排，而陈菲恰好就坐在他前面。哪个男生和陈菲说点什么，他都能听得一清二楚。徐达见这位男生又在找理由往陈菲那儿蹭，便说道："大强，你能不能换点新鲜的借口，我见你跟好多女生都这么说，我刚才还看你抽屉里有这本书呢，你说你都丢了多少回了？"弄得那位男生只能灰溜溜地逃之夭夭，回到自己的座位上恨恨地朝徐达挥了挥拳头，做着鬼脸道："就你这小屁孩儿真多事！"惹得大家哄堂大笑。

还有一次，陈菲转头想问徐达一道数学题，另一同学连忙凑上来对陈菲说，还是我来告诉你吧，就别耽误小孩子学习了。徐达伸着脖子一望，对那同学道："这不是你昨天问我的题吗？现在还想抢功劳啊？"弄得这位同学灰头土脸地溜走了。

种种迹象表明：凡是想和陈菲套近乎的男生，徐达都不待见，他会出来或认真或调侃地打击别人。凡陈菲和别的男生多说几句话，徐达就不开心，陈菲问他题时，他就说，你问某某同学吧。

于是同学们一致认为：班上出大事了，徐达同学爱吃醋了，不正常了，情窦初开了。

002　英雄救美

一次，徐达跑到班主任办公室，说自己坐在陈菲后面看不见黑板，要求和陈菲一桌，说反正她那有一空位。班主任黄老师觉得有道理，而且也希望徐达能带动陈菲的学习积极性，就一口应允了。

第二天一上学，徐达就竟自坐在了陈菲的旁边，并且很得意的样子。陈菲一脸狐疑："你不坐自己位置，坐我这干什么？"

徐达得意道："这是老师的安排，希望能在学习上给你点帮助。"

陈菲感激道："只怕会拖累你的。"

"不会，"然后又神秘地对陈菲坏笑，"我坐这儿，以后也少有别的男生来打扰你了。"

陈菲微微一笑："那得感谢你啊，只怕我也是与狼共舞呢！"

徐达坏笑："你看我是那样的人吗？"

陈菲也莞尔一笑，"未必不是。"

确实，徐达这一招够狠的，其他男生只恨得咬牙。但他此时正洋洋自得地沉浸在自己的美妙计划中，不知自己大祸将至。

一个周日，晚上七点多，陈菲准备去外面的超市买点生活用品，两个外班的学生和一个社会小青年堵住了陈菲的去路。

一个学生模样的人歪着脖子，竖起食指，在陈菲面前晃了晃道："美女，跟我们一起玩玩吧，这是我大哥，介绍一下。"说完指了指旁边一个留着八字胡的二十四五岁的社会小青年。陈菲不知所措，她回头看了看，发现没别的同学，刚要掉头逃跑，就被另一个男生堵住了退路。陈菲大叫道，"来人啊！"这一叫，吓得那三个小青年一头冷汗，但他们却丝毫没有退却的意思。这时一个瘦小的身影，一路跑来，此人正是徐达。他在外面小餐馆里刚吃了晚饭出来溜达，听到声音，远远看着像陈菲的身影，后来听到尖叫声，便一路狂奔过来。

徐达拉起陈菲就往学校方向跑，谁知他也被围在了中间，徐达向陈菲使了个眼色，让她快跑，自己做掩护。陈菲听了徐达的话跑掉了，那晚直到周一早上，都没见到徐达。陈菲吓得哭着告诉了老师原委，说徐达不见了。

周一上午，班上就像炸开了锅一样，同学们都说徐达英雄救美，负伤了。也有男生窃喜道："就他那身段，也敢英雄救美？"但毕竟还是同学，大家大多为他的"牺牲"精神所折服，从此再没有人把徐达当长不大的小不点看，女生对他的看法更是有了一百八十度大转弯，不觉从内心对他竖起了大拇指："这小子，够男人！"

是的，消息来源没错，那天徐达掩护陈菲跑掉，自己和三个男人搏斗，没几下子就鼻青脸肿地躺在了地上，不省人事了。那三个小子见状吓得屁滚尿流，仓皇而逃。徐达被一位好心的路人看见，叫来辆救护车，将他送进附近的一家区医院。还好他只是受了点皮肉伤，没有大碍。第二天徐达醒来时，院方联系到了他的父母。随后他父母便匆匆赶到医院。

徐达父母都是工薪阶层，他的父亲徐寅在一家机械制造企业任车间主任，母亲刘丹则在一个仪表厂做检验员。生活虽不富裕，但也算小康水平吧。加之儿子学习优异，他们指望儿子能考个好大学，从此跳过龙门，自己脸上也能增色不少。

徐达父母赶到医院时，先是看看儿子伤得怎么样，又问了这是怎么回事。徐达脸上、身上绑着纱布，两眼迷离无力地望着父亲、母亲，欲言又止，不觉流下眼泪。

徐母心疼地为儿子拭去了泪水，让他先好好休息。

上午八九点钟的样子，病房门外响起一阵轻微的敲门声。打开门一看，是班主任黄老师还有八九个同学。他们手捧鲜花，还带了一些水果，过来看望徐达。见老师和同学们过来，徐达欲起身致谢，无奈心有余而力不足。同学们见徐达身体还很虚弱，未完全恢复，不便打扰，大家问候了几句，就离开了。黄主任则把徐达父母叫到了一边，告知徐达受伤的来龙去脉。徐达父母实在难以想象，一向乖巧听话只知道埋头学习的徐达，竟然为了英雄救美而和人打架。

陈菲因为自责，并没有和同学们一起来看徐达，而是当天下午买了一些营养品独自来到徐达的病房。她看见徐达躺在床上，似乎睡得很香，就将营养品放在了床头柜上，慢慢地坐下来。陈菲心疼地用手摸了摸徐达脸上的绑带，轻轻地唤道："徐达，徐达。"

陈菲见徐达没反应，正想坐回去。这时徐达却一把捏住陈菲的手，然后又无力地松开。陈菲知道，他一定能听见自己说话，只是无力回应而已。陈菲自责地落下两行泪想起身离去，准备改日再来看望徐达。这时，门开了。徐达的父母拿着刚取的化验单回来。陈菲称自己是徐达的同班同学，来看看徐达，见他还在熟睡，不便打扰，正准备告辞。

徐母见这个女生，美貌非比寻常，不觉眼前一亮，便试探地问了一句："莫非，你就是陈菲？"

"是的，"陈菲歉意地轻声道，"那天多亏了徐达。"

"咱们出来谈谈吧！"徐母刘丹怕谈话影响儿子休息，就让徐达的父亲徐寅陪护儿子，自己则在外面休息区的长椅上和陈菲攀谈了起来。

"阿姨，对不起，徐达因我而受伤，这医药费您先垫着，我一定会让我父母尽快给我汇款。"

"唉，徐达也算是做好事吧，只是他也不掂量掂量自己有没这个能力。你看他一阵风就能吹倒的样子，哪里是那些小流氓的对手。我儿子没事就好，阿姨不会向你要医药费的。"

"不过，我听老师和一些学生传的风言风语，说徐达这孩子最近有点反常，是不是早恋了，想和你好？"

"没有，阿姨，"陈菲不觉一阵脸红，"您别听那些同学瞎说，都是说着玩的，他学习好，我只是经常向他请教一些题目，而徐达又乐于助人罢了。"

"看你好像比他大两三岁，应该比他更懂事。没有这回事就好。我们家可指望着他考个好大学，将来能有点出息。再有三个月，你们就要高考了，都得努力。"

"那是，那是。"

"谢谢你来看徐达，快回学校吧，要上课了。"

陈菲起身告辞，徐母则叹了一口气，怅然离去。

003 情窦初开

徐达在医院住了一个星期，精神好了许多，医生说再过两天就可以出院了，他的父母总算放心了。这期间陈菲也向自己的父母陈述了实情。陈菲父母给徐达的父母打电话，说他们在另一个城市，工作走不开，未能看望徐达深表歉意。陈菲则在徐达出院前两天，把父母汇的一大笔钱装在一个大信封里又买了些水果，来医院看望徐达。

"徐达，不好意思，怕影响你休息，这么久才来看你。"

"没关系，上次你不是来过吗？"

"这是我的课堂笔记，借给你看看。"

"谢谢，"徐达接过笔记，随手翻了翻，无精打采地又放在了柜子上，"我过两天就出院，要回去上课了。"

"你行吗？"

"死不了，你放心。我要是躺在家里休息，我父母只会更焦急，也怕耽误了学习。"

这时，徐达父母推门进来，陈菲急忙从包里掏出一个大信封："阿姨，这一万块钱是我父母的一点儿心意。"说完递了上去。

徐母接过信封，犹豫了一下，又看了儿子一眼，说道："你父母的心意我们收到就行。你们也是同学，徐达无大碍，我们就放心了，这钱你拿回去吧。"陈菲坚决不肯收回，徐达道："拿回去吧，谁要你医药费了？难道我的身体，我们的同学之情，就只值这些钱吗？"

"可你不拿，我心里更过意不去啊！"陈菲说什么也要留下。

徐达笑道："我不要你的钱，我要你永远欠我一份情。"

陈菲道："行吧，我暂时替你保管，我愿意以后二十四小时做你的护理工，你让我拿书包我就拿书包，让我帮你买东西，我就替你买东西，让我干什么我就干什么……"

"行了，你是我的贴身保镖啊？谁要你二十四小时跟着我，只怕又引来一群狼。"徐达笑道。

陈菲略略不好意思地笑道："那我以后，还是离你远点好。"

徐达父母见两人聊得开心，便出去了。陈菲走时，找到徐达的父母，坚决把钱留下，徐达父母略略推脱了一番，还是收下了。徐母说不能拿这么多，欲掏出一部分给陈菲，并说道："我们断没有要你们钱的道理，徐达要是知道了，会不依不饶的。"

陈菲摁住了徐母的手，"阿姨，我上学去了，你收下我会心安一点儿。你不要告诉徐达，不然他会生气。"说完一路小跑，跑出了医院。

徐达出院后，只在家里休息了两天，便去上学了。徐达一回到教室，同学们就给他送上了热烈的掌声。男生说他英勇，女生夸他仗义。徐达略显疲惫却不失自豪地向大家打了个招呼，然后就一屁股落在座位上。陈菲嘘寒问暖，对徐达表示了歉意与感谢。

徐达的英雄行为，基本奠定了他在男生中不可动摇的地位。然而，他却不知道，这一切只是他一厢情愿的自以为是的优势。

傍晚，四月的风吹在人的皮肤上，还是有些凉飕飕的。徐达拿着书，在操场边的一处绿荫下坐下来准备看书，无意中瞥见一个靓丽熟悉的身影。

"陈菲，过来有事和你谈谈。"

陈菲知道，徐达肯定也没什么大不了的事，无非就是闲聊。陈菲怕影响他，便推说有事随即绕开。

"别走，哎呀！我的屁股，还有我的脸，又发炎了。"

陈菲嗔笑道："徐达，你少来这套，今天这么好的天，哪来的发炎？"

"哎呀，反正我现在浑身不舒服，你不能见死不救。你欠我的人情，我要你用一辈子来偿还。"

陈菲只得坐下来陪他。

"以后，有什么不懂的问题问我就行了，不用问别的男生。"徐达一本正经道。

陈菲乐死了："嘻，我想问谁就问谁，这你都要管啊。"

徐达道："舍近求远，兵家之大忌，大忌呀！"

"唉，其实，请不请教都无关结果。我可能连预考都过不了关，即使再努力，也是瞎子点灯——白费蜡。"

"怎么会呢！有我在，我会尽力帮你的。到时候我们填同一所高校，上大学还在一起。我还得让你'伺候'我呢，这叫爱上你就让你在劫难逃！"

陈菲笑道："你呀，纯属自作多情。噢，你救了我一下，就让我唯命是从啊。我可不愿和你这小不点搞姐弟恋啊。"

"住嘴，"徐达生气道，"不准再说我小不点。自从我上次为你负伤，我已经完成了从小男孩到大男人的转变，别以为我的正义感有多深，我只能说那是爱的力量，哪怕是一种我自己也弄不清楚的朦胧的爱。自从你第一次到我们教室，我就有一种感觉，你就是我这一生中需要追寻和等待的人。我不会让这缘分错过的，错过一次，我就会后悔一生。"

陈菲知道徐达爱耍贫，或者说这是一种幽默，便漫不经心地笑道："爱情片看多了吧！背得多流利啊！"

徐达突然朝向陈菲，眼睛直视陈菲道："我没有背台词，我说的是真心话，这辈子你注定要守候在我的身边，一生一世。"

看着徐达那明亮闪烁的大眼睛，以及从中流露出的一种迷恋、憧憬和坚定的遐思。陈菲能感觉到，这个小男人，注定要单方面地演绎一段故事，或者不应该再和别的同学一样叫他小不点。徐达在她心目中的形象，正渐渐变得高大起来。徐达也许是认真的，他在为自己心中的爱，准备演绎着"惊天动地"的童话。而她是不是像他所说的，注定是他故事里的女主人公，她又是否愿意配合他将这未知的故事慢慢演绎下去，演绎一个无法预见结局的故事呢？在陈菲的印象中，主动示好的男生有很多，然而，大多时候她只是付之一笑或不屑一顾。为何今天这个她眼里曾经的"小男人"，居然让她的心情难以平静，无法从内心坚决而无情地对他说"NO"。她开始有点漫不经心，六神无主，起身要离开。徐达一把将她揽入怀里，陈菲奋力挣脱，抽泣着狂奔而去。

而徐达则茫然地躺在草地上，仰望着天空，树上有小鸟吱吱的叫声，还有微风翻动身边书籍的"沙沙"声。徐达顺手捡起一个小泥块，扔进了操场边的小河里，少年的心便和这涟漪一起，一层一层荡漾开去。

004 纠结

一个美丽的清晨，刚上完早读，隔壁理科班的郭垒一瞅见徐达，便把他拉到一边，轻声道："兄弟，你也太不仗义了，我让你搭桥，你却自己上桥！"

徐达忍不住笑道："搭桥？有桥我不上，凭什么我要给你搭桥？再说，人家也看不上你啊！为她，我的命都差点搭上，一切都还是未知的结局。你小子凭一张小纸条就想捕获美女的芳心，是不是有点'聪明绝顶'了？"说完，又冲着郭垒诡异地笑着。

郭垒怅然地叹了口气："罢了，罢了。"徐达带着安慰的语气拍了拍郭垒的肩膀说："哥们，淡定，淡定啊！"

徐达刚一回头，就瞥见同班的王小丽——就是那个在陈菲刚转来时在课堂上说"寻"不着他的家伙。于是徐达气不打一处来："王小丽，偷听别人讲话是很不道德的事！"

王小丽笑道："谁稀罕听你们讲话，是撞上的。"说完扭着屁股头也不回地走了。

预考前的第一次摸底成绩出来了，徐达仍位居班级六十名学生中的第一名。陈菲从上次测验的第五十名，一下升到第三十五名，应该算有一定的进步，至少表面上确实是这样。

但有的同学窃窃私语，说她有"进步"肯定是抄徐达的。陈菲听在耳里，气在心里，不觉趴在桌上"吧嗒吧嗒"掉眼泪。

"怎么了，谁欺负你了？"徐达问道。

"没有，"陈菲埋头不语，沉默了一小会，轻声说道，"我们还是分开坐吧，和你在一起我有压力，会抑郁的。"

"难道和我在一起不开心吗？"

"不是，和你在一起，学习进步了，人家会说我抄你的；落后了，人家会说神仙也帮不了我，和徐达在一起，又如何？也会说你根本没帮我。"

"唉，你想得太复杂了，如果是你说的原因，我们都应该持藐视的态度。如果你真的不愿意我坐在这，我还是回我原来的位置。"

徐达说完欲收拾书包做离开状，陈菲一把扯住他的书包，破涕为笑道："就让流言蜚语见鬼去吧，走自己的路任由他人评说。"徐达这才落座。

徐达能保住成绩霸主的地位，让班主任黄老师彻底放了心，也让一些同学的流言蜚语不攻自破。徐达不免有点自得，心想：我还不是学习、恋爱两不误？他甚至还想着以后和陈菲考上同一所学校，仍能形影不离，浪漫地度过大学生涯，然后和她结婚生子，何其幸福自得？

日子在平淡中，过去了一天又一天。然而有一个人，却要打破这份平静。因为他不甘失败，更不甘那种被欺骗戏弄的感觉，这个人就是郭垒。郭垒的大姨妈和徐母是同事，而且还和徐达家住对门。因此郭垒偶尔到大姨妈家玩时，也时常见到徐达和他的家人。但因为毕竟不是一个班，只是面熟，也谈不上交情。但正因为有点面熟，所以，他才会选择让徐达帮他递小纸条。谁知这家伙，不但没促成他的"好事"，反倒自己近水楼台先得月。郭垒学习不怎么样，算是班上的差生，整天也就想着混个高中文凭。学习对他来说，是做一天和尚撞一天钟。自从他瞄上了陈菲，就一直没安心过。要不是上次听说徐达受了伤，他早就想问问那小纸条的事了。看徐达和陈菲打得火热，他就气不打一处来。于是一个周末回家时，他在徐达母亲下班的路上，添油加醋地告诉徐达母亲，说徐达如何和班上的陈菲谈恋爱，照这样下去，考大学没戏。

徐达母亲刘丹听了不由怒火中烧，一回家就给学校传达室老赵打电话，说让高三文科（3）班的徐达接电话。赵师傅说，现在是晚上放学时间，班上没人，都在课外活动。徐母只得气哼哼地撂下一句："那麻烦赵师傅，看见徐达同学后，让他打电话给我。"说完留下电话号码，便狠狠地挂了。

学校食堂就在学校正门，位于北方（东西南方向，三面环沟）的一侧，食堂门前的路和传达室门前南北走向的路，刚好呈"T"字形。因此来来往往同学的举动，赵师傅即使坐在传达室里，也能看得一清二楚。徐达在操场刚打完篮球准备到食堂吃饭，这时学生们大抵都已吃过饭。徐达一路快跑奔向食堂门口，赵师傅瞥见徐达的身影，不觉高呼："徐达，徐达！"徐达哪里听得见，只顾快跑去填肚子了。因为，再迟有可能食堂就关门了。

徐达吃完晚饭，打着饱嗝，看见陈菲等几个女生，正要从传达室门前路过。徐达忙抢上一步，凑趣道："美眉们，意欲何往啊？"

王小丽一把拽住徐达道："别挡道，小朋友回去看书去！"

徐达假作痛苦地闭上双眼："非礼勿视，非礼勿视啊！"引得陈菲和众同学一阵哄笑。王小丽气得狠狠地拧了一下徐达的小臂，徐达不由"哎呀"一声尖叫。

这一叫把赵师傅给引了出来，他表情严肃地说："闹什么闹？咦，这不徐达吗！过来，你妈让你回个电话。"

有人可能要问，学校这么多学生，赵师傅怎么认识徐达呢？因为徐达是高三班有名的学习尖子，一般人都认识他。更何况其"英雄救美"的壮举，在学校里已经人尽皆知，哪个不知晓。

徐达对陈菲说："等我一下，找你有事。"陈菲刚要停留，却被同学们连推带拉地带出了校门。

徐达赶紧给他妈回电话："妈，找我有什么事？"

徐母："你应该清楚。"

徐达："我真的不清楚，还请母亲大人明示。"

徐母："你现在变得越来越不正经了，油嘴滑舌！"

徐达："妈，能不能换种说法，这叫幽默，可以吗？"

徐母刘丹不觉怒火中烧："好，不跟你废话了，听说你和那个陈菲还打得火热是吧？我说过多少回了，你现在是高三，你十几年的寒窗苦读，马上要在高考的三天见分晓。你不安心学习还早恋！"

"我都十六了，再说和她也不是恋爱，只是喜欢跟她在一起学习、交流而已。"

徐母："冠冕堂皇！你这叫……叫……什么来着？"

徐达不觉有点好笑："叫不识庐山真面目，只缘身在此山中。"

徐母："对，就这意思，你这就是早恋。我提醒你，你爸妈都是工薪阶层，培养你不容易。那个陈菲，人家爸有钱，她考不上没关系，可你不行。你只有一条路，那就是高考，懂吗？"说完，刘丹痛心地抽泣着。

徐达忙劝慰道："妈，没你说得那么严重，以后我少和陈菲联系还不行吗！更何况，这次摸底成绩刚出来，我不还是班上第一名！"

"这我就放心了。"徐母叹了口气道。

徐达父亲接过了电话说："孩子，爸妈都是为你好，你一定得给我们争口气。你是住宿生，学习、生活一切得靠自律。你可千万别给我在关键时候掉链子。等你上了大学再恋爱也不迟啊。现在恋爱，只是一种不成熟的、不现实的想法。注定是一种没有结果的感情。就像温室中的小花，看似娇艳欲滴，但略经风雨就会夭折的。"

徐达又好气又好笑，"爸，你说你一个搞技术的车间主任，不钻研技术，整天看什么文学作品啊。我看你是看诗歌中毒了，说话神神道道的。不聊了，没别的事我挂了。"

徐达挂完电话，心情还是有些凝重和忐忑，父母的提醒他不能不重视。父母常以他的优异成绩而自豪，期盼着他能考个好大学，将来找个好工作，能跳过龙门。但回头想想自己成绩不是没掉嘛！他们是不是有些杞人忧天了？想到这，徐达又想约陈菲出去逛逛，却发现陈菲她们早就不见了踪影，于是只得回教室温习功课。

005 徐达另觅"新欢"气校花

徐达将书翻来翻去，眼前却总是浮现陈菲的影子，总也挥不去。他强迫自己定下心来，可才下眉头，却上心头。都快到晚自习时间了，这家伙怎么还没回来呢？他一会儿翻翻语文课本，一会儿又翻翻数学试卷，拿起笔又放下。他悄悄回首一望，看见别人都在认真地自习，于是叹了口气，心想，自己到底怎么了。以前，他感觉晚自习的时间是那么的短暂，而今天却是这样的漫长。他不知道这两个小时是如何度过的，好不容易挨到了下自习课的时间，已是晚上十点多了。他连忙出去，在操场上漫无目的地闲逛，呼吸着外面微风带来的新鲜空气，空气中还和着泥草的芳香。他突然想起，陈菲她们如果再不回来，可能学校就要关大门了。他连忙折向学校的大门。

果然不出所料，陈菲等一干人，这时正被关在门外。老赵在传达室外面悠闲地抽着烟，一副漫不经心的样子，任陈菲她们一个劲地央求也没用。徐达灵机一动，对陈菲等大叫："你们去哪儿了呀，黄老师找你们有重要事还不赶紧进来，你们可能要挨批评了。"

赵师傅仍旧纹丝不动，并嘿嘿冷笑道："你小子，别在这胡言乱语了，你们班主任刚才已经出去了，他老婆生病了，你这在糊弄谁呀？"

徐达一时没了主意。这时，王小丽突然捂着肚子，蹲下身子，表情痛苦地呻吟起来。徐达灵机一动："赵师傅，你赶紧开门，王小丽阑尾炎又犯了，得赶紧让她看校医。"

赵师傅慢条斯理道："阑尾炎真的犯了，校医也解决不了，得到外面的医院看。"

徐达忙说道："她是轻度的，挂两瓶水就好，上次也是这样。你要耽误了病情，一切后果由你承担。"

老赵有点慌了，他赶紧打开了自动门。谁知门刚打开，三个女生便一哄而进，气得赵师傅直嚷道："看我下次，不整死你们这几个！"

徐达连忙跟上去，边跑边喊："陈菲，等等我！"陈菲她们这才停住了脚步。王小丽打趣道："徐达，你那招不灵，还是这招灵。要不是我灵机一动，你能见着陈菲？"

徐达连忙对王小丽竖起大拇指，"高，实在是高！"

王小丽她们见徐达好像有话和陈菲说，便先回宿舍休息了。徐达约陈菲去操场走走，陈菲说道："时间太晚了，我该休息了。"

徐达一把拉住陈菲的手说："怕我吃了你呀？"边说边拉着陈菲朝操场走去。

陈菲道："徐达，你该把心思放在学习上，我们以后不要走得太近，这对你对我都不好。"

"那你是讨厌我了？"

"不是。"

"那就是喜欢我？"

"你这是什么逻辑？"陈菲微怒道，"我只是觉得，我们应该把精力放在学习上，如果你考不上大学，你和我都是罪人。"

"条条大路通罗马，难道非得要考上大学吗？"

"啊？"陈菲惊讶了一声，这个大家心目中的学习尖子，老师眼中的宠儿，父母眼中的期望，竟然说出这种话。她感觉再也不能和徐达走得太近，这样会害了他，而她也会自责一辈子的。

"啊什么，我问你，你到底喜不喜欢我？"

"我不知道，别逼我回答。"

徐达一把拉起陈菲，陈菲狠狠地抽了他一个耳光，然后头也不回地走了。

徐达摸了摸还在发烫的嘴巴，默然地躺在草地上，一边流泪一边无聊地数着天上的星星，渐渐地，睡着了。

第二天，徐达没上学，因为感冒了。得知徐达昨晚没回宿舍休息，陈菲的心更加忐忑了。

她跑到校医那买了点感冒药，给徐达送去。见到徐达烧得厉害，摸了一下徐达的额头和面颊，非常烫，陈菲不觉心疼万分，眼睛也湿润了。徐达无力地睁开因感冒而发红的眼睛，并没有说话。陈菲不知该如何安慰他，欲说又罢，丢下药，只说了句好好休息多多保重，便离开了。

下午，徐达感觉好点了，便去上课。同学们却发现了一个重大变化——徐达坐回了自己原来的位置。陈菲一个人孤零零地坐在那儿，反倒觉得有点难堪和尴尬。

下午第一节课是语文课，班主任黄老师看出了徐达和陈菲的端倪，有点窃喜。他心想，小孩子家家的，看你们能折腾出个什么？这不，内部出现矛盾了，该结束的自然而然就结束了。黄老师甚至想乘胜追击，问一问徐达：怎么了，不想帮助陈菲同学了吗？转而一想，学生情绪不好，我何必再伤口撒盐，我还算个好老师吗？黄老师想了一会儿，最终选择了沉默，没再问什么。

这节课徐达什么也没听进去。陈菲更是一个劲儿地用面巾纸悄悄地拭眼泪。

双方的"冷战"持续了四天，他们彼此谁也不主动和对方说话。

有好事的男生出了个主意，想考验他们感情是否还在。方法很简单，就是看他们是否还吃彼此的醋。

课间，一个叫林刚的男生跑到陈菲的位置，借口自己视力不好，说想坐这个位置。陈菲没有反对，也没有表示欢迎。久而久之，陈菲对林刚渐渐友好起来，看他们常常相谈甚欢，徐达又恼又伤心。

徐达曾不止一次在小说或影视作品中看到过类似的情节。那就是，对一个人最大的伤害，就是和眼前的恋人分手，然后和她（他）最要好的朋友恋爱！

他想了想，陈菲最要好的朋友就是上次晚上和她一起外出，最终被关在门外的刘筱雅。于是，无论在教室里还是在教室外，他都主动和刘筱雅接近、套近乎，装成聊得很开心的样子。刘筱雅本来就喜欢徐达，只是徐达以前从不怎么搭理她。陈菲是她朋友，而徐达一门心思放在陈菲身上，刘筱雅只得放弃胡思乱想。现在看徐达和陈菲出现了感情危机，刘筱雅也愿意顺水推舟，乐意和徐达打得火热。

这下沉不住气的轮到陈菲了，她见徐达和自己朋友刘筱雅打得热火朝天，不觉总是伤心落泪。她想男生的话都是靠不住的，她突然放纵自己，哪个男生和她套近乎，她都笑脸相迎。

好友林刚实在看不下去了，便对陈菲说："你怎么变成这样，你这样会更让别人瞧不起你。"

陈菲道："我本来就不是好人，是狐狸精转世。"

林刚不觉叹了口气，并向陈菲说明，自己跑到这儿来只是想看看徐达有没有什么反应，会不会吃醋。徐达可能真的吃醋了，所以才故意和刘筱雅走得近。只有筱雅还傻乎乎的当真了。陈菲半信半疑，却破涕为笑。

林刚找到正在操场与刘筱雅散步的徐达，一拳打在他脸上说："这一拳，让你醒醒！"

徐达不觉恼道："你疯了，你！"

林刚道："陈菲为你伤透了心，天天哭鼻子抹眼泪的。"

徐达反驳："你不是和她打得火热吗？"

"傻小子，我那是为你们好，想看你们彼此吃不吃醋。谁知你一点儿度量也没有，立即翻脸不认人。"

徐达道："我以为她真的开始讨厌我了，和别的男生眉来眼去故意气我，那我也气她！"

林刚轻蔑道："瞧你这点出息，还不赶紧哄哄陈菲。据王小丽讲，陈菲这几天茶饭不思夜不能寐。"

刘筱雅再也听不进去他们的谈话，气得"呜呜"地哭着离开了。徐达忽然心乱如麻，说："让我静静，我的心好乱。"林刚撂下一句："该说的我都说了，剩下的你看着办吧。"

晚自习的时候林刚没再与陈菲同桌，而是将徐达的书包放在了陈菲的桌上。徐达回教室时，看见自己书包在陈菲的桌上，他以为是陈菲拿的，便毫不推托地一屁股坐下。但是两个人却谁也不说话，气氛显得很尴尬。

徐达撑着头假装睡着了，头一个劲地往陈菲这边靠。陈菲将徐达扶直了，刚一松手徐达又一头扎在陈菲的身上。陈菲再次扶起，徐达再次耷拉着脑袋，向陈菲的肩头靠去。陈菲这时终于明白，于是故作生气道："死猪，装什么鬼，再倒下去我就让开了。"徐达一听赶紧端正了身子，随后又趴在桌上朝陈菲坏笑。陈菲也趴在桌子上，和他相视而笑。两人都眼含泪花，说不清是淡淡的酸楚还是浓浓的幸福。

006　预考失利，恋情受阻

还有十天就要预考了，班上弥漫着凝重而紧张的气氛。说笑的人不多了，只有朗朗的读书声或沙沙的写字声。

徐达感觉自己再也不能像以前那样沉下心来看书，"我到底怎么了？"他有点惶恐又无法摆脱这种情况，脑子里总是浮现陈菲的影子。不管她在与不在，他的脑海中无时无刻都在放幻灯似的，展现一幅幅与陈菲在一起的画面。这一天，晚自习只上了一半，才九点徐达就走出教室，到操场溜达了。

徐达走后，陈菲的心也飞出了九霄云外。她不明白，为何前几天自己还和徐达闹别扭，也曾理智地劝过徐达要和自己保持距离。可当他和刘筱雅"混"在一起时，她竟是那样的恨刘筱雅，更恨徐达。除了恨，还有一种醋意与伤痛欲绝的心情。徐达在身边时，她有时还装作矜持，不怎么搭理他。可只要看不到徐达，她的心里便觉得怅然若失。于是，没过多久，陈菲也离开了教室，去了操场。

"我就知道你会来的。"徐达道。

"嗯，在教室里我也看不下去。"

"人生为何活得这么累。为名、为利、为前程所累，要是一直都像现在这样自由自在该多好啊！"

"是的，我都不想学，都是我父母逼着我学。他们自己没什么文化，总希望我多学点知识，可我哪是学习的料。"

"没事，我会帮你的，先挺过预考这一关再说。"

徐达在淡淡的月光下，深情地看着陈菲，心脏怦怦直跳。他再次将陈菲揽入怀，陈菲这次没有抗拒，两颗年少的心跳跃在了一起。一任天地，日月旋转，就连星星也嫉妒地闭上眼睛，月亮也羞涩地褪去了一些光泽。

不久后，预考成绩出来了，徐达从班上的第一名，一下子掉到了第二十名，而陈菲则侥幸通过预考达标分数线。成绩公布以后，徐达羞愧地低下了头，而陈菲似乎更加愧疚，不敢正视徐达。

班主任虽然早已对徐达和陈菲的"恋情"有所耳闻，但上次看到徐达的成绩并未下滑，而且还能使陈菲的成绩有所提升，便没有过分批评他们，只是轻描淡写地说了几句。

但人终究不是神。当徐达的精力不只是放在学习上时，又怎么能保证一如既往地做个学习上的常胜将军。上次摸底考试之所以仍然第一，只不过是因为当时尚处在量变的过程中，还没有到达质变的效果。

班主任黄老师扫视了一下徐达和陈菲，然后说道："有人自以为聪明绝顶，想干什么就干什么，总是自以为了不起。殊不知回报与付出是成正比的，当你的心思越来越远离学习时，还能把成绩搞好？这样的天才，至少到目前我还没见过。靠要小聪明是不行的，学习就是要踏踏实实，沉下心来去努力奋斗的。"

同学们都屏住呼吸，不敢吭声。大家心知肚明，黄老师的重点批评对象是谁。

刚才还是"指桑骂槐"或是"隔靴搔痒"的批评风格，谁料黄老师话锋一转，口下毫不留情，直接点名道："徐达陈菲，下课到我办公室去一趟！"

徐达像在预料之中的样子，陈菲却吃惊不小，毕竟以前黄老师对她和徐达的批评并不多，可能也主要是因为她之前的进步，还有徐达稳定的成绩。现在，作为班上"天子骄子"的徐达成绩一落千丈，所有的过错便落在了他们身上。

陈菲不由得忐忑起来。而徐达则默默地，一幅处变不惊的样子，没人知道他在想什么。也许是对自己的考试成绩真的很懊恼，也许他已经不在乎成绩的好坏了，鬼才知道他现在在想什么。

在黄老师办公室里，黄老师一脸严肃地说："我早说过，早恋是很有危害性的。以前别的老师和学生说三道四，我还替你们遮掩打哈哈，认为你们不过是彼此有点好感罢了。现在看来，你们的确不是一般的好感，是真正的恋爱了，早恋！"

徐达一声不吭，陈菲则羞红了脸，办公室的其他老师也对他们侧目而视。

黄老师吹了吹茶叶，呷了一口茶，继续训诫："陈菲学习有进步，能挺过预考这一关，确实不容易，既有你个人的努力，也有徐达的帮助。可徐达你自己呢，泥菩萨过河——自身难保！你成绩一落千丈，让我怎么向你父母交代，你又怎么向你自己交代？"

徐达嗫嚅道："我会继续努力的！"

"从现在起，你们得赶紧悬崖勒马！徐达，你不是说陈菲个子高，挡住你视线吗？明天让陈菲坐你原来的位置，你给我一个人坐前面。认真学习，做好高考前的冲刺！"

徐达可怜地望着黄老师，似乎希望他收回成命，可黄老师一点儿也不客气："望什么望？这是为你好！"

陈菲虽然也伤心，但还能克制住，毕竟徐达学习成绩的退步，也不是她想看到的。在回去的路上，徐达再也控制不住自己眼泪，一个劲儿地用手默默地擦泪。以前，他一直是黄老师表扬的对象，即使偶尔犯点小错误，黄老师也从未当众批评过，只是背后给他旁敲侧击一下。好家伙，一旦自己考得不好，在黄老师眼里就什么也不是。他把自己批得一文不值。陈菲掏出一张面巾纸，为徐达擦了擦红红的眼睛，说："都是我不好，害你没考好。"

"不怪你，我是心甘情愿的，有你在身边，一切都是浮云！"

陈菲承认，她也是喜欢徐达的，但没有徐达爱自己深。她不知安慰什么好，只是说："徐达，谢谢你。但我们现在都要面临高考，还是把儿女情长深藏在心里吧。"

徐达默不作声，只顾走自己的路。回到教室，陈菲收拾了自己的东西，坐到了徐达原来的位置。现在只留下徐达一个人，坐在前排的位置上。

从此，徐达、陈菲像是换了个人。彼此之间既不多说话，也少和同学们沟通。黄老师看徐达和陈菲似乎各忙各的，心想：这招还是有效的，让他们保持距离，给他们适度的打击，是最好的方法。

其实，徐达只是表面上安静了下来，心里可一直没安静下来。虽然陈菲就在他眼前，可他总感觉她离他似乎更遥远。加上陈菲故意冷处理，使他更加心乱如麻。徐达眼前盯着书本，脑子里却浮现着和陈菲在一起的美好时光，他虽然表面上不跟陈菲说话，心里却总想着陈菲。陈菲，我想跟你说说话，你就故意装作没看见或没听见。难道你真的心如止水，就不想和我说一句话吗？难道你真的爱我不如我爱你那么深吗？难道高考真的比爱情更重要吗？

而陈菲又何尝不是身在曹营心在汉。表面上的平静和理智，丝毫不能改变她对徐达的喜欢。不，她应该发自内心地说，是爱。从她刚到这个班级开始，这个曾经同学眼里的小男人，就一直对她心存好感，一直对她穷追不放。甚至为她上演英雄救美的壮举；为她，他得罪了许多男生和女生；为她，他学习一落千丈；为她，他失去了在老师心目中"天之骄子"的地位；为她，他还不止一次伤心欲绝地流泪。她多么希望，他们现在不再是学生，而是大人，可以自由地恋爱、结婚、生子。想到这，陈菲不禁暗自垂泪。

当徐达的母亲刘丹得知徐达预考成绩不理想，又从班主任那里知道了徐达和陈菲的一些事后，便再也按捺不住心头的怒火，打车直奔学校而去。到了学校她直接找到徐达，将其叫到教室外，抬手就是一记耳光："你这个不争气的东西，打你一巴掌，让你清醒清醒！"徐达面无表情地站着，一动不动。因为他知道自己没考好，所以在老师、同学和父母眼里已是颜面扫地。他不想也无法做任何辩解，因为在考场上，就是以成败论英雄的。自己没考好，有什么好争辩的？徐达无心思也不想做任何争辩，但徐母则认为他顽固不化，一副破罐子破摔的架势，于是更加火冒三丈。陈菲再也看不下去，大叫一声："阿姨，别打了，要打就打我吧！"说完哭哭啼啼地跑出教室，护住了徐达。

徐达终于开了口，说道："陈菲，没事，让她打个够吧，打死我就好了，不用学习了。"

"徐达，你怎么能这样对母亲说话？"徐母刘丹看见陈菲，便冷嘲热讽道："又是你，谁家养的这么个小狐狸精！上次你害得我儿子还不够吗？差点让他送了命。现在又勾引我的儿子，断送他的前程！"

陈菲被骂得呜呜直哭。徐达拉起陈菲，飞奔而去。而陈菲也想尽快离开这里，逃离徐母的数落，不想再丢人现眼。徐达只是带着陈菲一直狂跑，他自己也不明白要奔向哪里。他只希望带着陈菲，就这样一直跑下去，然后能够突然长一对翅膀，向遥远的天际翱翔。那里一定会有一个世外桃源或如蓬莱仙境般美好的地方在等着他们……

他们三天后才回到学校，谁也不知他们去了哪里，只见他们两个蓬头垢面。他们很落魄，但也很快乐和自由。据知情人说，他们去了一些景点旅游，花光了身上的钱，不得不狼狈返回，但这仅仅是传说罢了。

007　高考失意各西东，四年偶遇抒衷肠

特别的七月，转眼已经来临。教室如蚕室一般，等着成熟的春蚕吐出最后一缕白丝。空气中弥漫着期待与紧张。沙沙的写字声，如春蚕吐丝一般，似乎用最后一份努力，为一生的期待而冲刺。高考前的紧张氛围，让每一个学生窒息。当等待成为一种煎熬时，谁都希望那

三天早点到来。

一转眼，三天高考已成为历史，自认为考得好和没考好的，都是一种解脱。

三年的高中时光，将成为这批学生人生中的一段美好时光。无论它带给他们怎样的结局，其过程，都将值得每个人永远铭记在心。从此，每个人的人生，都将朝着不同的方向前进。也许那些曾经朝夕相处的同学，一别将成永远。这也是人生的一种魅力吧。

在一个多月的等待中，有人欢喜有人愁。徐达知道分数时，似乎一切在自己的意料之中，虽然他也很失望，却并不认为自己做错了什么。他在反思，如果没有遇到陈菲，他一定会考上理想的大学。或者陈菲来了，自己不异想天开地和她走那么近，谈了一场自认为轰轰烈烈的爱情，自己是否就一定能考上理想的大学？她来，或者不来，难道是她的错吗？那么是自己错了？徐达甚至记不清自己是如何向父母报告自己的分数的。总之，父母没给他好脸色看，父亲是又打又骂，母亲是又骂又伤心地哭泣。而他只是默默地承受，只在夜深人静的时候，一个人悄悄地落泪。徐达的分数，只达到当时大专分数线，离他父母的期待，相去甚远。

陈菲这次并没有像预考那么幸运，自然名落孙山，也少不得让父母狠批一顿。陈菲倒是没怎么难过，因为她本就对自己学习没多大信心。但是因为家庭经济条件较好，父母还是决定送她到一所民办大学读书。陈菲倒是十分关心徐达考得如何，却又不敢亲自联系徐达。只是后来从同学那了解到了一些情况，知道徐达考得不理想，只考上了一个大专院校，竟然和那个刘筱雅又成了同学。陈菲叹了口气，心想：这对欢喜冤家又将成为同学，指不定擦出什么火花。总之，徐达未考好，她是非常痛心的。她想给徐达写封信，表示一下自己的歉意，写了半天，还是觉得思绪很乱，不知所云。所以干脆撕成了碎片，扔进了垃圾篓。她突然情难自已伤心欲绝地抽泣，喃喃自语道："可是，我又有什么错呢？要错，就错在我们不该在错的时间和地点恋爱。"从此，她好长时间没敢再联系徐达。虽然她知道，她和徐达所在高校都在同一所城市。这段感情带来的只是伤痛的结局，所谓的爱的美好不过是昙花一现，如温室中的花朵，经不起一点儿风雨。

所以，她想忘掉那伤痛的一切，重新开始自己崭新的生活。然而，命运似乎和她开了个玩笑。在陈菲大学毕业后的某次下班的路上，竟然又撞见了徐达。

陈菲毕业后，效力的第一家公司就在当地一座公园旁边不远处。一天下午下班后，正下着倾盆大雨，陈菲打着伞也不能避免全身淋得像落汤鸡似的。好几辆出租车经过都未停，好不容易有一辆停下来，陈菲赶紧钻了进去。不料旁边却坐一个高大英俊的似曾相识的男人。陈菲吃惊不小，因为此人不是别人，正是徐达。

第三章　告别青葱岁月

雨季后的第一次重逢

大学毕业后四年不见，徐达比高中时高了许多，足有一米七八。已不再是那个一米六几的小男生了，而且还留起了胡须。

"想不到是你。"陈菲既高兴又略显尴尬。

"我也没想到，"徐达呵呵笑道，"远远看见一个撑着油纸伞的，丁香一样结着愁怨的女人，我能不起心起怜悯，让司机停下来吗？"

"你能不这样贫吗？"陈菲不觉笑道。她以为徐达过得很忧愁，现在看到徐达还是那么乐观幽默，陈菲的心情舒坦了许多。

"看到老同学不容易，给老婆发个短信，就说有事迟点回去。"徐达说完从上衣口袋掏出手机。陈菲一眼看见手机屏保上的全家福照片，于是抢过手机说："让我瞅瞅。"

"哇，弟妹真漂亮。你儿子好可爱啊！特像你，又是一个小帅哥。"

"别把他们夸坏了，还凑合吧。"

"你儿子叫什么名字？有两岁了吧。"

"叫啸啸，一岁多点。"

"你结婚了吗？"徐达问道。

"没呢，不像你那么着急。"

"二十七了还不结婚，你以为你十八岁啊？"

"你什么意思，我闺女都五岁了。"

徐达听得一头雾水，不觉疑惑道："不结婚，孩子五岁了。这什么逻辑。你强！"

"想不通吧，回去慢慢想，现在不告诉你。"陈菲说完脸微微一红。

徐达以为这是陈菲未婚先孕的私生子，所以不好意思深究。

"你现在过得怎么样，一定很幸福吧！"陈菲问道。

"还凑合，一般吧，得过且过罢了。"

徐达一边说话，一边将信息发出：公司有事加班，稍迟回家，请勿牵挂。

出租车停在一家酒店面前，陈菲和徐达共撑一把伞进入了酒店。

徐达让陈菲点菜，自己却只要了两瓶啤酒。

时节已是仲秋，加之一场暴雨，徐达和陈菲都感觉身上冷丝丝的。于是徐达又要了瓶白酒。

"白酒你一个人喝啊，我可不能喝白酒。你能喝完一瓶？还是换个小瓶的吧。"

后来徐达让服务员换一瓶半斤的酒。

两人边吃边聊。

陈菲："你没能考上好大学，我一直很愧疚。"

"没什么，我不还是我吗？又没掉一层皮。"

陈菲不语。

　　两人只顾吃菜喝酒，徐达半斤白酒两瓶啤酒下肚后，话渐渐多了起来。

　　徐达说："上大学时，我曾想去找你，可时常感觉心累，也没有信心去找你。"

　　陈菲说："我也想去找你，可却不敢。因为我已经害你没能考上好大学，不敢再害你了。"

　　陈菲说完苦笑一声。

　　"最艰难的高中日子都过去了，那时爱得死去活来，到大学自由了，我们却被无情的枷锁、自己不能摆脱的所谓道德束缚着。为什么曾经相爱的人，却如两条平行线渐行渐远，再也没有交集。"

　　"一切都要随缘的，也许我们缘分不到吧。"陈菲有气无力道。

　　陈菲本就不胜酒力，两瓶啤酒下肚，脸绯红得如同火烧云。徐达此时也是满面通红，就连两只眼睛也布满了红血丝。

　　"缘分？如果没有缘分，为何偏偏又让我遇见你？"徐达说完，又提起啤酒瓶，一滴一滴地倒进了嘴里。见啤酒喝光了，徐达醉醺醺地说，"服务员，再拿四瓶啤酒。"

　　陈菲道："你喝多了，不能再喝了。"

　　"我没喝多，你才喝多了。你看你脸比我还红，就让我们一醉方休吧。"

　　徐达又提起那半斤装的白酒瓶："知道这是什么酒吗？杜康。何……何以解忧，唯有杜康"

　　"服务员，再拿一大瓶杜康。早知道我就不换小瓶子了，费劲。"

　　陈菲道："徐达，你不能再喝了。"说完又转向服务员道，"就再拿两瓶啤酒吧。"

"徐达，你要喝，我只能陪你喝啤酒。"

"那好吧，既然你陈菲说情，我就不难为你了。白酒不喝了，下次我们再喝。现在就喝啤酒吧。"

陈菲给徐达和自己各斟了一杯啤酒。喝完后，陈菲把余下的酒藏在了一边，又将两个空啤酒瓶拿到了徐达面前。虽然陈菲也不胜酒力，但两瓶啤酒还不足以让她醉倒。她想糊弄一下徐达，不想让他喝得大醉。

徐达明显不高兴，把空酒瓶都扫到了地上，只留下两瓶有酒的瓶子。"你糊弄谁呀？"

陈菲一阵心酸，索性陪他一起买醉。于是她拿起酒瓶，对徐达说："让我们一醉方休，干了吧！"

徐达呵呵笑道："好酒量，你这家伙留一手啊，不地道。我，没……没事，干！"

两人一饮而尽。

陈菲再也控制不住，赶紧用餐巾纸捂着嘴，跟跟跄跄地直奔洗手间。一到那，便全吐了出来。她拧开水龙头，冲净了食物残渣，又狠狠地漱了漱口，洗了一把脸，连同脸上的泪水一起冲尽。这才感觉舒服了许多。这时她感到两条腿发软，似乎再也站不起来。

歇了两三分钟，陈菲感觉好点了，就强撑着返回座位。徐达却已趴在桌上似乎睡着了。

陈菲一时慌了手脚，她一边摇着徐达的肩膀，一边叫道："徐达，我们走吧。"

"别摇我，死不了。走？这么晚了，怎……怎么走？我就住这，不回去了。"

把徐达一个人留在这，陈菲确实不放心。她想叫辆的士，送他回去。可刚才打车的情形让她知道，现在这么晚，都近十点了，雨还是下个不停，能否打到车还是未知的。于是，陈菲不得不在这酒店订了一个房间，扶徐达进房休息。

徐达躺在床上，如死猪一般。陈菲为他冲了一杯浓茶。徐达嘴里一直叫着"陈菲"的名字，而陈菲则一直坐在床边守候着他。直到深夜十二点多，徐达才微微醒来。陈菲又重新为徐达冲了一杯浓茶："徐达，喝点茶吧！"

徐达看了看周围，醉眼蒙眬地说："这是哪里啊？"

陈菲笑道："酒店！就地休息！是你自己要求的，说不能走了。"

徐达道："我得回去了，还没给老婆打电话呢。"

"回去？现在几点了？夜里十二点多了。"

徐达掏开手机："竟然有五六个妻子的来电。"

徐达道："你怎么不帮我接一下啊？"

"我怎么接，让她误会吗？深夜不归，接电话的却是一个女人。你想让家里爆发战争吗？你明天就说陪客人喝多了，在朋友那住了一宿没听见来电。你这么聪明的人，还用我教吗？"说完，陈菲将泡好的茶递给徐达，徐达躺在床上，点燃了支烟。

烟抽尽了，茶喝没了，陈菲又冲了一杯，放在床头柜上。徐达看着这个一直守候在自己身边的女人，这个他初恋的女人，这个像谜一样若即若离的女人。她似乎总在不该出现的时候，出现在他的身边。在该出现的时候，又像是绝尘而去的仙子。难道她注定就是一个充满传奇和故事的人？此后一别，不知何时才会重逢。想到这里，徐达趁着陈菲放下茶杯之际，一把将陈菲揽入怀中一阵狂吻。陈菲没有挣扎，却泪眼婆娑。她感觉自己欠徐达太多太多，就当重温曾经年少的爱恋与梦幻吧。如果以身相许，能换回一生的无悔，能减轻一点自责感，那还是值得的。更何况，曾经爱的种子又似乎在这一刻生根发芽。虽然她知道，他已注定不再属于她。而她和他将再次如两根平行线一样，渐行渐远。今天过后，她将彻底告别过去深深的自责，要过自己轻松的生活。告别徐达眼里的：撑着油纸伞的，一个丁香一样的，结着愁怨的姑娘。

第二天一大早，徐达醒来时还在叫陈菲的名字。陈菲却已不见踪影。他见到床头压着一张字条，上面是一首诗："去年今日此门中，人面桃花相映红。人面不知何处去，桃花依旧笑春风。"落款是 Fei。

徐达看罢，心情久久不能平静。此后整整有十年他们彼此再也没有联系过。

第四章 想要忘记你，偏偏遇上你

001 思绪被打断，重温"老情人"

手机铃声再次响起，打断了陈菲的思绪，她只得拿起车钥匙，急急地向楼下跑去。

陈菲一边开着自己的"白色别克"，一边拿着手机，微笑着："徐达，这么晚了还请我吃饭啊，你太客气了。"

"你还是那么贫，不，是幽默。我是有事求教。"

陈菲一边驾着车，一边思绪飞扬。谁知竟误闯了红灯，差点和飞驰过来的车撞个正着，对方司机立刻绕了个弯，停下来破口大骂。警察连忙劝走了那位司机，并让陈菲停车，接受处罚。警察看见陈菲脸上竟然挂着泪水，不觉劝慰道："姑娘，不要想不开啊！"

陈菲这才意识到，因为刚才胡思乱想，又流泪了。她自觉有点失态，赶紧掏出面巾纸，擦了擦眼泪，笑道："哪里，我这两天害沙眼了。"警察一听，连忙侧过头去，丢下一句："下次开车，注意点。"说完匆匆地走了。

在情缘咖啡厅，粉红的灯光泻在桌布上和人的脸上。徐达依旧那么精瘦，像十年前大学毕业后的第一次巧遇的模样。

陈菲依旧那么漂亮、迷人，身上是一种成熟的美。至少在徐达的眼里，她还是以前的陈菲。可陈菲却不敢看镜子，她觉得自己掩藏在发际下那一条条可怕的皱纹，像一把把锋利的刀子，刻在心里。

徐达率先点餐："服务员，来两杯咖啡，都加冰块。""你要糖吗？"他问陈菲。

陈菲答道："不要。"

徐达补充道："一杯加糖，一杯不加糖。"

陈菲道："对不起，十几年前的事……"

徐达："没什么对错，只是年轻时我们不懂爱情。"

陈菲笑道："现在懂了？"

"懂了，所以我离婚了。"徐达呵呵一笑，以示幽默。

"离婚了？"陈菲惊讶了一下，又问道："进进出出好玩吗？比如你这样的。"

徐达道："陈菲，你为何不选择一个你爱的人，步入围城？"

"我爱的人，都不是愿意和我结婚的人。我是前世欠了一大笔感情债吧！"

陈菲说完，眼泪"吧嗒吧嗒"落下来。

徐达拿起一张面巾纸，为陈菲擦了擦。陈菲轻轻地推开了他的手，她感觉那双手好烫。

陈菲慢慢地抬起头问徐达："快说正事，为什么找我？"

徐达微笑着，说没什么事，只是最近一直心烦睡不着，想找老同学聊聊。没想到一晃十年过去了，陈菲的手机号一直未变，居然还能联系上。

陈菲知道，徐达虽然从学生时代就一直聪明幽默，但却丝毫未脱去那一份难得的纯真，他绝不会仅仅因为睡不着，而深夜找她闲聊。这种乐于灯红酒绿下的浪漫，若换作她那个大学同学蒋斌，她一点儿也不奇怪。但换作徐达，她就不信了。

徐达说他真的离婚了，之前的老婆是雄风房地产公司总经理的女儿，她人长得还算漂亮，只是大小姐脾气太重。当年他虽然努力工作，但因为学历低，一直被一些同事瞧不起。工作两年多，也没被提拔。后来他主动追求总经理的女儿张芸，再后来，总经理因患慢性肾炎，渐渐不能主持日常工作，便把总经理的位置交给了徐达。张芸的父亲担任董事长，在家休养后不到一年便过世了。徐达才离婚半个月，现在十一岁的儿子天天哭着要妈妈。他几次打电话给张芸，对方死活不接。所以想请陈菲帮忙留意，看她有没有合适的女友，他想帮儿子啸啸找个后妈。

陈菲没想到，当年班上那个最小的小不点，现在竟变成这样。为了赌气，就去追总经理女儿。现在离婚，他该承担多大的舆论压力？哪个熟悉情况的人不认为他当年无耻，现在无情呢？

陈菲说："单位新来了个同事叫夏晓杰，二十六岁，比我还高点，足有一米七。瓜子脸，见人三分笑，一笑便露出一对可爱的小虎牙，两个深深的小酒窝。她是公司上次招聘会上刚招来的，公关部的，我的手下。听说最近刚和男朋友分手，可以撮合撮合，但人家不一定同意啊。不过女孩来自农村，家庭条件不是很好，父母都是药罐子，能结识你这个雄风公司的总经理，她应该也没什么遗憾的。只是不知道会不会接纳啸啸。"陈菲说完，坏坏地一笑。

徐达说："我主要不是找老婆，是为孩子找后妈。不接纳啸啸，还谈个什么啊？"

陈菲道："你变了，彻底变了，再不是当年单纯聪明的小男生了。不过聪明还在，只是……"

徐达说："这年头，谁不变？想以不变应万变那是做梦。建议你多看看《曾文正公集》以及《孙子兵法》，还有《菜根谭》。做人、做事、管理、商战都可以给你启迪。"

陈菲笑笑："我一看书就头疼，我都是在实践中探索生活真谛，不需要这些理论武装头脑。"

两个人谈了一个多小时，徐达回家时，啸啸已经睡了。现在虽然已是五月，但天气还是凉凉的。徐达给啸啸轻轻地盖上被蹬开的被子，发现枕头边的语文书下压着一个纸条：爸爸，我要妈妈。

002　陈菲未婚先做妈，父母伤心断亲情

陈菲回家后，并没有立即睡着。自从上大学后，她就从内心检讨了自己与徐达的恋爱行为，这是害徐达没能考上重点大学主要原因，即便她在那份情感中不怀疑自己的真诚。此后，她就从内心把徐达看成一个曾经熟悉的小弟弟。可这次长谈，又勾起了她对往日时光的追忆。难道自己真的老了？徐达为何想不到自己？还要让自己帮他孩子找个后妈。父母向来反对她和这小子恋爱，如今即使自己三十七岁了，父母也绝不会同意她和徐达有更深的交往。可她有一个强烈的愿望：四十岁前，必须把自己嫁出去，这样对自己，对父母才算有个交代。她想着徐达，他压根不提往日情（像十年前大学毕业后刚见他时

一样），越想越伤心。

她轻轻推开女儿璐璐的房门，看着早已熟睡的女儿，想起璐璐小时候经常问她爸爸在哪时，自己虽然揪心地痛，却无言以对的画面。现在女儿长大了，都上初二了，也很少问这个问题了。可想起这可怜的孩子，陈菲还是一阵辛酸。她不知道什么时候可以告诉璐璐她的真实身世，甚至不知道到底该不该让女儿知道她的身世。

那是十四年前深秋的一个夜晚，路上已行人稀少。她从外面吃宵夜回家，欲穿过附近一家医院前面的大马路时，听见阵阵婴儿撕心裂肺的啼哭声。她寻着声音走近一瞧，看见一个被花布小棉被包裹着的孩子，脸色苍白，嘴唇冻得发紫，她赶紧把孩子送到医院急诊抢救。孩子脱离了生命危险，然后她连夜打车将孩子抱回家，计划第二天再打听孩子的家长，若无人认领，便送到福利院或孤儿院去。

陈菲回到家，发觉家里根本没有孩子吃的东西，她赶紧下楼到附近一家超市买了一罐婴儿奶粉，又买了几件婴儿的衣服。回去给孩子喂奶的时候，看见孩子拼命地吸着奶，陈菲不觉一阵心酸。同时对遗弃孩子的家长深恶痛绝，心里恨恨道："真是狼心狗肺的父母！"就在陈菲打开婴儿的贴身小棉袄时，发现了里面的一张小纸条，纸条上有两行文字：孩子的生日是 X 年 10 月 21 日 22 点 10 分。求哪位好心人收养。纸条里还夹了四百块钱。

陈菲怀疑这可能是一个残疾孩子。于是第二天向公司请了假，带孩子去医院做了个全面体检，没想到诊断结果是孩子非常健康。

就在陈菲送孩子到孤儿院大门口时，孩子突然哭闹了起来。陈菲一时心软，竟又折了回去，准备等孩子大点了，再送进孤儿院。因为孩子是自己在路上捡的，便给她起了个名字：璐璐。

因为平时要上班，陈菲还特意请了个保姆照料孩子。看着璐璐一天天健康地成长，陈菲越发喜欢，竟再也未想起送孩子进孤儿院的事。

直到有一天，当父母问起自己的终身大事时，她才想起自己竟然还未婚，就收养了一个孩子，这才不由得紧张起来。

陈母劝道："你都二十七了，对自己终身大事一点儿不着急。你回家一趟吧，我单位同事帮你介绍了一个人。我看过那小伙子，单位、人品都不错，要不你回来见见？"

陈菲的工作单位和她父母并不在一个城市，但不算远，坐大巴也就三个小时。

陈菲有点不耐烦道："妈，这事急不得，得讲究缘分。我的婚姻您就不用操心了。"

"我不操心，难道看着你当一辈子老姑娘，不嫁人吗？"

"妈，我才二十七，我都不急你急什么呀？"

"孩子，我是过来人。我懂得女人的青春是稍纵即逝的。"陈母又缓了缓语气，语重心长道。

"谢谢你，妈。我知道你是为我好，这个周末我会回家相亲的。"

"那好吧。"陈母转怒为喜。

这时，璐璐突然哭了起来，徐母不觉疑惑地问道："哪来小孩子的哭声？"

陈菲一时慌了神，手机"啪"的一声掉在地上，她赶紧捡了起来说道："是……是朋友的孩子在这里玩。"

徐母怒吼道："陈菲，你的声音告诉我，你在撒谎！"

陈菲只得吞吞吐吐地把事情的来龙去脉说了一遍。

陈母一听，顿时晕了过去。电话那边响起"嘟嘟"的声音。

过了约半个小时，陈菲的手机响了，是爸爸的电话。

"陈菲，你从来就没让父母省心过。你看把你妈气得，刚缓过神来！你明天赶紧把那孩子送到孤儿院，否则我没你这个女儿，你周末也不用回来相亲了，没有哪个小伙子愿意和一个带着孩子的未婚姑娘搞对象。就算是我也坚决不会！"说完狠狠地挂断了电话。

陈菲一屁股坐在椅子上，一个劲儿地落泪。一转眼璐璐都四个多月了，已经会朝别人笑，尤其和自己在一起时，还会"咿咿呀呀"地跟自己攀谈呢。陈菲一把从保姆手中接过璐璐，一边摇一边哄着："璐璐别哭，妈妈绝对不会把你送到孤儿院，哪怕我一辈子不嫁人。"

此时，小保姆也不觉落下几滴泪，说道："姐姐真是个好人，看璐璐这么可爱，就是我也舍不得送走她呢。"

此后，陈菲父母再也没联系过她，直到有一天，陈菲的妈妈得了肾囊肿需要做手术，陈菲才回去看了一趟。那时，璐璐已经三岁了。

陈菲指着躺在床上的母亲和一旁的父亲对璐璐说："璐璐，叫姥姥姥爷。"

"姥姥姥爷好！"璐璐很听话，甜甜地叫道。

陈母应了声："璐璐好，乖孩子！"然后叹了口气，不再吱声。

陈父当着孩子的面，也不好发作，只得挤出一丝笑容，勉强应答了一声。

陈菲在家待了两天，要走的时候特意支开了璐璐，拿出一千块钱递给父亲，说是母亲生病她未能在家尽孝，这是她的一点儿心意。

陈父拿起钱，奋力朝陈菲身上一砸，"收起你的臭钱，老子不缺钱。你给我滚得越远越好！从此不要让我再看见你！"

这时躲在门外一直偷看的璐璐连忙跑进房里，抱住陈菲大哭道："姥爷，不要打我妈妈。"

陈父不觉大怒道："滚，哪来的野种！"

璐璐受到了惊吓，哇哇大哭。倒是陈母不忍，连忙从床上起来抱着璐璐说："不哭，璐璐。"然后又冲着陈菲父亲喊道："你冲孩子发什么火，白瞎了孩子叫你一声姥爷！"

陈母捡起地上的一千块钱，又从卧室橱柜里拿出一千块，一起递到陈菲的手中，喃喃道："你收下吧，养孩子要花好多钱。等以后你爸消了气你再回来。"

陈菲道："我以后再不回这个家了。"说完泪流不止，然后拉着璐璐扑通一声跪下，向父母磕了两个响头，"爸，妈，你们以后多保重。"然后抱着璐璐，夺门而出。

陈母不觉捶胸顿足："我这是造的什么孽呀！"

陈父突然有点不舍，他点了支烟，从阳台上目送陈菲远去的身影，眼睛红红的。

此后，陈菲再也没有回去过。与父母一别十年，自己一个人在这大都市里生活着。

003 陈菲奉命公关，欲会大学"骚扰男"

陈菲左思右想、彻夜难眠。第二天上班，居然迟到了一刻钟。

陈菲刚进办公室不久，就接到了公司总经理秘书小王的电话，说华总有事跟她谈谈。

"华总，您有事找我？"

"睡好了没？"

"我……"

"没事，下次注意点，"华夏呷了口茶接着说，"最近市国税局新办公楼正要准备装修，听说负责这次装修工程的政府招标负责人就是招标办副主任，也就是你的同学蒋斌。这个机会很难得，希望你能为咱们单位争取一下。拿下这个工程，公司不会亏待你的。当然，我知道这会让你有点为难，我并不想逼迫你。如果你不愿意，我就让那个新来的，你的部下夏晓杰去试试，也给她一个证明自己能力的机会。如果她能搞定，公司也不会亏待她。"

华夏故意把"不会亏待她"这几个字说得特别重。陈菲明白，这个"华将军"（陈菲给华夏起的绰号，因为华夏虽四十刚出头，可那腰跟木桶似的，比将军肚还将军肚，因此陈菲私下为他起了这个绰号）是在告诉她，如果她不努力的话，要是夏晓杰搞定了，那她这个公关部长也算做到头了。

"当然，"华夏话锋一转，"我相信，姜还是老的辣，希望你不要放弃！"

"好的，我定为公司赴汤蹈火，不成功便成仁。"

"祝你……不，祝公司成功。"华夏说道。

蒋斌，何许人？陈菲大学的同学。上大二时，陈菲在一次同乡会上认识的。蒋斌身高一米六九，矮胖型，学的社会管理专业。陈菲是公共关系专业，蒋斌比她高一届。自那次同乡会后，蒋斌就向陈菲发起猛烈的爱情攻势。陈菲和他拍拖了近两年，但越来越不喜欢蒋斌的浮华。在她看来，他不仅花心还把名利看得特重。她上大三那年，在同学的告知下，看到蒋斌晚上九点多在KTV里搂着一名大一小女生忘情地唱《情非得已》时，便忍无可忍，"情非得已"地和他拜拜了。为此，蒋斌甚至还扬言，谁敢和陈菲谈恋爱，他就让谁五官全部错位。曾经有两三个胆大的男生，经历过几次"错位"后，再没一个人敢萌生追求陈菲的念头。

陈菲毕业后，蒋斌仍缠着陈菲不放，说自己以前毕竟是学生，年少轻狂不懂事。陈菲死活不肯却无济于事。直到有一次，陈菲用刀片割伤自己的左腕后，蒋斌才惶恐地称以后绝对不再打扰。

如今，"华将军"要自己和这个讨厌的家伙打交道，她感到左右为难。但箭在弦上，不得不发，已答应"华将军"的事，怎么能说不干就不干呢？况且公关是自己的职责。

"陈部长，'华将军'批评你了？"夏晓杰做着鬼脸，小声地问道。

"没有，只是交代了本部门一个工作任务。一项政府办公楼装修工程的公关任务。"

"小夏，最近心情不错啊。做女人就应该这样，对感情要拿得起放得下。什么爱情不爱情的，就是找个男人一起过日子，相伴一生而已。别学大姐，挑来挑去还没把自己嫁出去。"

本来，陈菲只是自嘲，和小夏开开玩笑。可说到这里，她还是有点控制不住，声音哽咽起来。

"陈部长，好男人多的是。相信一定会有那么一个好男人，在某时某刻和你不期而遇呢！"

"去你的，死丫头，"陈菲破涕为笑，"今天中午，大姐请你吃饭，顺便聊聊天。"

"遵命，我求之不得。"夏晓杰爽快地应道。

中午下班后，陈菲带小夏进了一家湘菜馆，边吃边聊。陈菲说最近有一个新的公关任务，"华将军"让务必拿下。作为公关部长，她责无旁贷，同时也对小夏做出了高度赞扬，希望她能够多多协助。夏晓杰连连称是自己分内的事。说完工作的事，陈菲话题一转："我有个同学离异了，今天他请我下午下班后帮他接一下孩子。本来应准了的事，但我今天下班还要有点其他事，怕没空，你能否替我接一下？"

"可以呀，你告诉我家长的姓名和孩子的姓名、班级吧。"

"哦，是我大意了。家长叫徐达，孩子叫啸啸，培英小学四（三）班的。"

"嗯，知道啦！"

下午三点，在雄风房地产公司会议室里，徐达向全体中层以上干部讲述了目前房地产行业激烈的竞争情况。公司决定未来两年的开发重点由别墅型向中小户型转型。徐达着重对营销部的工作表示了强烈不满，说前年开发的阳光星城花园小区还有三分之一未销售出去。现在的西山官邸小区，8月8日即将开盘。希望营销部认真做好前期营销策划工作。同时决定成立自己的物业管理公司，说这叫"肥水不流外人田"，多种经营、多种取利。他让秘书谢娜做好会议记录，并叮嘱全体参会人员，对公司的最新决策要保密。

徐达开完会看了一下手表，才下午四点四十分。他觉得时间充足，可以自己去接孩子，不必再麻烦陈菲了。他打陈菲的手机，对方提示关机，便径直开车去学校。到了学校，啸啸的同学说，他被一个年轻漂亮的阿姨接走了。徐达大惊，难道是漂亮的人贩子将啸啸骗走了？

徐达连忙打电话给前妻张芸，问她有没有接走孩子。还说看孩子虽然是她的权利，可也得告诉他一下。徐达连珠炮似的追问，让张芸大为愤怒。

"你是不是不想让我看孩子，故意恶人先告状。你是不是将孩子转学了？你个没良心的东西！"

"你别装神弄鬼的，要么是你接走了孩子，要么是你叫人接走了孩子。要是你敢有什么藏匿孩子的邪念，我就……"

他本想说，我就卸了你。徐达一直保持着学生时代的好脾气，很少发火。现在为了孩子，他第一次发这么大火，也第一次差点说出如此粗鲁的话。但是话到嘴边，又咽了回去。

张芸道："怎么着，把我卸了是吧？告诉你，孩子在你手里丢的，找不到你也别想活！"说完便"呜呜"哭了起来。

徐达觉得可能真冤枉张芸了，便连忙驱车回家。他想，这小子会不会已经自己坐公交车回家了？

回到家门口，徐达发现屋里的灯亮着。他摁了下门铃，开门的是一位漂亮的、陌生的小姐。

徐达丈二和尚摸不着头脑，愣在了那里。夏晓杰"扑哧"一下笑了出来，这时房间里的啸啸听见声音，连忙冲出来说："爸，是夏阿姨接我回来的，是陈阿姨让她来接我的。"

徐达说了声谢谢，从冰箱中拿出一瓶果汁递给夏晓杰。

夏晓杰接过饮料，狠狠地灌了一口，说道："不客气，你应该谢谢陈姐，是她让我早点接的，说怕啸啸着急。"

两人随便聊了一会，夏晓杰便起身要走。徐达再次道谢，并请夏晓杰一起到外面吃过晚饭再走。夏晓杰说今天有事，只能失陪了。徐达就掏出名片递给了她。夏晓杰接过名片，说了声谢谢。

啸啸连忙追上去说了一句："夏阿姨，有空常来玩啊。"

夏晓杰脸微微一红，笑道："一定的，啸啸要听爸爸的话啊！"

徐达想送送夏晓杰。到了电梯口，夏晓杰说："徐总，就送到这吧。"

徐达说："好吧，不过以后不要叫我什么总，我比你大几岁，你就叫徐哥吧。"

正在这时徐达手机响了，是张芸打来的，问孩子在家吗？徐达说，在家，自己也刚到家。孩子是自己坐公交回来的。他极不耐烦地扯了个谎。张芸问，这个周六能否和她一起陪孩子到野生动物园玩，要是他不愿意，她可以单独陪啸啸。徐达说了声可以，便挂了手机。

004　致电大学"骚扰男"，暗里撮合昔日男友

下午两点，华都装饰有限公司公关部。

陈菲拨通了蒋斌的办公电话问道："是蒋主任吗？"

"哪位？"

"当领导了就是不一样啊？我都能感觉到一尊活佛正襟危坐在那儿。"

对方传来了"呵呵"的笑声。

"是陈大小姐啊，有什么指示吗？"

"有件事，想和你说说。"陈菲鼓起勇气。

"是不是瞄上了国税局办公楼的装修项目了啊？"

陈菲能感觉这家伙的阴阳怪气。

"不是，最近心情不好，想找个人说说话。"

"呵呵，我怕我老婆逮着了吃醋撒泼，我受不了。"

陈菲强忍着泪，"那好，等你有合适的时间再聊吧。"说完挂了电

话，泪水再也控制不住。

夏晓杰正好跨进了陈菲办公室，陈菲很不好意思地擦了一下眼睛说："下次进来，别忘了敲门。"

"是，"夏晓杰调皮地敬了个礼，然后附在陈菲的耳边问，"是不是想心上人了，快老实交代，是谁？干什么的？是不是他出差好久了？"

"去，去，去，没个正经的，快认真干活去。"陈菲微怒道。

下午五点钟，陈菲的手机再一次响起，她一看是蒋斌的号，立刻挂断了。接着又响起，再挂断。

随后办公电话响了，陈菲以为是业务电话，来不及看来电显示便接起电话："喂，哪位？"

"是陈部长吗？"对方捏着喉咙发出的声音。

陈菲一听就是蒋斌的声音，有点哭笑不得："蒋主任，有什么事？"

"准又哭鼻子了吧，老大不小的人，还小孩子脾气。刚才和你开玩笑，忘了问你什么事。如果是私事，能做的我尽力帮忙。如果是工作上的事，就按工作程序办。"

"半私半公，不行吗？"

"在我这，没半公半私，我一向公私分明。"蒋斌呵呵笑着。

"我想问一下，你们这次办公楼装修工程是用哪种招标方法？是询价、公开竞标，还是谈判式招标？

"这个会综合考虑，具体方案会在近期定下来，我们欢迎每个有实力的单位参加投标，机会对每个竞标企业都是公平的。"

"别跟我说这些大道理，一套一套的。"陈菲架不住蒋兵的油嘴滑舌，忍不住笑了起来。

蒋斌说："那这样吧，明晚我有空，一起吃个饭吧。到时我请客，就当老同学叙叙旧，不谈工作。"

陈菲说："好吧。"

陈菲的手机又响了，这次是徐达打来的。大意是说谢谢她，谢谢小夏经常帮他接孩子。一直没有机会表示表示，今晚没什么事，在丁字街东坡酒楼，请她们一起吃个晚饭。陈菲笑笑说："你是醉翁之意不在酒，请我是假，我看主要是请夏晓杰吧？我今天没空，你还是亲自给人家打个电话吧，让我转告多不好，没礼貌。"

"陈姐说的是。"徐达连连称道。

晚上六点半，夏晓杰如约而至。她穿着一件紫红风衣，内衬米黄色上衣，牛仔裤，骆驼休闲鞋。

徐达先开口道："你好，你陈姐呢？"

夏晓杰说："她说要参加一个同事的生日聚会。"

徐达还是很礼貌地给陈菲打了电话，问她怎么不来。电话那头传来很吵闹的声音，陈菲说她真的没空，让徐达他们自己吃，慢慢聊。还特意地将"慢慢"两字加重了语气。

徐达对夏晓杰笑笑说："她真的没空，你点菜吧。"

夏晓杰问："咦，啸啸怎么没来？你怎么自己一个人出来吃饭，不带上孩子。"

徐达回答："在他外婆那。"

夏晓杰有点生气，"你把啸啸接来一起吃，否则我也走，你自个吃吧。"

"那好，你先点菜我去接孩子，真不好意思，是我的失误。"

约莫半个钟头后，徐达回到了酒店。

啸啸一见到夏晓杰，便兴奋得要命，一会摸摸小夏的手，一会摸摸小夏的脸，一个劲儿地称夏阿姨今天老漂亮了。说得小夏都不好意思了。

小夏说："我点了眉州香肠、川北凉粉，该你们点了。"

啸啸看也不看菜谱，说："我喜欢吃开洋冬瓜。"

徐达说："这又不是这家店的特色菜，还不一定有呢。"

说着便问服务员，服务员说有。徐达又点了东坡肘子、夫妻肺片、牛肉豆腐脑。

夏晓杰连说："行了，行了，吃不完的。"

徐达没有理会，接着说："服务员，再加一个水煮鱼、西红柿蛋汤、两瓶啤酒、一大瓶可乐吧。"

夕阳的余晖透过窗子照在人脸上，显得暖暖的。夏晓杰拉起了百叶窗，徐达又徐徐拉开一点儿。夏晓杰有点诧异。徐达笑道："阳光照在你脸上，更加漂亮。"

"我妈也很漂亮的，可最近老不回家，她不要我了。"啸啸接过话茬。

"不会的，啸啸，她只是暂时有事走不开。"

徐达有点尴尬："下周你妈说有空带你出去。现在不是有爸爸和夏阿姨陪你吗？"

徐达又问夏晓杰道："陈菲是否有了意中人？"

夏晓杰说："好像没有吧，要有我应该能看出点苗头。"

"唉，"徐达轻轻地叹了口气，又问夏晓杰，"工作怎么样，还开心吧？要是不满意，可以考虑到我公司营销部工作。"

夏晓杰说："还行，在陈姐手下干活还算心情愉快。我刚跳槽不久，不能这么快再跳槽了。"

徐达说："那好吧，你什么时候有想法了再找我。晓杰，让你费心了，真不知该如何感谢你。"

"一点微薄之力，不用太在意。我看你最好还是复婚或给啸啸找个后妈吧。"夏晓杰笑道。

"刚离婚不久就复婚，我想都不会想。她那脾气，谁也受不了。给啸啸找个后妈倒是有可能。"徐达微笑着说。

夏晓杰知道徐达误会了自己的意思，她是真心希望他能让孩子有一份母爱，可他却理解成自己要当孩子的妈似的。夏晓杰想想有点生气，又有点怪自己说错了话。

啸啸嚷道："我有妈，还找什么妈？"

徐达也觉得自己出招有点快，有点唐突。沉默了一会，夏晓杰打破了僵局："咱们吃也吃饱了，喝也喝足了，也该回家了。谢谢徐哥请客。"徐达说要送夏晓杰回去，夏晓杰说不同路，坚持坐公交自己回去。

005　有泪，有爱

周五下午七点，隆盛餐馆，蒋斌约了陈菲。陈菲着一身蓝色套装，这也是他们公司的工作服。蒋斌戴着墨镜，上身着深蓝西服，下身穿牛仔裤。

两人靠北窗，选择了一张桌子相对而坐。

蒋斌摘下墨镜，笑道："你也太正经了，还穿着工作服。"

陈菲微笑道："你也太休闲了，哪像在政府部门工作的，简直像一个马仔。"

蒋斌让陈菲点菜，陈菲说自己没什么忌口，随便吃什么都可以，让蒋斌点。

蒋斌随便点了两素两荤，外加两瓶啤酒。

蒋斌问："现在还好吧，有没有相好的？"

陈菲："一切随缘吧！"

蒋斌："天下没有完美的男人，也没有完美的女人。"

陈菲："可能我过于追求完美吧。"

蒋斌："什么是爱情，就是我看你还算顺眼，你看我也还顺眼。然后试着一起结伴远行。如果没什么大的分歧，就这样一直相伴下去。"

陈菲笑笑说："哟，结了婚的人，就是不一样，说话蛮深刻的嘛！"

蒋斌说："人总不能老活得糊里糊涂的，总得有所感悟，有所总结吧！"

陈菲笑而不语。

蒋斌说："当年你要是嫁给我，现在孩子都十几岁了。你看我女儿都上五年级了。"

陈菲有点不高兴，说："你今天不是请我吃饭叙旧，是来数落我的吧！"

蒋斌忙说："不，不，不，这是肺腑之言，真情告白。我是真心希望你能找一个好男人嫁了。女人总不能老一个人在外面闯吧？"

蒋斌说到了陈菲的痛处，陈菲突然眼睛湿润。蒋斌打住了话头。

陈菲说："能不能谈点工作上的事。我们公司想拿下你们的国税局办公楼装修工程。能不能多多关照？"

"这不是小工程，而且有严格的时间限制，并且不允许中标单位再转包，是要严格按照招投标程序的。况且我上面还有个正主任，这事也不是我一个人能搞定的。"

"不过，凡事事在人为。"见陈菲有点不高兴，蒋斌又接了一句。

"拿下工程，我们公司自然不会亏待你，到时我再请你，到高档宾馆全套服务。"陈菲笑道。

"别，别这样。"蒋斌笑笑。

两人边吃边聊，约莫吃了一个多钟头。两人共喝了五瓶啤酒，陈菲觉得有点不胜酒力，坚持要回去。蒋斌一把抓住陈菲的手说："我送你回去。"陈菲晕乎乎的，没有吱声。蒋斌觉得陈菲并不反对，就开车送陈菲回去。

陈菲到家时，已经晚上九点多。蒋斌将陈菲放到床上，为她倒了杯水，就准备离开。在他一只脚跨出门时，不经意回眸，发现在昏黄的灯光下，陈菲依旧是那么迷人。他禁不住扑向陈菲……

陈菲早上醒来时，看见自己凌乱不堪的造型，不免大为愤怒。不料却收到蒋斌一大早发来的短信：一时忘情，敬请原谅。工程一事，我一定竭力效劳。陈菲打他电话，想痛骂几句。对方却不接电话，陈菲只能趴在床上"呜呜"直哭。

徐达这边接到了张芸打来的电话，说周末要带啸啸到野生动物园玩，希望徐达能一起去，给孩子一点儿完整的亲情，哪怕是一天。徐达称张芸说得有理，只是确实有一位重要客户需要应酬，让她自己带啸啸去。

周六中午，徐达打电话给陈菲，说有一位重要客户接见，希望她能陪他一起去。说他看重陈菲的临场应变能力，并已假称陈菲是雄风公司新聘的副总。陈菲笑笑说，自己哪有那么大能耐，并推荐夏晓杰去。而这正是徐达想要的结果，他立即表示对陈姐的感谢，并说如果有一天她们俩能一起跳槽到他这儿，他举双手欢迎。

这客户是一个港商，姓李。徐达希望他能够投资下一个房产开发项目。席间，李港商常偷偷用余光瞅夏晓杰，这让夏晓杰很反感，却碍于他是徐达的重要客人，装作不知，还要做微笑状。徐达更反感，但还是装作若无其事。好在谈得还算顺利，确定下周五在雄风公司正式签订合同。

见过港商后，夏晓杰对徐达说："那个李港商，一看就是个老色鬼！"

徐达笑笑："男人本色罢了。"

车开到夏晓杰楼下时，徐达突然从上衣口袋里变魔术般掏出一支玫瑰，并包着纸条。夏晓杰吃了一惊，但还是鼓起勇气，怯怯地展开纸条：你愿意做啸啸的妈妈吗？

夏晓杰看完，慌乱地说："让我想想，让我想想。"然后一路飞奔。

一直到周日下午六点，张芸才把啸啸送回来。啸啸提着大包小包的零食，张芸拿着两三件新买的衣服。徐达对未能陪张芸、啸啸一起逛野生动物园，表示了歉意。坚持要在离所住小区最近的一家粤菜馆一起吃个饭。张芸说和啸啸已吃过，可啸啸坚持说又饿了。

席间，张芸和徐达几次相视，却无语。才分开一个多月，两人竟然形同陌路。徐达率先打破僵局，不断为啸啸夹菜让啸啸多吃点，可啸啸说自己并不饿，只是想和爸爸妈妈在一起多待一些时间，一起聊聊天。

这顿饭，大家吃得都很少，气氛有点凝重。分手时，啸啸死活不让张芸走，张芸无奈，忍痛抽了啸啸一巴掌转身离去。

窗外，细雨沥沥，徐达望着天空久久发呆。

自从和前任男友分手后，这是夏晓杰第一次收到玫瑰。她有些许激动，些许意外，更有些许彷徨。不得不说徐达是个好男人，他英俊潇洒、聪明成熟又不乏幽默，还年轻有为，事业有成。可他比自己大将近十岁，虽然这在城市里没什么大不了的，可身为农村人的父母会答应吗？这肯定会让生病的父母更生气，更何况徐达还有一个十几岁的儿子。可她还是非常喜欢啸啸的。

夏晓杰躺在床上辗转反侧，她给陈菲打了个电话，因为陈姐是徐达的同学，对徐达比较了解。当然，夏晓杰并不知道他们还曾是恋人关系。

陈菲将徐达大大夸奖了一番，并告诉夏晓杰如果喜欢一个男人，就大胆去爱。然后突然问了一句："你爱上他了吗？"夏晓杰一愣："还算不上爱，只是不反感，有点喜欢这个男人。"

陈菲笑笑说这就对了，喜欢和爱其实没有界限，希望你们修成正果。夏晓杰听了陈菲的一番劝导，心里踏实了许多，放下电话后，睡了一个安稳觉。

陈菲放下电话后却睡不着了，明明是自己搭的桥，但是现在看着曾经的恋人就要和别人修成正果了，心里不免多了一份醋意和心痛。但也只能和着泪彻夜难眠。

006　夏晓杰初会招标办蒋斌

又是一个风和日丽的早晨。

周一刚一下班，华夏就迫不及待地问陈菲关于国税局新办公楼装修工程的情况。提到这事，陈菲就想到那晚蒋斌对她的无礼，她感觉恶心、怨恨和心痛。

"这事拖不得，得趁热打铁，你以为别的公司不想尽办法往里钻吗？咱们公司要不惜一切人力、物力拿下这个项目。公司对这个项目势在必得！"

陈菲只能再给蒋斌打电话。她打手机，没接通，打办公电话，还是没人接。陈菲心想：这小子是不是因为上次的事有点心虚？他要是真心虚就不是蒋斌了。陈菲示意夏晓杰给蒋斌打办公打电话。电话那头终于有人接了。

"是蒋主任吗？"

"是。"

"刚才怎么不接电话啊？"夏晓杰问道。

"我去卫生间了，刚回来。"

"陈部长今天有事出去了，她让我给您打个电话，问国税局办公楼装修工程招标的事有什么新的动态和信息。"

"已确定采取询价招标的方法。6月6日至10日投标企业到市招标办拿投标指南。6月20日至7月5日为投标期。具体宣布中标的日子还未定好，大致就这些。"

"哦……"

陈菲一把抢过电话："蒋主任，我也刚从卫生间回来，你能否再透露一些细节，比如你们预算中标的底价是多少？"

"这个是单位的纪律，我不能说的。"

"我们不会亏待你的。这样吧，今天晚上我请你吃饭，算是回请，到时再面谈。老同学不会不给面子吧？"

"这个……好吧。"

陈菲挂完电话，将夏晓杰叫到一边，说今天晚上她另有活动，让夏晓杰代表她和公司去约见蒋斌。

"我，恐怕不行吧？"。

陈菲给她打气，让她相信自己，没有她完不成的事。并说，公司会配合做相关安排的。

晚上在金都大酒店某一包间内，夏晓杰静静地等着蒋斌的到来。约莫等了二十分钟，夏晓杰刚想打手机再催一下，外面就响起了敲门声。夏晓杰一开门就看见一个毛发稀疏，几近光滑的大脑袋探了进来。来人疑惑地问："这是 204 包间吗？你是谁？"

夏晓杰莞尔一笑："你是蒋主任吧，请坐。"并伸出手，握住了蒋斌的手。蒋斌还没完全反应过来，就被一个漂亮高挑的年轻女人握住了手。

蒋斌顿了顿："你就是华都公司公关部的夏晓杰？"

"正是，本来你这样重要客人应该由我们陈部长亲自来的。无奈她今天感冒了。陈姐说一定要见你，但我看她气色不好只好代替她。陈姐一再让我代她向您表示歉意。"

"没关系。"

两人客套寒暄了一番，几盘菜已端了上来。两个人边吃边聊，不到一个小时，一瓶 39 度的五粮液、五瓶青岛纯生啤酒下肚。夏晓杰的脸微微泛红，像四月里盛开的桃花。蒋斌的脸更是红得如灯笼，心里琢磨着：这小女人喝酒真厉害！怪不得陈菲让她来，老子都不是她对手。

夏晓杰的手机传来了信息声，是陈菲发来的："请务必搞定。"夏晓杰笑笑，删除了信息。

夏晓杰问："蒋主任，这次市国税局新办公楼装修工程，你们的招标预算价是多少？我知道你们请了专业人员预算过的，这是常识。"

蒋斌原本就不是个能喝酒的人，今天在美女面前，已是超常发挥了。现在警惕的神经终于放开了。

"根据我们的预算，含材料成本、管理成本、员工工资等，再加上最基本的利润率，至少也得一千三百六十万。向上可上浮个八九十万，也不是谁最低，谁就一定中标。但是谁低于这个价，注定是豆腐渣工程，肯定不会中标。"

夏晓杰用手机短信记下了这个数字。蒋斌探过晕乎乎的脑袋："干吗呢？是陪我喝酒，还是和男友聊天？没礼貌。"一边说着，一边用肥大的手掌托起夏晓杰的下巴。

夏晓杰吓了一跳，连忙嗔怒道："蒋主任，请你放尊重点！""好好。"蒋斌识趣地放下了手，几乎瘫软在椅子上。

"我有一样重要的东西，还没给您。"夏晓杰说完从随身的红皮包里拿出一个档案袋。"这是我公司投标资料草案，请蒋主任回去看看，给点指导意见。"然后又从档案袋里掏出一张纸："这是我公司的一点心意，领导已签了字，是一张转账支票。您可以以任何人的名义去转账，您填个数即可。"

蒋斌拿过支票一看，乖乖，是真家伙。不过他自幼是富家子弟，虽有点好色，但自上班以来还真的没拿过别人的钱财。第一次钱离自己这么近，只要自己填个数就可以了！

蒋斌推说自己和陈菲是老同学，在不违反原则的情况下，尽点微薄之力也是应该的。虽然他说话断断续续，却说得井井有条，有鼻子有眼的。

夏晓杰说："这是我们公司的一点儿心意，您不笑纳我会被领导批评的。"边说边用那纤纤玉手将蒋斌的手一摁，蒋斌也就不是蒋主任了。他犹豫了一下，还是接过夏晓杰递过来的笔，在支票上飞快地填上了300000。

那晚蒋斌喝多了开不了车，没能回去。夏晓杰帮他订了房间。第二天回家时，才想起夏晓杰说的她们公司的投标资料，打开档案袋一看，哪有什么资料，只有一张转账支票，有自己笔迹：300000。蒋斌不觉倒吸了一口凉气，但还是把它暗暗地收好了。

初步公关还算顺利，"华将军"对陈菲和夏晓杰给予了高度赞扬。尤其认为陈菲作为公关部负责人，领导有方。陈菲也对夏晓杰不惜溢美之词。夏晓杰则对陈菲开玩笑说："和这老色鬼打交道，总还是有点心惊胆战的，差点'晚节'不保。"陈菲则"大义凛然"道："公关就要不怕流血牺牲！"夏晓杰调皮地竖起了拇指："陈姐高见！陈姐厉害！"

几天未见到夏晓杰，啸啸吵着要见夏阿姨。说见不到夏阿姨，他就住到外婆那，再也不回来了。

其实还有一个人比啸啸更想见到夏晓杰，这个人正是徐达。一周多没见到夏晓杰，徐达失魂落魄的，老是健忘。秘书谢娜说徐总最近像着了魔。只有徐达自己清楚，他在想一个人。他打电话给夏晓杰，问这个周日能否陪他和啸啸到公园逛逛。没想到夏晓杰爽快地答应了。

周日上午九点多，徐达就载着啸啸去接夏晓杰，并送给她一套夏季穿的套装，称是前一天晚上就买好的，感谢她对啸啸一直以来的照顾。徐达说看晓杰和张芸身材差不多，估摸着买的，不知大小是否合适，款式颜色是否喜欢。夏晓杰说了声谢谢，并将衣服拿出来比画了一下，表示十分喜欢。夏晓杰露出了幸福的微笑。这天他们玩得很开心，尤其是啸啸，走路总是连蹦带跳的，称自己有两个好妈妈，但没有一个妈妈能够和自己朝夕相处。听啸啸这么一说，徐达满怀歉意地看着啸啸，又满怀期待地望着夏晓杰。夏晓杰红着脸安慰啸啸说，夏阿姨会经常看望啸啸的。

这个夜晚，分外迷人。街灯似乎格外的亮，月色分外明。习习凉风，吹在人的脸上、身上，如少女温柔的手，触摸着人们的肌肤。

这个夜晚，徐达挽留夏晓杰，她没有拒绝。这个夜晚，只属于他们俩。半夜醒来，夏晓杰满含泪水幸福地趴在徐达的胸口，喃喃细语："我已把我的一切、我的幸福托付给你，希望你永远好好待我，为我吃醋、为我焦虑、为我担忧、为我欢喜。"徐达轻吻着夏晓杰说："亲爱的，我的生命，我的一切都属于你，若有二心，必将……"夏晓杰连忙堵住他的嘴："我不要你发誓，只要你好好爱我，一生一世。"

007　陈菲投标工作初失败，失意街头遇车祸

陈菲这几天一直盘算着如何进行下一步的公关工作。说实话，她有两次没有履约是她自己的想法的。第一次没有陪徐达去见李港商，

是因为徐达曾让自己帮忙，为啸啸介绍个后妈。她既然介绍了夏晓杰，自然想多给他们创造在一起的机会。第二次，没有去和蒋斌谈工程的事，是她不想过多地求蒋斌（尽管她知道，不求也不行，所以只能尽量回避，减少看到他的机会）。另一方面，她也有自己的小算盘，让年轻貌美的夏晓杰去，事情会办得顺利些。在男人眼里，自己不过是半老徐娘，能有什么吸引力呢？

日子很快到了6月6日，一大早，陈菲准时到市招标办取回了招标指南，一整天都在仔细阅读。对参加投标工作她并不陌生，因为已经不是第一次了。只是像市国税局办公大楼装修这样的工程，对他们公司而言，仍是一笔不小的业务。也是她任公关部长以来，最大的一项工程。其实她和"华将军"一样重视，只不过"华将军"更重视的是钱，而陈菲更重视的是自己的能力，以及在公司中的威望。

经过半个多月的准备，标书算是全部准备好了。陈菲将投标的价格定在一千三百六十五万，比蒋斌说的底价仅仅高了五万。

7月10日，在招标会前两天，陈菲给蒋斌打了电话。

"蒋主任，你们那报过去的标书里，有没有比我更低的。"

"应该没有吧，"蒋斌压低声音，"这个问题还是下了班再说，我现在不方便。"

说完就挂了电话。

电话被挂后，陈菲焦急万分。好不容易到了下班时间，陈菲约蒋斌在老地方——金都大酒店见面。

陈菲说："多日不见，蒋主任头发更少了，不知是为公事操劳太多，还是艳遇更多了？"

蒋斌说："别拿老同学寻开心，有事直接说事，我一会还要有别的事呢!"

陈菲微笑:"知道蒋主任很忙,三番五次打扰您,您能出来,已经很给老同学面子了。本人代表本公司向您表示深深的谢意。对了,上次本公司的一点儿心意,希望蒋主任不要嫌少。等签订了工程合同,有情后感。"

提到上次的事,蒋斌不由得有点心虚:"盛情难却之下,只是暂为保管,秋毫未犯。"

陈菲说:"蒋主任什么世面没见过,怎么现在像毛孩小子似的。"陈菲一语双关,说完忍不住"咯咯"笑了起来。

蒋斌说:"你怎么就不相信老同学,好像我就是个天生的腐败分子似的。"

陈菲说:"老同学言重了,我的意思是人不能太较真。我要是太认真了,想起那晚的事我恨不得扒了你的皮。"

提起那晚的事,蒋斌更心虚了。忙说是一时忘情,看到陈菲漂亮如旧,一时失控。

陈菲先是有点委屈,泪眼模糊。但她丝毫没有忘记自己的工作。

"算了,往事不提了。只想问你,标书里有没有比我们价格更低的?"

"那些资料也并不是我一个人看的,还有其他同事,看完之后还是要封存的。按理不会有比你更低的价了。如果有比你低且比我们最低价高的,那这家企业也太有才了。"

7月12日,在招标会现场,时而人声鼎沸,时而鸦雀无声,时而窃窃私语。

大会主持人一封封拆开档案袋,用洪亮刺耳的声音宣布结果。那声音像是能划破长空，在屋子里久久回荡。

腾飞装饰工程公司——两千万。

美尔雅工程公司——一千九百万。

海龙装饰公司——一千八百五十万。

华都装饰有限公司——一千三百六十五万。

"吁——"

台下传来一片议论声。

陈菲有点得意，这个报价已是当前最低价了。

雄风房地产公司："一千三百六十一万。"

台下传来更大的嘈杂声。

陈菲大吃一惊，差点没晕过去。她定睛一看，此人不是别人，正是徐达的秘书谢娜。

她正是代表雄风房地产公司来参加现场招标会的。

陈菲不知道，其实三年前，雄风公司就成立了自己的装饰子公司。只不过那时子公司刚起步资质还比较浅，是挂靠在徐达好友的公司下面，自负盈亏的搞些业务。这几年来，这家装饰公司经过自身的不断努力及不惜重金网罗人才，已具备国家二级装饰工程公司的资质。试问国税局办公楼装饰工程这块肥肉，谁不想咬？

陈菲万万没想到，有人报出如此精准且比她低的报价。她诧异地看向谢娜，谢娜此时一脸的不屑和得意，一点不亚于自己刚才的样子。陈菲用狐疑的目光打量着蒋斌，那目光像两支利剑，刺得蒋斌额头直冒冷汗。

蒋斌镇了镇，站了起来，接过主持人的话："我们这次是询价招标，不是公开竞标。低价固然是我们招标方追求的方向，但不得不综合考虑各个方面。我们会根据我们自己的预算对投标企业的报价给予评估。具体宣布中标的现场会时间另行通知。"

现场会结束后，陈菲无精打采地在路上晃悠。她在路边找了椅子坐下，点燃了一支烟。因为最近市建设路有修路工程，陈菲的车今天限号，所以今天是公司派车送她来的。送到现场后，司机小张另有任务，没有时间等陈菲。现场会结束后，她只能坐公交回去。但是因为出师不利，她索性一个人在路上漫步。

她有太多的不明白，为何徐达从未告诉她他有一个装饰公司，也要参加投标。她不明白，他的公司报价怎么会那么准，和蒋斌的报价最接近却又比自己的低，是不是蒋斌这东西是个双料"间谍"？是不是徐达利用谢娜这狐狸精勾引了蒋斌？徐达自己不也承认自己变了吗？还要她多看看一些谋略方面的书。是的，徐达不再是当年那个纯情的小男生了，他是个企业负责人，是在强烈的竞争环境和竞争意识中一步步走过来的。另外自己怎么就忘了，蒋斌是个重色更重情的人。她一定要把这些疑问弄清楚。

陈菲不知自己什么时候站了起来，居然忽略了十字路口的红灯。伴随着一阵长长的刺耳的刹车声后，陈菲什么也不知道了。当她醒来时，已躺在了市人民医院的病床上。

第五章 一场车祸一份缘

001 病中遐思

陈菲用手撑着想坐起来，却感觉到一阵钻心的痛，她这才发觉自己还在打点滴。护士告诉陈菲，她已经昏迷了两天，目前刚脱离危险期，至少还得住院一个星期，说她是被一辆黑色现代小轿车撞了。陈菲一侧脸，看见床头柜上有好多鲜花，花枝上还有一些小卡片，上面写的都是一些祝福的话语。徐达的祝福：祝早日康复。夏晓杰：祝姐姐天天开心。"华将军"：保重身体。还有蒋斌：一切都会好的。

看到这些熟悉的名字，往事历历在目。她想起在高三时和徐达那一段美好时光。他们一起交流学习，一起吃饭，一起在操场晨练，一起在河边手拉手畅想未来。为什么最终他们却未能走在一起。徐达离婚了，自己还孑然一身，应该算自己有机会了。可现在再没当初的那份激情了，时间和距离真的会冲淡一切吗？现在他心中已彻底放弃了自己，把目标锁在了另一个人身上。而她自己还要当他们的红娘。

她想起大学时拼命追他的蒋斌，她相信他是真心喜欢她的，可不知为何，她就是对他爱不起来。甚至因为他强吻过她一次，她狠狠扇了他一记耳光。而在前些日子，她却在不知不觉中，把女人的一切给了这个她并不喜欢，却死缠烂打的男人。虽然她也知道自己喝多了，失去了警惕性。但她也知道，只是因为这个男人不是一般的客户，自己才会完全放下心来，放纵了自己。她说不清是寂寞的她太需要一个人的关爱，还是仅仅因为好强要拿下这个工程她才敢那么不加控制地喝得天昏地暗，然后把一切交给这个又矮又胖的男人。

她想起夏晓杰，那多么像年轻时的自己，聪明、大方、好强。为了胜利敢于不择手段，同时能把自身的损失降到最低限度。她是一个很理性的人，不像一些女孩子，整日沉溺在韩剧中，沉溺在帅哥美女的浪漫童话中。她以为夏晓杰不会同意和徐达交往，但没想到他们发展得这么顺利。她是真的爱上他了？还是因为徐达是总经理，她想试着爱他，结果真爱上他了？不管是哪一种原因，她都衷心地希望夏晓杰喜欢上徐达，不只因为徐达是一个公司总经理的缘故。

而自己的那个他，该何时出现呢？

陈菲正躺在床上胡思乱想时，夏晓杰进来了。陈菲问起工作上的事，却被夏晓杰打断。

"陈姐真是个工作狂，先安心养病好了，工作上的事我会尽量处理好，然后向你汇报清楚的。你先说说你的事吧。对了，那个王队长有没有来？"

"哪个王队长？"陈菲问道。

"哎呀，你可能还不知道，那天你被车撞了，司机还想逃跑。正好那十字路口对着一小区门口，那天是小区物业保卫科王队长值班。

当他看到有人被撞时，就快速跑过去抓住司机。然后打了110和120。是他送你来医院，然后又在手术协议书上签了字的。"

"医生说你左腿胫骨内有一点儿粉碎性骨折碎片。不过这没多大关系，不会瘸的。"

陈菲这才意识到，自己左腿还缠着纱布。

陈菲问道："王队长多大了？"

夏晓杰回答："他叫王凯，是小区的一名保安负责人，今年才二十八。哇，简直帅呆了。听他同事说，他是退伍军人，退伍前是某武警部队的，一身好功夫，身高有一米八多吧。那肇事者一看王队长冲上来，拧住他的胳膊，哪还有跑的勇气。"

陈菲不禁笑道："听你的口气，倒是十分喜欢他，我做个媒得了。"

"可惜，我已名花有主啦！"夏晓杰笑得很开心，"对了，前两天是他一直在陪你，还说今天下午来看你，估计快到了。"

"我真得好好谢谢人家。对了，那肇事司机怎么处理的？"

夏晓杰语气突然缓和了下来："听交警队李队长说，初步断定双方都有责任，你擅闯红灯，那个司机在十字路口未减速慢行，且属于酒后驾车。具体责任比例怎么界定，还没有定论。陈姐，你好好休息吧，别想这些了。今天你说的太多了，我就先走了。待会那位帅队长可能还要来。"

陈菲连声道谢，并让夏晓杰帮她转达对华总、徐达以及蒋斌的谢意。

夏晓杰转身刚要走，陈菲突然大叫一声："等一下！"

夏晓杰大吃一惊："什么事？"

陈菲一把抓住夏晓杰的手说："如果我没记错的话，再有两天就是16号现场会——宣布中标的日子。请务必多和蒋斌联系，了解内情。要不惜一切代价，拿下这项目，我们没有退路，要势在必得。我身体不好，这也许是我主抓的最后一个公关任务了。事成后，我会向华总大力举荐你。"

夏晓杰听陈菲说的沮丧话，不免也有点难过："陈姐放心，我一定尽力，不辜负你的厚望，这也是我的职责。至于什么举荐之类的，我也从没有这些想法，我只是努力做好本职工作。"夏晓杰顿了顿，又说道，"医生说，不会有大碍的，你会很快好起来的。"

陈菲松开握着夏晓杰的手，说："这我就放心了。"

夏晓杰调皮地在陈菲的脸上亲了一口："陈姐，拜拜！"

002　好保安照顾陈菲

下午六点多，陈菲门外再次响起了敲门声。陈菲想坐起来亲自去开门，但疼痛让她无法动弹。她只得说一句："请进。"

门被轻轻打开，一个身材高大、浓眉大眼、长相俊朗的三十岁右右男人走了进来。他着一身保安服，显得格外精神，手里捧着一大束鲜花，微笑着："陈小姐你好，我来迟了。"

陈菲暗笑：自己昏迷好久，还没见过他，哪知道他什么时候来呀。

陈菲挣扎着，还是想坐起来。王凯见状一个箭步冲上去，轻轻地摁住了陈菲："陈小姐，不必坐起来，我来看看你一会就走。七点钟我还要换班。"陈菲刹那间感觉到那一双大手是多么的有力、温暖，给人深深的安全感。她好久没有这种被人关爱的温暖的感觉了。

"请坐，谢谢你那天救了我。"陈菲带着温柔、感激的目光说道。

"不必客气，任何一个有良知的人都会这么做。"王凯边说边麻利地将快枯萎的花丢在垃圾筒里，并将鲜花插在花瓶里。陈菲看在眼里，觉得这是一个粗中有细的男人，他将来也一定会是一个能经营家庭的人。

陈菲无意识地问了一句："王队长，你来看我，不怕耽误家事老婆找你？"

"老婆？"王凯突然笑了起来，"对象还没有呢，哪来老婆？前天家里来电话让我回去相亲，我看你受伤一个人在这，不忍心撇下。今天早上，我母亲告诉我说我没如期回去，女孩有意见。还没相上就吹了，这也太快了。"说完，王凯忍不住还在笑。

陈菲也笑道："为了我，对象没相上，怎么还开心？"

王凯稍稍平静了一下情绪："我都向她和家人解释过了，是因为有特殊事情，可她不能谅解，这样的女人不要也罢。"

陈菲内心充满歉意："真不好意思，为了救我、看望我，耽误了相亲。如果有合适的，大姐一定替你留心着。"

王凯连声道谢。

坐了一会儿，王凯似乎没什么话可说。他顿了顿，想到一个话题。他问陈菲有没有顾城或海子的诗集。陈菲说，她不太喜欢诗歌，不过家里好像有几本诗集，她可以找找。如果他喜欢的话，《三毛全集》倒是有，看看也不错。

王凯见一时没找到共同话题，有点不知所措地站了起来，说值班时间要到了他得走了。又说他会经常来看陈菲，直到她康复。王凯说，这次不平常的遭遇，让他有缘见到漂亮能干的陈姐，他非常荣幸。

门"吱呀"一声开了又合上，陈菲脑海里一个高大的背影渐行渐远。一个多好的、成熟无华的男人！她甚至想起一首古诗，喃喃自语道："我生君未生，君生我已老，恨不生同时，日日与君好。"念到此，热泪不觉夺眶而出。

晚风习习，夏晓杰独自一个人走在长河湾边。长河湾是穿过城里的一条人工河道，主要用于一些轻载运输。这些运输任务，大部在秋冬季节，而夏季多用来作旅游用。是人们喝酒、游览、消夏的好去处。这里没有名贵的花草树木，但是河两岸的垂柳别有一番风味，这里免不了是情人扎堆的地方。夏晓杰作为一个异乡女子，在大城市里漂泊，也没有太多的朋友，她时常感到寂寞。唯有认真勤奋工作，才能打发内心的孤独和落寞。自从认识徐达后，才让她这异乡女子有了归属感。因为这里有了让她牵挂和牵挂她的人。

可是，这一场恋情，会有结局吗？

003　华都公司投标失败，"女侠"约赴"鸿门宴"

7月16日，这是一个不同寻常的日子。早上九点，招标会现场便被挤得水泄不通。因为这是市国税局新办公大楼招标的最后定夺的日子。有好多企业虽然知道自己中不了标，但还是来了，主要是好奇想关注一下到底这个幸运将花落谁家。他们知道，如果不出意外应该会是雄风房地产公司或华都装饰公司。

出席招标现场会的除了50多家企业代表，还有一些市政府领导以及很多媒体。首先由市政府主管工业的李副市长讲话："各企业代表，各媒体朋友，首先感谢符合资质的企业的积极参与投标。一流的工程，需要一流的企业来做。只有优中取优，才能保障工程的质量，杜绝豆腐渣工程。这次国税局办公楼装修工程，也受到了许多媒体的关注和监督。在此，我郑重承诺，此次招标一切都是按程序、按规定办事，没有任何暗箱操作，群众的眼睛是雪亮的。我相信呈献给大家的，必将是一个高品质、智能化、国际化，同时不乏中国传统审美情趣的装饰装修工程。下面有请市政府招标办黄主任讲话。"

黄主任举着双手向台下的企业代表、媒体及其他旁听嘉宾致意："我基本没什么好说的，李市长把我想说的话都说了。下面由招标办蒋副主任宣读中标企业名单。"

蒋斌拿着一个档案袋，挪动着肥胖的身躯，一边拆开封口一边说道：我宣布，这次市政府国税局新办公大楼装饰装修工程的中标单位是——"说到这里蒋斌的目光一下子扫到了台下的夏晓杰。由于陈菲被撞伤，这次是她一个人来的。夏晓杰用期待中略带冷漠的眼光打量着蒋斌。

"是——雄风房地产有限公司。"说完蒋斌也暗自吃惊不小，当读完结果后，他冒出一头冷汗。本来他早已安排好了，难道是那个黄老头干预了此事，动了手脚？

夏晓杰一下子瘫软在椅子上，公司的重托、陈姐的期待，还有自己不惜屈辱的付出，难道这一切，就这样白费了吗？她恨死蒋斌这个狡猾、阴险的家伙。她恨不得用刀将他剁成肉酱拿去喂狗！

这时最得意就是雄风房地产公司代表——徐达的秘书谢娜。她得意地站了起来，向台上台下的各界朋友一一鞠躬致意："首先感谢各位领导对我们公司的信任，感谢各个评委对我们公司的认可和公正评判，感谢各位同仁参与竞争。只有强者与强者的交锋，才能够互相促进和提高，只有强者和强者竞争，才会体现出更强的风采。同时，我也相信参与竞标的所有企业都是相当优秀的企业，而我们只是稍稍幸运了一点儿。我代表我们公司承诺，一定会交一份满意的答卷。请各位领导和业主放心，也请各位同仁和媒体朋友及主管部门多多监督。"

自从蒋斌宣读完中标企业名单后，他自己心里也不大踏实，他是动了真格要摆平这事的。不是他有多伟大、善良，委实是被夏晓杰抓住了把柄。万一夏晓杰（按她的性格，说肯定也不为过）向有关部门披露自己的丑事，他真的有可能削职为民了。他本来就是民办大学毕业生，单位里好多人对他不屑，正愁找不着他短处呢。他给夏晓杰打电话，电话提示：您拨打的电话正在通话中。

他知道肯定是她挂断了，想到这里蒋斌的心一下子提到了嗓子眼。

谢娜和夏晓杰并不是第一次见面了，自从上次招标会她们就互相认识了，加之夏晓杰日前就是徐达的准女友，双方见了面不免要打打招呼。但谢娜其实早就喜欢上徐达了，只是徐达对她没任何感觉和暗示，现在见他们俩好上了，谢娜对夏晓杰便充满了敌意。

谢娜走出招标会现场时，故意对夏晓杰说道："夏小姐，今天我心情很好，晚上我请你喝酒，你有空吗？这段时间你和陈菲为工程的事费了不少心，没有功劳也有苦劳啊！更何况现在你男朋友公司赢了，你应该一样高兴才是啊！"谢娜故意把男朋友三字说得很重，音拖得很长，字字如剑，刺痛着夏晓杰。

夏晓杰本就是个性格刚烈的女孩，哪受得住这般冷嘲热讽。她没好气地说："我和徐达虽是朋友，可我们工作上丁是丁、卯是卯。我只能代表华都装饰公司的利益。在投标方面，我们同样是竞争对手。徐达是一个光明磊落的人，即使竞争也是用正当手段。我怀疑是你这狐狸精勾搭谁了吧？"

谢娜冷冷一笑："勾搭？我怕你是想勾搭还勾搭不上吧？谁比谁又好得了多少呢？别以为你的那点破事，别人不了解！"

夏晓杰内心大吃一惊，这个谢娜好像知道什么内情一样，到底怎么回事？真是太小看这女人了。别看这女人有着不到一米六的娇小身材，可说起话来却如重磅炸弹一样颇具杀伤力。她恨不得一下子甩给她几记响亮的耳光，但现场人来人往的，她还是竭力控制着情绪："你是用脚丫子思考问题吗？请不要随便臆测，我还有点事，你不是说晚上请我喝酒吗？不用了，我请你，中午十二点在健康路8号家乐福对面的快餐店，不要失约啊！"

"好！就算是鸿门宴，我也去！"谢娜答道。

夏晓杰独自一个人回到自己的宿舍，她想好好休息一下。她是一个要强的女人，她不敢把这个失败的消息告诉"华将军"，也不敢告诉病中的陈菲。她拿出冰箱中的冰激凌，躺在床上一个接着一个吃。一共吃了四个。

好多女人，一生气大抵有如下三种"症状"：一拼命摔东西，二疯狂购物，三就是如夏晓杰一样疯狂吃东西。女孩尤其爱吃冰激凌。

她躺了一会，实在睡不着。为何徐达明知道她们公司参与竞标而且志在必得，他还插一杠子呢？他是不是真的像陈菲说的，变了许多，变得比蒋斌还奸诈。她相信人会变，也相信徐达会变但徐达绝不会变得像蒋斌那般无耻无情无义。上次陈姐就让她调查徐达何时参与竞标，以及如何报得如此精准的低价。此事她一直没好意思调查，这次是自己付出的太多，输得太惨，她不得不问个明白。她甚至做出最坏的想象，这个男人会不会正和谢娜那小妖精在外面一起庆祝胜利呢！

004 两"女侠"剑拔弩张，徐达从天而降

夏晓杰虽说心事重重，难以入眠，但终究是身心疲惫。睡不着则已，一旦睡着就是自然醒。等她醒来，已经是中午十一点五十分了。她想起和谢娜的约定，便匆匆洗了一把脸，打车前往。

夏晓杰到时，娇小的谢娜早坐在一个桌子边恭候了。谢娜起身，示意夏晓杰在对面坐下。夏晓杰淡淡地说："不好意思，说好我请你，我这主人反倒来迟了。"

谢娜道："没关系的，我知道夏小姐最近忙于投标，身心俱累，真的该好好休息休息了。"

夏晓杰问谢娜喝点什么，谢娜说随便。夏晓杰一会端来两杯冰镇饮料、两块牛肉汉堡、两大袋薯条。

谢娜说："真不好意思，让你破费。我说晚上请你，你非要请我。唉，恭敬不如从命吧！其实我忘了说，我更喜欢喝这里的热饮料。不过这天也热了起来，喝点凉的也好。我知道夏小姐现在更需要一杯冰镇饮料降降温！"

夏晓杰微微一笑："这天吧，虽不是什么酷暑，不过大中午的也有二十几度。喝点凉的有什么不好，难道谢小姐就不需要降降温？"

谢娜答道："我呀，向来心静如水，处事不惊。一般不需靠外在的东西来缓解浮躁，所以我很少喝凉的。不过今天例外，我看到陈小姐高兴，作为我的诚意，就这么喝了吧。"谢娜边说，边慢慢喝着。

夏晓杰说："要不，给你重来一杯热的吧？"

谢娜说："不用，不知为什么，今天喝点凉的感到特舒畅。人呀，心情一好，喝什么都香。要是心情不好，就是山珍海味也吃不下，夏

小姐，你说对不对？"

夏晓杰明知谢娜笑自己投标失败，也不好发作，只得连声称是。

"谢小姐，我想问一下，你是怎么知道招标底价的？"

谢娜微微抬起头微笑道："你都能知道，我怎么不能知道。有些事，你我心知肚明，用得着说那么直白吗？国税局办公大楼装修工程这块肥肉，哪个企业不想做。徐达是你男友不错，可他更是一个企业的老总，企业要生存就得有竞争力，要竞争就得不择手段，难道这点你都不懂吗？"

夏晓杰猜测："是不是我无意中和徐达聊天中说出了我们公司的投标价，徐达就记在心里，然后做出这个计划？真要是这样，他也太卑鄙了！"

谢娜说："看来，你对徐总不是真的了解。在生意场上他会轻易相信别人脱口而出的话？凡事徐总总要尽力经过自己的调查取证，才会相信。蒋主任是你上司陈菲的同学，我想你们肯定会找他。而我呢，找了一个你们要找的人的顶头上司黄主任。至于什么手段嘛，我想彼此彼此吧！"

夏晓杰气得嘴直哆嗦，她喃喃自语道："无耻，太无耻，太卑鄙了！"

"说谁无耻呢，夏小姐。"谢娜一边嚼着汉堡，一边慢条斯理道。

"说你，还有徐达，都无耻！"

"你可别这么说，徐达可是你的男友啊！你冲我发发火，可以理解，可不要对心上人那样说啊。退一步，谁比谁又好得了多少呢？你说是吧！能拿下蒋斌，不下点真功夫能行吗？"

夏晓杰气得眼冒金星，拿起手提包要走："谢小姐，你且慢用，我失陪了。"

"等一下，有一位重要客人还没到呢，我想你也一定想见他，有些话想当面问问他，不是吗？"

"谁？"

"徐达。他本来是要和我一起来见你的，因为有事所以让我先来，我想他一会应该就到了。"

夏晓杰确实有许多话要问他，或者说责问他。为什么要抢他们公司势在必得的业务？为什么作为自己的男友，竟能对自己守口如瓶？难道商战让每个人都失去了人情味了吗？但一想到自己参与公关的业务已经是失败的了，还有什么可问的呢！因此气哼哼地说："不见！"说完仍然要走。

突然后面一个黑影闪了进来，一口浑厚的男中音传进耳朵："我来迟了，谁这么大脾气啊？"徐达明知故问道。

看到徐达，夏晓杰突然不想发火了，毕竟他是她的男友了，除了这事，他也从未惹她生气过。徐达按住夏晓杰的肩膀，示意她坐下，自己则坐在了夏晓杰的旁边。

谢娜突然觉得徐达的到来，让自己十分尴尬，她推说自己有事要走，徐达让她坐下，一起聊聊。

徐达首先打开话题，他说："说实话，自从我得知国税办公楼装修工程招标，我开始确实垂涎这块肥肉。后来知道陈姐、夏晓杰为这项业务费了好多精力，加之我中小户型房地产新项目的开发资金周转不够，所以决定退出竞争。但为了确保这块肥肉不落入他人之手，所以我也动用了一些人力物力。我将以书面的形式向招标办说明，编造一些其他特殊原因退出这项业务，并推荐你们公司成为最终的中标者。当然，这项政府工程招标不是儿戏，我还得找找关系阐明原因。实在不行，也可以用我的名义承包，你们去干。钱我一分也不要，全归你们公司，或者给我一点点分红，聊表你们的心意也可以。"他一把搂住夏晓杰说："这下，你不会嘴噘老高了吧？不过还得感谢一个人，那就是我的秘书谢娜。是她公关有力，弄得第一手资料，才使我的竞标颇具优势，甚至超过了你们华都公司。"

夏晓杰听了十分感动，热泪盈眶，"谢谢你，徐达。"同时也略带歉意地对谢娜说："谢谢你，谢娜，谢谢你对我们的帮助！"

谢娜听了他们两的话，不觉气得怒火中烧，两眼含怒却又充满泪花。她对夏晓杰说道："谁为你们了？"又转向徐达："徐达，你真行！"说完抬手给了徐达一记响亮的耳光，踉跄而出。

徐达被打得丈二和尚摸不着头脑，"这女人，疯了！非得开除她！"

夏晓杰觉得是自己让徐达费心，才导致谢娜生气，让徐达挨了那小女人一巴掌，更觉愧疚。同时也觉得对不起谢娜，忙对徐达说："算了，别和她计较，你是领导要大度一点儿。"说着，夏晓杰递上一块还没吃的汉堡给徐达，又给徐达要了一瓶饮料。

徐达觉得当着众人面，挨了谢娜一巴掌觉得很没面子，于是急匆匆拉着夏晓杰走出了快餐店。

谢娜一回到家，就趴在床上号啕大哭。她也是个要强的女人，本来是为了在徐达面前证明自己的能力。为了中标，她甚至不惜牺牲一切。可徐达挖空心思要拿下这项目，竟是为了夏晓杰，为了她们公司。仅仅是为了让夏晓杰他们能够中标，获得双保险。

她越想越委屈，第二天就没上班，继续趴在床上落泪。

第六章　有多少爱可以重来

001　保安恋上陈菲，谢娜装病"罢工"

王凯煲了一锅鸡汤，用保温壶装好，骑着自行车急匆匆地向医院奔去。

陈菲听见敲门声，打开门就看到了王凯满头大汗的脸，再一看他手上的保温瓶已渗出了汤汁。

陈菲有点不好意思，同时也满含感激地说："小王，你这是……"

王凯气喘吁吁地说："陈姐，我今天特意给你煲了一只老母鸡，而且还是乌骨鸡。书上说，乌骨鸡的营养价值要比普通鸡高好几倍呢！现在下午一点多了，我两点值班，所以走得急了一点儿。"

陈菲拿起一条干净的毛巾，要为王凯擦汗。王凯接过毛巾说："陈姐，我自己来吧。"

陈菲这才意识到，眼前的男人并不是自己的弟弟，也不是自己的男人，但却是一个关心自己的陌生而又熟悉的男人。她不但是一个需要关爱的人，也是一个愿意关爱他人的人。她觉得自己越来越喜欢眼前这个男人。

王凯打开保温瓶，舀了一点汤和几块肉递给陈菲。陈菲早已闻到鸡汤鲜美的味道。一个男人，能有这么好的厨艺，确实不多见。至少自己身边的男人，都只知道吃喝玩乐，却鲜有烧得一手好菜让别人分享的男人。陈菲不是没胃口，而是没心思喝。今天是公布中标单位的日子，夏晓杰却没给自己打一个电话，打她手机也总是关机。打"华将军"手机，也说没联系上夏晓杰。陈菲纳闷了：就算不中标，也不至于不露面吧！胜败乃商家常事，况且不能中标也不是她一个人的过失。谋事在人，成事在天，天欲违我，夫复奈何？

想到这，陈菲叹了口气，说："小王，陈姐这会不饿，要不你替我喝了吧。"

王凯说："我刚吃过，是不是陈姐嫌我做得不好吃？"

陈菲说："不不不，好，我吃。"她喝了一口，觉得不错，又喝了一口。她觉得小王这手艺一点儿不比自己的母亲差。陈菲每次回家，最爱吃母亲炖的鸡汤了。陈菲又尝了尝鸡肉，轻轻一咬，骨头就剔出来了，看来炖的工夫不小。好久没喝这么香的鸡汤了，没一会，一碗汤被喝了个精光。陈菲一抬头，见王凯正盯着自己呢，陈菲有点不好意思，只顾吃，忘了客人了。

"小王，你炖得真好，你也来一点儿吧！"

王凯笑笑说："不用了，我经常炖的，想吃就自己炖。"

陈菲知道王凯是一个节俭的人，一个大小伙子不可能经常自己炖鸡汤，他这只是客气，不喝鸡汤的托词。

陈菲也笑道："真香啊，要是天天能有这样的鸡汤喝就好了。"

"陈姐要是真的喜欢我炖的鸡汤，我就天天炖！军人一言，驷马难追。"王凯说完，还行了个军礼，逗得陈菲直笑，一边笑一边说："别再逗陈姐了，再逗我会笑得喷你一脸鸡汤的。"

王凯也被陈菲的幽默逗得"呵呵"直笑。

陈菲说："对了小王，上次为救我误了相亲一事，你也老大不小了，赶明儿遇上合适的，姐给你介绍一个，说说你的条件。"

"这个嘛——"王凯装作一本正经，若有所思地说道："和陈姐一样漂亮、聪明、幽默、贤惠就行。"

陈菲笑道："要是年纪也和陈姐一般大，怎么样？"

王凯笑道："那更好啊，有个说法叫女大三抱金砖，要是大上六七岁，不得抱个金山回来啊！"

陈菲道："大三岁抱金砖，大六七岁就抱金山，有这么大悬殊吗？把我比作金山，是把我比老了啊！"

王凯一时语塞，不过很快接上话茬，说道："我不是这意思，我是说这样的女人就是我心目中的金山，无比向往啊！"

陈菲忍不住笑得直喊肚子疼："看你表面沉稳、老实，却也是个冷幽默人才呢！"

王凯笑道："和陈姐在一起，不会幽默的人也变幽默了。"

陈菲笑道："那好吧，我下次给你介绍座金山。"

王凯笑道："金山就在眼前，我又何必舍近求远。"

陈菲脸微微一红，不知说什么好，她没想到王凯会这么对她说。她不知道是他的幽默还是他的认真："小王，这么轻佻的幽默，陈姐可不大喜欢啊！"

王凯鼻子一酸，低语道："陈姐，我是认真的，你不应该说我轻佻。"

陈菲低头轻语道："小王，这不大可能，陈姐老了。"

王凯："不，在我眼里，陈姐永远是年轻漂亮的。在见到你那一刻起，我就有似曾相识的感觉，或者说有一种莫名的好感，但我不敢说那就是爱。但在与陈姐交往的这段时间中，我觉得我真的爱上了你，你就是我生命中的另一半，就是我要找的那座金山。"

陈菲何尝不知道，自己也不知不觉喜欢上了这个男人，但她自己也不清楚是好感还是爱。也许一个女人对一个男人的好感与爱，只有一步之遥，当这一步之遥被王凯打破时，陈菲曾经对爱的无奈、失望的防线一下子被打开了。她泪光闪闪地对王凯说："小王，你真的不后悔吗？"

"我对天发誓，爱陈姐至死不渝，如有变心，必遭——"陈菲一下堵住王凯的嘴："心里有爱，何须誓言？心里无爱，誓言何用？"

王凯一把将陈菲揽入怀中，紧紧拥抱。

这时王凯手机突然响了，是同事小张打来的，他这才知道因为刚才谈得尽兴，竟误了上班时间，他突然轻轻推开陈菲道："陈姐，我要上班了，改日再来看你。"

陈菲道："好吧，骑车小心点。"

陈菲为何联系不到夏晓杰？那是因为夏晓杰未中标后，心情低落，一时无法向"华将军"和她交代这个结果。自从和徐达、谢娜见了面之后，她才觉得事情稍稍有些转机，向"华将军"说了大致情况后，又匆匆赶往医院，向陈菲报告情况。

王凯离开不久，夏晓杰就来到了医院。

"陈姐，身体好些了吗？"

"好多了，俗话说，伤筋动骨一百天，没三四个月，哪能痊愈？

一只腿骨折，另一只腿也受了皮肉伤。现在要靠拄双拐，才能勉强站起来，真正成了'双枪老太婆了'。"

夏晓杰笑道："医生说，不会残疾的，肯定能很快好起来的。现代社会都是电子信息化战争了，不需要'双枪老太婆了'。"

陈菲笑道："快别贫了，急死我了，怎么关机了？快说说招标情况。"

夏晓杰一五一十地将情况报给陈菲。陈菲觉得事情还是有点悬，希望渺茫，这招投标的大事徐达能搞定，能说让给谁就让给谁吗？不管怎么说，徐达的初衷是好的。她打徐达手机，想要表示感谢，提示正在通话中，她知道他肯定是在开会。

她又打电话给谢娜，要表示感谢。只有夏晓杰明白，谢娜现在是心情最糟糕的一个，她是哑巴吃黄连——有苦说不出。

谢娜没上班，徐达打过她的手机，关机。他本来不想打她手机的，但一想到自己是公司总经理，怎么能和员工一般见识。不过这女人竟敢打他，他越想越生气，真是吃了豹子胆了？

谢娜不在，徐达还真有点不习惯。不是文件找不到，就是工作计划、日程安排找不到。他这才意识到，谢娜这个秘书还真少不得，因为平时总是谢娜为他安排得井井有条。

徐达忙得焦头烂额，气不打一处来。于是忙叫来王助理，说："无论如何，把谢娜带到公司见我。没病装什么病！不，还是让她到佳日风情酒店等我吧！"

王助理走后一个多小时，徐达工作也安排得差不多了，却迟迟没有王助理电话。刚要打电话给王助理，王助理电话就打来了："徐总，谢小姐说身体不舒服，不能上班。"

徐达说："没告诉你带她到假日风情酒店等我吗？"

王助理答道："徐总，谢小姐说身体不适，实在不能动身。"

徐达一听瞬间来气，挂断电话驱车前往谢娜住地。

徐达一进谢娜房间就说："小谢，去了趟'五指山'就不想上班了？"

总经理大驾光临，让谢娜吃了一惊。她听出徐达话里有话，忙起身坐起来，眼睛红红的，看得出她一直在哭。她往徐达脸上一看，心里委实觉得愧疚了许多，徐达脸上那五个手指印还依稀可见。她感觉自己昨天确实太冲动了，有句话叫冲动是魔鬼，确实不错。她觉得大祸临头了。

"好好的，请什么假，闹什么情绪。跟我出去一趟，有事问你。"既而又转向王助理："你先回去吧。"

谢娜这才勉强起床，盥洗完毕后，随徐达来到佳日风情大酒店。

徐达说："这次能中标，你功不可没，特意在此宴请你。"

谢娜不敢正视徐达的脸，她怕看见那"五指山"，便低头答道："不是我一个人的功劳，是公司团队的功劳。"

"得，不用给我说这些客套话，知道你付出很多。"

一提这话，谢娜有些激动："知道我为了这次中标付出多少吗？"

谢娜说着说着，眼泪"吧嗒吧嗒"掉下来："为了公司能够中标，我不惜一切，可你却为了你的旧相好陈菲、新相好夏晓杰她们公司！"

徐达大喝一声："你混账，公司让你这么做了吗？谁让你这么'付出'的？"

谢娜哽咽道："我也是为公司好，如果不这样，中标的就是华都装饰公司，你的新相好夏晓杰也是这样'付出'的，不过她找的是陈菲的同学蒋斌，主管这次招标的副主任。也许她们光知道蒋斌是主管这次招标的领导，是陈菲的同学。却忘了，如今都是一把手才说了算，所以我就找一把手。至于夏晓杰的事，我也是听黄主任说的。黄主任不但老奸巨猾，还对蒋斌的一举一动都了如指掌。"

徐达对谢娜的"付出"很感动，但一听到说夏晓杰也这么做时，说什么也不相信。他突然把饮料杯摔得粉碎，双手搭在谢娜的肩上，使劲摇晃："告诉我，这不是真的！不是真的！是你这女人嫉妒！胡说！"

谢娜从未见徐达发这么大火，她双肩被捏得好痛。她缓缓地将徐达的手从肩上拉下，有点胆怯地说："我说的是真的，没有证据我能这么瞎说吗？要不我下次把录像带给你看。"

"别说了！"徐达大吼道，"为什么我心爱的女人都要背叛我？"

"不是背叛，是爱得太深，爱得糊涂，就像我一样。"

"你？"

"是的，我也爱你，但我为了爱你，为了你的事业，就糊涂地犯了不可饶恕的错。"

徐达冷笑道："就你们这样也叫爱？疯子，一群疯子！"

他突然走到谢娜身边，痛楚地说道："谢谢你对公司、对我的付出。"说完一把搂住谢娜，当着众人的面，狂吻一气。谢娜也忘情地吻着。

这时，女服务员走进来，说："这位先生，公共场所请说话声音小点，玻璃杯打坏要照价赔偿，二十元一只。"

徐达没好气地说道："赔你个头，赔！"说完丢下一百元钞票，拉着谢娜离开了酒店。

002 徐达前妻有"新欢"，新爱伤离别

晚上八点多，徐达在一家餐馆约了夏晓杰。当他再次看到夏晓杰时，觉得她憔悴了不少。他知道，她身心俱累，怜悯之心油然而生。刚想对她大发脾气，但还是缓和了一下语气："最近为投标的事累坏了吧？"

"可最终还是失败了，不过我还是要感谢你对我们公司做的付出。"

"不是为你们公司，是为你，也为陈菲。我希望你们开心，就这么简单。"

"可这么大的事，上面会同意你的想法吗？"

"实在不行，咱们可以合作，这样就不算转包。反正这么大工程，双方合作更能保质保量地完成。"

"可我们'华将军'也是个要强的人，这么言不正、名不顺地做事，他不会开心，他非常看重这次投标。"

"那我想想办法，尽量找出退让的合理理由，然后再大力推荐你们。"

"嗯，让你费心了。"

"这次投标，也让你费心了。"徐达紧跟了一句。

夏晓杰没听出徐达的话外之音。

徐达接着说："晓杰，公司的事不是你个人的事，有些事你不必太自责和太要强的。你的一些事我有所耳闻，我本来不敢相信，但事实确如我了解的那样，你好糊涂啊！"徐达说完，痛楚地燃起了一支烟。

夏晓杰有点心虚，但她还是侥幸地认为徐达说的可能是另外的什么事，而不是她和蒋斌的事。

"若要人不知，除非己莫为。你太让我伤心了！"

夏晓杰仍不愿相信徐达知道自己和蒋斌的事情，忙说："什么事让你这么伤心，我到底做错了什么？你今天不是请我吃饭，是来训话的吗？"

徐达苦笑道："你还是不愿承认？你和蒋斌的那些事，谢娜告诉我了。你以为你做得天衣无缝，可你们的一举一动，都逃不过黄老头的眼睛。他早就在你们下榻的宾馆跟那里的经理打过招呼，把你们的一举一动全拍下来了。你真让我不耻和恶心！"

夏晓杰彻底崩溃了，她一下子扑倒在徐达的怀里："徐哥，我错了，都是我太要强惹的祸，我太冲动了。"

徐达摩挲着晓杰的头，喃喃自语道："冲动是魔鬼啊！一切都像是梦，一切都将成为过去。"

他突然想起什么，推开夏晓杰，从公文包里掏出一只精致的小盒子，里面是一枚亮灿灿的钻戒："这是我买的准备向你求婚的戒指，看来用不上了。不过留着也没用，就当相识一场，我送给你的礼物。"

夏晓杰哽咽道："是我对不起你，我怎么可能要你这么贵重的礼物，还是留着送给你将来的女人，啸啸将来的妈吧。"说完把戒指放回盒子里，放进了公文包。看到这戒指时，夏晓杰是多么的伤心，这本该是心爱的人送给自己的定情礼物，可现在她却没资格去享受这一切！

夏晓杰含着泪吻别徐达，转身消失在阑珊夜色中。外面不知何时下起了绵绵细雨，徐达坐在窗台边，目送夏晓杰远去的背影，两行热泪不觉夺眶而出。他独自一人在此买醉，不知什么时候，当他醒来时，竟然发现是躺在谢娜的床上。他十分诧异地四处张望，谢娜出现在了徐达的面前："徐总，你终于醒了，昨晚你喝多了是夏晓杰叫我来接你的。"

徐达道："昨晚，我没做什么对不起你的事吧？"

谢娜笑道："徐总多想了，你烂醉如泥，一觉到天明。哪有机会做这事那事的。"

"没有就好，没有就好。"徐达喃喃自语。

这个周六一大早，啸啸吵着要让爸爸带他到姥姥家看妈妈。徐达没好气地说："没空。"

啸啸打姥姥家电话，结果没人接。啸啸只得坐在椅子上发呆。没一会儿他又嚷着让爸爸叫夏阿姨带他出去玩，或让夏阿姨来他们家玩也可以。徐达刚拿起手机，突然想起了什么，又挂了。推说夏阿姨出差了，要好久才会回来。

啸啸闹着说爸爸骗他，趴在桌上号啕大哭。徐达心烦意乱，不由地狠打了啸啸的屁股几下。啸啸哭得更厉害了。就在这时门铃响了，徐达一开门吃了一惊，原来是夏晓杰。

啸啸看到夏晓杰，委屈地一下子扑在夏晓杰的怀里："夏阿姨，爸爸打我，不带我出去玩。"

徐达问："你怎么会来？"

夏晓杰说："我怎么就不能来？有这么意外吗？我上次答应啸啸说带他到红山公园玩。对孩子要守信。"

徐达说了声谢谢，给夏晓杰倒了一杯水，然后坐在椅上，怅然地抽着烟。

夏晓杰帮啸啸洗了脸，换上新衣服，就要出去。临走时，夏晓杰抛下一句："徐总多保重，有什么不开心的，也别总拿孩子撒气！"

在离公园门口不远处，啸啸看见一个熟悉的身影，他挣脱了夏晓杰的手，边跑边喊："妈妈！"

那一刻，夏晓杰说不出是感动还是心酸。是的，她喜欢啸啸，啸啸也喜欢她。但这一切，都无法代替血肉亲情，在啸啸眼里，妈妈永远是第一位的！

"啸啸，你怎么来了。"张芸问道。

"是夏阿姨带我来的。"啸啸说着用手一指。

啸啸发觉妈妈身边还有一个和爸爸年龄相仿的男人，男人手里还拉着一个和自己年龄相仿的小女孩。啸啸知道妈妈有了男朋友，他看了一眼那个男人，对着妈妈说："妈，你不要我了。以后，我再也不理你了！"

说完又掉头向夏晓杰跑去。

张芸一直追到夏晓杰身边，对夏晓杰说："夏小姐，谢谢你对啸啸的照顾。你也看到了，我很快就要有新家了，以后照顾啸啸的机会可能更少了，我衷心地希望你能永远照顾啸啸。"

张芸并不知道，夏晓杰和徐达感情已出现裂痕。夏晓杰支支吾吾道："嗯，好的。看缘分吧，也不一定，但愿如此吧。"

不远处，那个男人大声催道："走不走，不走我走了，真啰唆！"

张芸回应道："吵什么吵，说几句话不行吗？"继而又转向夏晓杰："夏小姐，我先走了。我们也是出去玩，因为转车恰好在这里见到你们。"

这一天，啸啸虽然玩得尽兴，但并不是很快乐。被夏晓杰送回家后，一个劲儿地唠叨："妈妈不要我了，和另一个男人在一起了。"

徐达劝慰道："啸啸，你也不小了，也该懂事了。妈妈以后照样能看你，只不过有个新家而已。你不是还有我和夏阿姨带你玩吗？"

啸啸听不进去，还是唠叨："妈妈不要我了。"甚至连澡都不愿洗，就蒙头大睡了。

徐达一个人无奈地燃起一支烟，久久不能入睡。

003 如果这都不算爱

时间过得很快，陈菲在医院住了两周。陈菲每天除了服药还要做一些康复训练，王凯一有空就去医院陪陈菲，当然也免不了经常带些好吃的。医生说她今天就可以办出院手续了，回去还要休息一段时间。但陈菲并没有急于让王凯办出院手续，她坐在轮椅上，让王凯推她出去转转。

约莫转了半个钟头，王凯又像往常一样扶着陈菲，试着让她练习走路。还好，由于陈菲经常锻炼，在王凯试着松手时，还能自己一瘸一拐地走几步。走累了，他们就坐在路边的木椅上。

王凯道："你出院后，最好在家再休养一段时间。"

陈菲道："不行，那不得把我闷死啊。我已经两周没上班了，工作上还有一大堆事等着处理呢。"

王凯："你放心，少了你地球照转不误。你们老总会安排好的，还有你的得力干将夏晓杰呢！"

陈菲："不行，工作惯了，停下来不习惯。"

王凯："那你多保重吧，你回去后一个人怎么照顾自己？要不搬到我那住吧？虽然房子小点，倒也干净。"

"不了，若是可能，你要不住我那边吧。我那是两室一厅的房子，本来是和小夏合租的，后来小夏和徐达搞对象，就自个搬出去了。"

"那好吧。"王凯顿了一会，又说："我最大的心愿，就是在这座城市的海边，买一套属于自己的房子，面朝大海，春暖花开。"

陈菲忍不住笑道："刚给了你几本诗集，就活学活用了啊。"说完，陈菲又冒出一句："王凯，我总有一种预感，我们不会有好结果。"

"你瞎说什么，只要彼此相爱的心不变，就会白头到老。我前几天还给我父母打电话，让他们不要为我终身大事操心，我已经有女朋友了"

陈菲一脸幸福地偎依在王凯的怀里。

下午四点多，夏晓杰也到了医院，身后还跟着璐璐。璐璐一看到陈菲，就扑到陈菲怀里撒娇道："妈妈，好点了吗？想死我了。我今天特意请半天假来看你。"

陈菲踉跄了一下，差点跌了跟头，夏晓杰一把拉住陈菲。陈菲道："这孩子，都快有妈高了，还这么娇气。"然后示意璐璐坐下。说有事要和夏阿姨谈谈。

看见王凯一脸的疑惑，陈菲不觉脸微微一红道："小王，不好意思，忘了介绍，这是我女儿璐璐。"然后朝王凯递了个眼色，王凯似懂非懂地点了点头。

夏晓杰道："陈姐，给你带来一件好事。"

陈菲："什么好事？不要急，坐下慢慢说。"

夏晓杰："公安局说这次交通事故，你和肇事者的责任四六开。

这是公安局让我转给你的肇事者赔偿的两万四千块钱。"

王凯道："就这点钱？那营养费、误工费、精神损失费呢？"

夏晓杰道："王哥，现在法律不像以前，一味地偏袒受害者。要讲责任原则的。如果不是肇事者酒后快速驾驶，像陈姐这样乱闯红灯出了事，驾驶员是没有责任，一分钱也不会赔的。"

"哦！"王凯长吁了一声。

陈菲："能捡回一条命就不错了。对了小夏，你脸色不太好，投标的事让你费心了。"

夏晓杰木然地说："唉，有苦劳没功劳啊，'华将军'这几天心情也不太好。"

陈菲："也许，徐达真的能帮上忙，本来国税局装修工程这块肥肉他是要吃的。可后来和李港商签订了合同，要开发一个新房地产项目，所以资金确实周转不过来。上面又不让转包，所以有心帮咱们一把。"

夏晓杰："但愿能够心想事成吧。"

陈菲："对了小夏，你和徐达发展得怎么样啊？你也不小了，徐达身边没个女人照料不行，啸啸也需要照顾。我还等着喝你们的喜酒呢！"

小夏一听提到这事，便伤心地哭了起来："陈姐，没戏了，分手了，是我的错。都是因为投标的事。"

陈菲急了："唉，别吞吞吐吐了，快说，什么事啊？"

夏晓杰望了望王凯，王凯便知趣地离开了。夏晓杰再也控制不住，扑倒在陈菲的怀里号啕大哭，哭完了，才一五一十地告诉了陈菲事情的原委。

下午五点多，王凯帮陈菲办好了出院手续。夏晓杰找了一辆出租车，和王凯一起将陈菲送回了家。陈菲一个劲地留夏晓杰和王凯吃完晚饭再走，夏晓杰说还有点私事，王凯也说要走，被夏晓杰一把给拦了下来说道："你着什么急，帮陈姐一起做饭，顺便吃了晚饭，直接上班去。正是展现你厨艺的时候。"说完冲陈菲扮了个鬼脸就匆匆下楼去了。

王凯略略有点尴尬，说实话认识陈菲这么久，陈菲却从未在他面前提起过还有个这么大的女儿。难道她在存心隐瞒？但他又觉得陈菲绝不是这样的人。从在医院陈菲朝他使眼色的那一刻起，他就断定，这里面一定有不同寻常的故事。但陈菲自己未明说，他也不好追问。

陈菲让璐璐先做会功课，等会一起到外面小餐馆吃饭。然后便示意王凯到自己房里休息。

陈菲给王凯和自己倒了一杯开水，然后说道："王凯，不好意思，我知道你心里肯定在想我为什么不告诉你璐璐的事。不是我刻意隐瞒什么，而是我一直没找到最合适的机会向你开口。更何况我一直对你我的这段感情缺乏信心，总以为是自己的一时冲动。等过一段时间，也许一切都结束了。说与不说，又有什么关系呢？"

王凯道："陈菲，我对你是认真的。如果我喜欢你这个人，我就会包容你的一切，我也非常喜欢小孩子。"

陈菲好一阵感动，她哽咽着不知说什么好，端着茶杯的手微微地颤抖了一下。她竭力平复了情绪，然后告诉了王凯关于璐璐的身世，以及自己如何因为收养璐璐，遭到父母的竭力反对，与他们不欢而散，至今十年了，却少有联系。

王凯听了，越发觉得陈菲是一个伟大的女性。他走过去，抱住陈菲，为她拭去脸上的泪水，又抚摸着她一头秀发道："什么也不用说了，你是天下最美、最善良的女人，我今生非你不娶。"

不一会儿，璐璐在外面叫道："妈妈，什么时候吃饭啊，我肚子饿得咕咕叫了。"

陈菲连忙和王凯一起出去，带着璐璐去吃饭。

晚饭后，璐璐回到家对陈菲说："妈妈，我看那王叔叔对你很好，好像有那么点意思。"

陈菲假装恼怒道："去去去，你一个小孩子懂什么，快洗洗睡去。"璐璐冲陈菲做了个鬼脸，便回房休息了。

陈菲躺在床上，怎么也睡不着，于是又叫道："璐璐，今晚破例来跟妈妈一起睡吧。"

璐璐有点不习惯地打了个哈欠，懒洋洋地来到陈菲的房间。

是啊，自从璐璐五岁后，陈菲就不再让璐璐和自己一起睡，主要是有意识地培养璐璐的独立意识。久而久之，璐璐也习惯了独处。璐璐也不明白，妈妈今天是怎么了。

璐璐不久便进入了梦乡，而陈菲却搂着璐璐，仍旧难以入眠。一晃，十四年了，璐璐都上初中了，从当年的小不点长成了大姑娘，都快比自己高了。而自己的青春岁月，就这样不知不觉地蹉跎掉了。自己这个曾经的校花，也经历过不止一次轰轰烈烈的爱情，现在俨然成为爱情的弃儿。她又突然想起自己的父母，这十年间她曾试图回去看看父母。她打过几次电话，都被父亲骂了回去。母亲曾偷偷来看过自己一次，回去被父亲知道后，又被父亲大骂不止。随着母亲身体状况越来越差，母亲也无力再过问她的生活，而父亲脾气变得越来越坏。吃了几次闭门羹后，陈菲真的是伤心欲绝。有家难回，是一种怎样的伤痛？而真正属于自己的一份爱，又该何时到来？什么时候能有一双宽大的肩膀，让自己停靠。会是这个王凯吗？说实话，她还不够自信。

004 谢娜因爱再出手，徐达因爱弃中标

再说蒋斌，自从华都装饰公司没能中标后，他一直忐忑不安。说实话，夏晓杰她们没能中标，他还是比较愧疚的。他想不出哪儿出了差子，走漏了消息。能大胆改变结果的只有一个人，难道是这个看似漫不经心、一心等着退休的黄老头做了手脚？他想给夏晓杰打电话安慰一下，同时也想解释一下，但一时不知该说些什么？因为这一切都是不可预测的，他怎么解释？

就在他犹豫不决时，夏晓杰却主动打来电话。蒋斌想着，肯定要面临着一顿臭骂或是要挟，但他略略迟疑了一下，还是接了。

"是蒋主任吗？"

"是我，你是—小夏吧？"

"知道我找你什么事吗？"

蒋斌以为她要提录像的事，额头快渗出汗了，答道："知道，肯定是要挟我。你听我说，小夏，我确实没欺骗你们，我也不知哪里出了问题。"

夏晓杰说："看来，你也并不是聪明绝顶，谅你也不敢欺骗我们。我们已调查好了，是你们的黄主任做了手脚，我要你做的，就是多注意一下他的动态，最好搜集一些他的丑事。"

蒋斌见问题出在黄老头身上，心里顿时踏实了许多，忙说："有道理，这老家伙，看来心里从来就没安静过，我一定协助调查。"

"希望你说的是真心话，要不然，把你的事也曝光。反正我无所谓，投标失败了，我挨了领导批，也不在乎什么面子了，大不了换个城市，换个单位。而你呢，恐怕主任也当到头了！"

蒋斌一边用袖子擦了擦汗，一边道："那是，那是。"

徐达为工程转让的事，先托关系找了分管工业的副市长，上面倒是没有太大的反对，只是让他跟具体经办单位招标办联系一下。徐达觉得这样就容易多了，因为黄主任既然能帮他们顺利中标，那么肯定也会顺利答应他们转让的请求。

于是徐达就来找黄主任："黄主任，因为最近我们签了一个更大的房地产项目合同，这装饰工程可能忙不过来，而且资金周转困难，我想推荐一个单位，就是我的竞争对手华都装饰公司。"

黄主任用狐疑的目光打量着徐达："简直是不可思议，疯言疯语！当初你们绞尽脑汁要拿下这工程，现在如愿以偿了，却说资金周转不过来。你是视投标为儿戏吗？你让我怎么向其他投标单位交代？你说让给谁就让给谁？是你说了算，还是政府说了算？你和政府打交道的严肃性在哪里？"

黄老头连珠炮式的发问，让徐达有点应付不过来。徐达道："黄主任，好事做到底吧。我跟你说实话，一方面是有了新的大项目，更主要的是有人刚给我介绍了一个女朋友，你知道是谁吗？就是华都公司的夏晓杰，也是华都公司这次投标的负责人之一，你成全我一下，对于我简直是一举两得啊。既解决了资金困难问题，又算是给女友一个见面礼。"

"你想得倒美，就算我同意，上面同意吗？"

徐达得意道："上面我已通融过，就看您的了。"

谁知听了这句话，黄老头更气了："好小子，你先斩后奏是吧？这事还真不好办，你要是违约，那能把你赔死了。"

徐达只得郁郁离开。

秘书谢娜见徐达回来闷闷不乐，就知道事情办得不顺利，于是问了一下缘由。听了原委，谢娜笑道，"这个好办，明天给你消息。"

晚上谢娜就给黄老头打了电话……

第二天早上一上班，谢娜就告诉徐达事情已搞定，让他放心。徐达非常感谢，说一定要抽个时间请谢娜吃饭。谢娜说，分内之事，举手之劳，不必客气。

最终，这项招标工程，顺利转让给华都装饰公司。"华将军"愿意给雄风房地产公司百分之二十的利润。至此，"华将军"的心才算落了地。

005 徐达求婚，陈菲再入院

"华将军"让陈菲休息一段时间再上班，陈菲说什么也不肯，称自己能正常上班。幸好王凯在部队就考了驾照，所以经常开着陈菲的车送她。

"华将军"对陈菲和夏晓杰做出的努力，给予了高度赞扬。但陈菲在"华将军"面前，却没有大力举荐和赞扬夏晓杰。夏晓杰想想自己为公司的"献身"，感觉很不值。如果不是自己和陈菲一样是个要强的女人，如果不是看在和陈姐的交情上，她怎么会为了公司的事而"献身"呢？现在倒好，陈菲没在"华将军"面前说一句赞赏的话，徐达也离开了自己。她越想越生气，从此就和陈菲有了隔阂，对蒋斌更是恨之入骨。

徐达这几天夜夜无眠，夏晓杰的音容笑貌、举手投足，一一在他脑海里浮现。他承认，如果不是那件事，夏晓杰在他心目中几乎是完美的。

这天晚上，他再一次约了夏晓杰。夏晓杰看到来电，便挂断了。徐达再打，夏晓杰这次接了。

徐达："晓杰，我想见你一面，有事要说。"

夏晓杰轻声道："缘分已尽，还有什么可说的。"

徐达："如果你犯了错，你希不希望得到别人的谅解？我承认，那天我不应该对你那样，这几天我的脑子里一直是你的身影，挥之不去。"

电话那头传来夏晓杰的啜泣声："徐哥，我也是。"

徐达开车将夏晓杰接至情缘咖啡厅。两人先是相顾无语，气氛有点尴尬。毕竟破镜重圆，总有伤痕。

坐了一会，有服务员递给徐达一支玫瑰。徐达顺势单膝跪地，对夏晓杰说道："晓杰，做我的新娘吧！"

夏晓杰没想到徐达会在这时候向她求婚，一时间不知所措。这时服务员对在场的客人说："有一位男士向女友求婚，大家祝福他们吧！"

夏晓杰这才反应过来，接过了玫瑰，两眼满含幸福的泪水。

徐达："请伸出你的右手。"然后从口袋里掏出一个精致的戒指盒，就是上次夏晓杰见过的那只。徐达缓缓将戒指套在夏晓杰左手的无名指上。

咖啡厅再次响起了热烈的掌声。徐达和夏晓杰向大家鞠躬致意，谢谢大家的祝福。

徐达和夏晓杰商定，国庆节举行婚礼。

听说了徐达在咖啡厅向夏晓杰真实求婚的事，谢娜又嫉妒又伤心。自己处处为公司着想，在公司也干了两年多，天天在总经理的身边，徐达为何对她一点儿意思都没有？夏晓杰哪点比自己强？她越想越伤心，觉得单恋一个并不爱自己的男人，是多么的可悲。她从电脑里打开林志炫的《单身情歌》，越听越伤情，竟趴在办公桌上迷迷糊糊睡着了，连总经理进来都浑然不知。

"谢秘书，怎么搞的，上班睡着了？"徐达大声叫道。

谢娜一惊，猛一抬头，和徐达四目相对。

徐达看见她脸上还有泪滴，不解地望着谢娜。

谢娜像是有所察觉，连忙用面巾纸擦了擦。

谢娜喜欢化点淡妆，虽是淡妆，这一擦还是擦出了大花脸。

徐达忍不住笑道："你看你，成大花脸了。"

谢娜这才醒悟，破涕为笑，一路小跑奔向洗手间去洗脸。

陈菲这几天明显感觉到夏晓杰对她虽表面依旧，但已是表里不一、口是心非，没以前那么真诚了。她知道自己没在"华将军"面前大力赞扬夏晓杰，夏晓杰肯定是不高兴的。她没说也有她的道理。一，如果告诉"华将军"事实，即使"华将军"认为能揽得这项工程与夏晓杰的舍身付出有很大关系，但也可能会认为是件不光彩的事。二，如果"华将军"认为做得对，那么功劳是夏晓杰的。如果"华将军"认为不对，那么她作为部门领导者甚至是策划者，肯定会挨批的。更何况自己现在身体不怎么好，行动不便。对于一个做公关工作的人来说，确实存在着很大的困难。在这关键时刻她怎么能在"华将军"面前对夏晓杰大加赞赏呢，要是那样自己这个公关部长怕是真的做到头了。

人与人之间，即使是最好的朋友，有时为了一些私利，也会留一些小心眼，这个并不奇怪。

陈菲上班一个多月，腿渐渐好了起来。然而，就在一天上午停电后，她下楼梯时，一不小心从楼梯上摔下来，腿再次受伤，被同事送进了医院。陈菲不得不暂时停止工作，她情绪一下低落到极点，常常一个人到病房外偷偷地吸烟。

陈菲本就抽烟，只是认识王凯后收敛了许多，加之又生病住院，好长时间没抽，几乎跟戒了烟似的。现在刚上班不久，又摔伤了腿，不能工作了。这对一个工作狂而言，无疑是最大的折磨。

陈菲抽烟被医生看到过几次，医生对她进行了严厉的批评。王凯也不止一次看到，不止一次地劝导她。

这一次，陈菲又一瘸一拐地溜出病房，找了一个偏一点儿的角落，又准备抽烟。谁知被王凯逮了个正着。王凯一把夺过香烟，扔在地上，说："陈菲，你不能这样自暴自弃，不就是个跌打损伤，不就是暂时无法工作吗？你至于这样吗？你看看人家得了绝症的都没你这样垂头丧气！"

陈菲："你说我这腿还能好起来吗？就算能好，要到猴年马月啊？"陈菲一边说一边用双手用力摇晃着王凯。

王凯说："医生说没事的，最多三个月你就会重新站起来的。"

陈菲："你没骗我吧，为什么不把医生的诊断报告给我看？"

王凯："我一时找不到，再说你只不过是撞伤、摔伤引起的骨折，又不是什么疑难杂症，看什么诊断报告？不过是一个治疗和康复的过程。"

陈菲："这么说，我还会重新站起来？"

王凯："对，所以你要爱惜自己的身体，要配合医生的治疗，先把烟戒了吧，抽烟将来还会影响咱们的孩子。"

"孩子？"陈菲苦笑道："我都三十七了，还会有一个健康的宝宝吗？"

"当然可以，大明星林紫霞四十岁才结婚，不一样生了一个健康的宝宝？等你身体好了，我们今年元旦就结婚好吗？"

"王凯，你真的爱我吗？"

"是的。将来我们买属于自己的房子，就在海边。还要让孩子上好的学校，受好的教育。如果我下班早，我会烧饭、洗衣。而你要做的事，就是休息、开心。如果你下班早，你同样还是休息、开心。我仍然烧饭、洗衣。你文化比我高，孩子教育的事你管好就行了。"

陈菲感动得热泪盈眶，她偎依在王凯的怀里，畅想着未来。她的心情一下子豁然了许多。

陈菲住院后，"华将军"让夏晓杰当了公关部副部长，并代理行使公关部部长的权利，全权负责公关部的一切事务。这让夏晓杰心里稍稍平衡了一些。而陈菲知道这个消息后，更是怅然若失。还好，有王凯的朝夕相伴，她感觉无比幸福。夏晓杰虽偶尔也来看自己，但陈菲知道，她再也不是以前的夏晓杰。以前是一种真诚的探望，而现在却只是属于她的一种应酬似的。每次来寒暄几句，便匆匆离开，似乎总是忙碌的样子。陈菲像是看到了以前的自己。她脑海里突然浮出这样一个结论：又一个女强人诞生了！只是，不知道是福还是祸。而夏晓杰每次看到陈菲和王凯的恩爱甜蜜，心里总是有一些嫉妒。这种爱，她也有过。可自从和徐达破镜重圆后，她觉得和徐达之间不像以前那么亲密无间了，感觉一条无形的沟横跨在他们面前。尽管他们都在努力，但仍无法跨越。正如破镜虽能重圆，但总有裂痕。她恨自己不该让强烈的事业心凌驾于爱情之上。她恨自己不该受陈菲的影响，说什么为了公关要不惜一切代价，要不择手段。还好，本该属于蒋斌的三十万已归入自己的名下。是的，她可以为了目的失去一些，但不应失去很多，付出也得有度，她不能人财两空。所以在她失身于蒋斌的那个夜晚，她便顺手拿走了那个"档案袋"。

006　蒋主任要挟夏晓杰，夏晓杰心生恶计划

蒋斌上次在宾馆醒来准备回去时，就发觉"档案袋"丢了。这可不是普通的档案袋，里面有三十万的转账支票。蒋斌知道，档案袋不会自己长翅膀飞出宾馆，肯定是夏晓杰顺手牵羊了。但他一直不敢声张，也没敢问夏晓杰，因为毕竟自己做了理亏的事。

自从招标事情尘埃落定后，蒋斌得知华都公司最终获得了工程承包的机会，他不免又怀念起那三十万来。于是，这天晚上八点多，他壮着胆子给夏晓杰打电话。

"夏小姐，你好。"

"半夜鬼敲门，能有什么好事。"夏晓杰没好气道。

"不是半夜，是刚刚天黑，夏小姐。"

"那就有话快说，有屁快放。"

"是这样，"蒋斌咽了下口水，"那天我一觉醒来，发觉档案袋不见了。当时实在不敢确信是我自己丢在路上了，还是丢在宾馆里被服务员顺手牵羊了，或者是夏小姐有心帮我代为保管了。要是在你那也就算了，要是不在你那，这么长时间报案也没用了，我只能表示

遗憾。"

"哪一天啊，我实在想不起来。"夏晓杰故意道。

你就装吧，死妮子！蒋斌心里恨恨道。但他没这么说，他强忍着火气："就是我们在长河湾俱乐部喝酒，你喝醉了，后来我送你到宾馆休息那天。"

"送我休息？"夏晓杰冷笑道："是送我死吧！"

蒋斌道："这么长时间，你还记恨这件事呢？再说，一个巴掌拍不响，况且，你们最终不还是拿下工程项目了嘛！"

"什么一个巴掌拍不响，放你的臭屁！再说，能拿到工程，也不是你的功劳。我还没问你呢！拿了我们的钱，却干着吃里爬外的事，竟然让雄风公司中了标。是人家现在有了大工程，资金周转不过来，才给我们做。你说你起了什么作用啊！"

蒋斌也冷笑道："夏小姐真是翻脸不认人。那档案袋，真的不是你拿的？"

夏晓杰："我们是讲诚信的，送给你的东西，又怎么会拿回来。"

蒋斌道："呵呵，我上次在宾馆调看了监控录像，夏小姐的动作可麻利得很啊！你要不信，我寄给你们华总看看。让他知道为什么公司投标失败，就是因为下面的执行力不够，给别人的钱都被自己人给吞了。"

"你敢！"夏晓杰怒道。

蒋斌光顾着揭人短的痛快，却忘了自己也沾了一屁股屎。他愤愤道："夏小姐，算你狠！"

说完气呼呼地挂了电话。

夏晓杰却并不如她自己表现出来的那样轻松。刚才只是表现给蒋斌看的。说实话，如果蒋斌真的把自己拿走档案袋的录像给"华将军"看，让华将军和陈菲知道了，该如何看自己？

对于要面子的夏晓杰来说，这种打击并不亚于她对蒋斌的打击。

于是，一个罪恶的计划在她脑海里萌生，她内心暗暗得意："这叫一箭双雕！"

007 前妻病重将离世，徐达意决推婚期

徐达一边张罗着公司的事，一边张罗装修房子的事。因为是包工不包料，所以徐达忙得焦头烂额。徐达常常在心里骂这些工程队人员都是猪，为什么不开个材料清单？刚刚买好这件材料，又说缺那件。买好那件又说数量不够。徐达不得不打电话给夏晓杰，让她帮着照看，并说这是他们共同的家，她喜欢什么风格，怎么布局，也好直接告诉那些人。夏晓杰欣然答应，只是心里总有一种愧疚。

徐达的新房在城市的西郊，是一座复合式别墅。徐达的新房并不是自己公司开发的项目，因此价格上也没讨什么便宜。徐达说这里地广人稀，空气好，又有地铁直通自己的公司附近。他说现在的家在城市中心，虽然交通方便，但环境却太吵闹。

他对夏晓杰说："晓杰，让我们忘掉过去，重新开始吧。以后你再给我生一个宝宝，我们一家四口，其乐融融。平时上班，可以住在现在的家，周末我们就到西郊的新家，好好休息休息。"

夏晓杰感动得一把搂住徐达的脖子，将头紧紧贴在徐达的胸口上，两行热泪不觉夺眶而出。徐达情不自禁地托起夏晓杰的脸，和着夏晓杰激动的泪水，一阵狂吻。

天不再漫长，生命是那样短暂，好好珍惜现在，两个相爱的生命共伴一生，是何等幸福！

房子装修花了三个多月，这期间徐达和夏晓杰也明显瘦了许多。同时，他们也在为国庆的婚礼紧锣密鼓地准备着。买家居、拍婚纱照，虽然劳累辛苦，但心里是幸福的。徐达十分珍惜这来之不易的二次婚姻，而夏晓杰对自己人生的头等大事更是格外重视，光拍婚纱照，就跑了好几个婚纱店。最后选择了一家叫作"巴黎风情"的婚纱店，不但拍了好多内景，还拍了好多外景。公园、海边、名胜古迹，几乎拍了个遍。衣服以婚纱为主，还有休闲装、运动装、骑马装等，夏晓杰摆出一个个姿势，甚是快乐。

还有半个月就到国庆节了。这天晚上，徐达刚躺在床上休息，手机就响了，是张芸发来的信息：徐达你好，这一个多月以来，一直没看啸啸是因为我病了。慢性肾炎转尿毒症，我头发掉得差不多了。不久前认识的男人也离我而去。医生说我的日子不多了，希望能再见你一面，带上啸啸一起来。

徐达忙给张芸打电话，电话通了，却没人说话。徐达大声地嚷道："喂！怎么不说话？"

电话那头似乎有人在抽泣，过了一小会儿，终于有人说话了："徐达，真不好意思，这么晚了还打扰你。"

"你等等，我马上带啸啸去看你。"

啸啸正在看动画片，听说去看妈妈，高兴得连电视都忘记关。徐达匆匆关掉电视，急忙下楼。

推开病房门，徐达惊呆了。才一个多月没见面，张芸变化竟如此之大，一头秀发没了，脸色也苍白了。

徐达道："你就是这么倔，为什么不早告诉我，还不让孩子的姥姥说实情，你妈说你现在很好。"

张芸说："是我不让告诉的，分手的人，我有什么资格向你诉苦，要你为我担忧。"

徐达："即使婚姻没了，亲情还在，你还是啸啸的妈，这点永远不会改变。"

啸啸见妈妈竟然如此憔悴，伤心地一头扑在张芸的怀里号啕大哭，边哭边说："妈妈，我不要你离开爸爸，离开我，离开咱们的家。"

张芸："啸啸别哭了，妈妈身体不好，以后就由夏阿姨照顾你。我见过她，是个不错的女人。"

徐达道："是不错，我们准备国庆结婚。"

张芸："我知道，祝福你们。"

徐达："可现在，你需要照顾。"

张芸："你疯了吗！日子定好了，亲朋好友哪个不知道你国庆要结婚？我有啸啸他姥姥照顾，没事的。反正我日子不多了，又何必连累你。我不愿意你这样做。这样对不起小夏，我于心何忍？"

徐达："就这么决定了，你好好休息吧，等你妈来我再走。"

张芸："你走吧，时间不早了，啸啸也要休息了。"

徐达不听，坚持陪在这。啸啸没一会就趴着床沿睡着了。第二天一早，啸啸姥姥拎着煲好的鸡汤赶来，寒暄了几句。要离开时，姥姥向徐达使了个眼色，徐达便走出门去。

啸啸姥姥还未说话，便忍不住老泪纵横："徐达，这可怎么办？医生说她活不过两个月，她还不知道这事，我一直瞒着。希望有空你能看看她，也是对她的安慰。"

徐达心想，张芸是多聪明的人，自己的病还不清楚？她早就知道了。

徐达道："阿姨，你当张芸是傻瓜吗？她早就知道自己的病情了，还让我瞒着您呢！"

啸啸姥姥："啊！我还以为她不知道。她装得跟没事人似的，竟然还以为我不知道。"

想至此，老人又哭了起来。徐达劝道："阿姨您别这样，张芸听见了心里更不好受。"

临走前，徐达再三叮嘱张芸不要考虑太多，安心养病，一切都会好起来的，奇迹不是没有可能。

徐达铁了心决定要陪张芸走过最后的日子。毕竟夫妻一场，她身边又没什么人照顾。但他不知道怎么向朋友解释，更主要的是不知道怎么向夏晓杰开口。他和夏晓杰一路走来，也是磕磕绊绊。如今，晓杰正沉浸在爱情的幸福中，如果告诉她暂时不结婚，原因是前妻生病，需要他照顾，她该多伤心。徐达不住地抽烟，久久不能入眠。

最后，他想了一个自以为的好主意——让夏晓杰一起去看看张芸，慢慢感化她，让她有一个接受过程。第二天，徐达就给夏晓杰打了电话："小夏，中午有空吗？陪我去看一个人。"

夏晓杰："谁呀？"

徐达："你认识的，啸啸他妈。"

夏晓杰一脸茫然，心想，这人是疯了吗？都快结婚了，还让我陪他看前妻！世上有这样的人吗？

想到这，夏晓杰斩钉截铁地说："不去！要去你自己去。"

徐达："小夏，别这样好不好，她现在生病住院了，医生说怕是挨不了两个月了。现在她还能说说话，再过一些日子，恐怕连话也不能说了。你就要做啸啸的妈了，同是做母亲的人，为了同一个孩子，也为了我，和我一起去看看她不行吗？"

夏晓杰最终还是被说服，同意一同前往。

008　徐达携新爱探前妻

重病在床的人，身体一天不如一天。当第二天清晨徐达和夏晓杰赶到医院时，张芸越发憔悴，头发也没剩几根了。徐达走到床前，双手握着张芸的手说："张芸，你放心，一切都会好起来的。有我在，你什么也不用怕。"

"我不怕死，人总要死的，我只是舍不得孩子。但有你还有夏小姐，我也就放心了。"说完又把目光移到了夏晓杰的脸上："夏小姐，你是个好女孩，啸啸交给你我很放心。"

夏晓杰："张姐，你放心吧。不过，我倒是希望你能好起来。我宁愿看见你们一家人团聚，重归于好。"

张芸："夏小姐，你不要安慰我了。即使我有好起来那一天，我们也不会在一起的。不是谁好谁坏，谁对谁错，而是彼此合不来而已。"

夏晓杰："不过，我还是希望你能好起来，毕竟你是啸啸的妈，啸啸也只有一个妈。"

张芸："夏小姐，我知道自己的病，我活不了几天了。以后你就是啸啸的亲妈！"

说完忍不住眼泪夺眶而出，夏晓杰这时也是泪流满面。

徐达对张芸道："张芸，你别多说话，好好休息吧！"

说完，徐达向夏晓杰递了个眼色，两人一起走出病房。他们在住院部外的一个长椅上缓缓坐下，徐达用平静而坚定的语气对夏晓杰说："小夏，真的对不起，你看现在张芸这样子，我实在于心不忍。她的父亲早就去世了，只有一个体弱多病的母亲，年纪也大了，之前那个男人也离开了她。我们不能在这时候结婚，我们的婚礼只能暂时取消，推迟婚礼吧。"

　　夏晓杰明显不高兴："你说什么？亲朋好友的请柬都下了，婚纱照也拍了，现在却突然说不结就不结了！张芸是可怜，可我们不结婚，就能改变她的命运吗？我并没有反对你照顾他，但这和结婚有冲突吗？"

　　徐达："一日夫妻百日恩，当一个善良正直的男人看到前妻重病无助时，能袖手旁观吗？能带着好心情去结婚吗？我只是想照顾她几天，陪她走完最后的日子！"

　　"那你有没有考虑过我的感受？一个黄花闺女，为了爱情和一个带着孩子的男人结婚，可这男人为了生病的前妻，要放弃准备好的婚礼。我问你，那我算什么？呼之即来，挥之即去的人吗？"

　　徐达："我一直认为你是个温柔贤惠善良的女孩子，甚至在你做了糊涂事后，还对你念念不忘。可没想到你一点儿也不讲情义，今天的场面你也看到了，我只是说婚礼推迟一段时间，又没说要永远取消婚礼！"

　　"永远取消也无所谓，你还是做一个好男人，陪她到地老天荒吧！"

　　"混账话！"徐达抬手甩了夏晓杰一记响亮的耳光，然后转身离开。夏晓杰气得在长椅上大哭。

过了一会，夏晓杰去病房向张芸道别："张姐，徐达有事走得急，让我跟你打个招呼。我也要走了，改日再来看你。"

张芸看夏晓杰红红的眼睛，知道她哭过，便道："是不是吵架了？徐达和你说什么了？他是不是惹你生气了，不会因为我的事吧？要是那样，以后你们也不必来看我了。"

"我跟徐达说过多少次了，说夏小姐是个不错的女孩，把啸啸交给你，我一百个放心，也希望徐达珍惜你们这段感情。"

夏晓杰道："没吵，是我太感动了。我能拥有这样一个好男人是我的幸福，一个对离婚妻子都能呵护的人，肯定是一个很不错的男人，他甚至为了前妻可以放弃准备好的婚礼。"

其实，夏晓杰之前并没有这么想。只是当她听到张芸不止一次地在徐达面前说自己好话时，才觉得眼前的女人并没有她想象的那么坏。她是一个善良的女人、伟大的母亲。而她刚刚也转变了想法，认为一个懂得疼爱前妻的人，应该更值得自己去爱。试想，一个对前妻冷若冰霜的、毫无感情可言的人，你能保证他对现在的女人很好吗？正是想到这些，她才会那么说。虽然是临时改变想法，但绝对是真实想法。

"什么？他要为了我取消和你的婚礼？他疯了！这不是存心折煞我吗？小夏，你帮我给徐达打电话，我要自己问清楚！"

夏晓杰见自己不经意中说漏了嘴，不免自责，一时慌了手脚，不知如何是好："张姐，你听我说，不是他要取消是我要取消。是我说张姐现在身体不好，我们不能把幸福寄托在别人痛苦之上。我们应该一起来照顾你，他答应了，情况就是这样。"

张芸感动得泪流满面："我不想成为任何人的拖累，也不想麻烦你们，你们这是何苦呢？"

夏晓杰又说了一番勉励的话，这才离去。

夏晓杰走后，张芸不放心，还是吃力地支撑着身体，给徐达打了电话。

"你到底对小夏说什么了，我看到她走时，眼睛红红的，好像不开心的样子。"

"没有啊，她对你说什么了？"

"她说，想得到你同意，暂缓婚礼。说是为了更好地照顾我，这不是增加我心里负担吗？"

徐达不觉转怒为笑，心想，这女人脾气真如雷雨天气，说变就变，这么快就回心转意了。听到夏晓杰那般对张芸说，他只得连连称是，并夸夏晓杰是个懂事的女孩子，心眼特好，自己怎么就没有想到呢。把张芸感动得一把鼻涕一把泪的。徐达连连告诫张芸要乐观，积极配合医生治疗，有母亲、啸啸、他和晓杰的陪伴，她并不孤单。张芸千恩万谢，并连称自己以前脾气不好，对不起徐达。然后才休息。

009　王凯因事而踌躇，陈菲再伤落残疾

夏晓杰虽然能理解徐达的心情，但婚礼已经泡汤，她仿佛一下从快乐的天堂跌入痛苦的深渊。这几天她一直闷闷不乐。不过这倒让她静下心来，有精力想着另外的事情。她隔三岔五地问王凯对付蒋斌的事准备得怎么样了。王凯因一直忙于照顾陈菲，并没想这件事。他想夏晓杰是个受过高等教育的人，也许在气头上一时想不开。想不到夏

晓杰对这事还当真了，不免又增加了烦恼。他知道，一旦事情败露，自己对不起在部队所受的教育，对不起父母，更对不起陈菲。可夏晓杰也算是他和陈菲的老朋友了。这个"忙"帮还是不帮？如何帮？怎么策划？他一时还没想好。

陈菲看在眼里，疼在心里。她不明白为什么一向乐观幽默的王凯，最近总闷闷不乐。

这天早上医院查完房，王凯推着轮椅带陈菲出去转转。陈菲又看见王凯满脸愁云，不由关切地问道："王凯，最近怎么老见你愁眉不展的，是不是我拖累你了？"

"哪里的话，没有。"

"是不是后悔了？如果现在后悔还来得及。我就知道你应该找一个更适合的，至少年龄和你差不多大的。"

"不是。"

"那是不是哪儿不舒服或有什么其他事瞒着我？"

"也不是，就是心里不舒服。"

"是不是夏晓杰找过你？"陈菲只是试探性地问了一下，她并不知道王凯烦恼的真相。因为夏晓杰以前曾不止一次地在她面前说王凯长得很帅。最近虽说和徐达订了结婚的日子，但她也感觉两人感情出现了裂痕。不要说订了婚的人，就是结了婚不也照样可以离婚吗？

想到这，陈菲自作聪明地大胆问道："你是不是喜欢上了夏晓杰了？还是她喜欢上你了？"

"你瞎猜什么呀！"王凯很不高兴："都说好元旦结婚了，你还这么不信任我。夏晓杰是不错，但不错的人这世上有很多，难道都值得我去和她们结婚吗？喜欢的人，可以有很多，但愿意相守一生的，只有你一个。"

"是我不好，错怪你了。可我总觉得你有什么事瞒着我。"

"没有，真的没有，求你也让我静一静好吗？"

陈菲第一次见王凯用这种责问的语气和她说话，不由得坐在轮椅上不住地抽泣。王凯好不心疼："陈菲，别哭了，是我不好，我不该冲你发脾气。"

这时，夏晓杰的电话又到了。王凯离开陈菲一段距离，边走边听夏晓杰说话："王哥，昨天晚上我走在路上，两个陌生男人向我要蒋斌的录像带我没给。我说给你们也没用，我都存到博客里了。两人大怒把我暴打了一顿。本来这几天，想去看陈姐的，可我这脸鼻青脸肿的，哪还有脸见人啊！王哥，你可得替我做主啊！"

"晓杰，别哭，我一定替你出这口气！只是这事得从长计议，不可鲁莽行事，而且事不能弄大，只是小小地教训他一顿而已。"

"谢谢王哥。"夏晓杰破涕为笑。

其实，夏晓杰压根没有挨打，她只是用苦肉计而已。不得不承认，她有表演天赋。正是这种逼真的演技，让王凯下定了决心，要做一件他不想做的事情。王凯从此开始了周密的筹划，他把自己的计划告诉了他的最好的老乡占士钢。占士钢和王凯既是同事也是铁哥们，他比王凯小两岁，今年二十六。

王凯正为自己的筹划得意的时候，陈菲的主治医生叫王凯过去一下。王凯的心忐忑不安。医生告诉王凯，陈菲的左腿胫骨和腓骨多次粉碎性骨折，加上她年龄已大，肯定是站不起来了。最好的结果也是挂一只拐，而且需要截肢。如果不截肢，只保守治疗的话，很有可能危及另一条腿的神经，导致双腿都不能站立，将永远离不开轮椅。

王凯听到这消息，不觉泪如雨下，一个男人也许只为心爱的女人才会这样，他无法接受这个现实，更没有勇气告知陈菲这个消息。他曾认为，在他的细心照顾下，陈菲一定会很快站起来。他还计划好在元旦和陈菲举行婚礼，然后一起出去旅游度蜜月。即使他不嫌弃陈菲成为瘸子、瘫子。可陈菲能够面对这个现实吗？

看到王凯痛苦的面容，陈菲也猜的八九不离十。

"怎么了王凯，是不是我的腿没治了，你快点告诉我。即使有生命危险，我也能挺住。我只是觉得对不起你，不能陪你一起面朝大海，看潮起潮落了，也不能为你生一个孩子了。"

"哪有你说的那么严重，只是医生建议你做截肢手术，否则有可能危及另一条腿。现在截了，至少你能挂着拐站起来。不截的话你将永远坐在轮椅上。"

"什么？要我截去一条腿？我宁愿去死也不要这样。我年龄也不小了，我要把最美的形象展示给你。我还要和你一起拍婚纱照，我宁愿坐着，有一双完整的腿。也不愿站着成金鸡独立。"

"站着总比坐着强吧！失去一条腿有什么关系，不是还有我吗？干吗还要连累另一条腿。"王凯道。

"不，我不能没有双腿，哪怕不能站立。还是保守治疗吧，我不想截肢。"

王凯只得含泪答应。

陈菲说："抓紧时间，我们拍婚纱照吧，趁现在还能勉强站立。"

王凯道："好的，明天我们就去拍。"

陈菲道："婚礼能不能提前？和晓杰他们一样也定在国庆，不要在元旦了。"

王凯："不行，我还没任何准备。总得给你买个戒指，而且我还没有房子。"

陈菲道："不用，给我买个假的也行。房子我已经买了，在市东郊海边，你不是说喜欢面朝大海，春暖花开吗？"

王凯哽咽道："没想到你都替我想好了。你放心，不管你能否站起来，我永远都是你的拐杖，你的轮椅，你想到哪，就到哪。"

"这个周末，我想出院。治不治都没什么区别，我们去北京好不好？去看看长城。我虽去过北京，可每次都是有事，来去匆匆的。"

"好的，就是背我也要把你背到山顶！"

陈菲哽咽道："那你现在就先背一个试试，我怕你背不动啊！"

王凯道："小样，我一身的力气，还背不动你？"说完蹲下身子，从后肩接过陈菲的双手，稍一用力，便站了起来。边起身边说："上马喽！"接着又说道："你不轻啊，生病倒变胖了。"

陈菲笑道："你是不是笑我天天躺医院变胖了？"

王凯道："不是这意思，我是说，即使你再重，我也能把你背到长城去。"

陈菲道："你要是嫌我胖，也只能怪你，谁让你天天让我喝鸡汤呢？"

王凯道："怎么会呢？要是娶个杨贵妃，那就艳福不浅喽。"

陈菲突然瞥见好像有旁人张望，她觉得不好意思，忙催着王凯将她放下来。王凯不听，说背自己的媳妇，关别人屁事。让他们望个够吧。

陈菲将脸紧紧贴在王凯的后背上，两行热泪湿透了王凯的衣衫。

010 王凯勇救落水女

一日，王凯到长河湾溜达。这时已是九月，习习凉风吹在人身上开始有了冷意。时间已近黄昏，但长河湾边上依旧是灯火辉煌，有许多人坐在外面喝酒聊天，谈情说爱。王凯突然发觉一个女子在河边徘徊，神情颇为沮丧。她默默地流泪，突然"扑通"一声，女子纵身跃入河中。王凯立即跳入河中，抓住女子奋力向岸边游，但由于河岸陡峭，无法上岸。岸上只有一米高的钢筋护栏，却又够不着。还好，不远处有一个刚要靠岸的电瓶船，慢慢悠悠驶过来，王凯奋力向小船靠近。

这个女子本能地紧抓着王凯的手和脖子，王凯连呛了几口水，幸好船上有人相助，将二人一起拉上了小船，送至岸边。长何湾俱乐部工作人员赶紧拦了一辆出租车，把他们送到了附近的医院。还好王凯只是呛了几口水，吊了三瓶水便没事了。落水女子还虚弱地躺在床上。王凯吊完水后忙对护士说要去看望落水女子。落水女子已经苏醒过来了，她有气无力地望着身边的王凯，刚想说话，王凯示意她不要说话，先卧床休息。

一直到下午三点多，王凯都守护在女子的身边。陈菲给他打电话，他推说在外面有事，暂时不能去看她。

女子感觉稍好点时，便问王凯："是你救的我吗？干吗要救我，还不如让我死了好。"

王凯道："年纪轻轻的，干吗选这条路。家里人肯定着急，告诉我你家人电话，让他们来看你。"

"家？我没有家，我什么都没有。"

"你叫什么名字？"

"刘筱雅。"

"很漂亮的名字。"王凯微微一笑，"你有三十了吧，不好意思，我并不是想打听你的年龄。我只是觉得像你这样的，应该早就结婚了。"

"是结过婚，刚离。老公和婆婆嫌我不能生孩子，说不如一只会下蛋的母鸡。结婚十年来，我从未怀过孕。结婚第二年，我就自己偷偷跑医院检查过，医生说是因为早年流过产导致的，我没敢告诉老公。后来隔了几年，肚子也不见动静。老公带我去过几个医院，都说不能再生育，从此感情日渐淡薄，今年离婚了。我是报应啊！"

王凯同情地叹了口气，说："你先安心休养。医生说明天下午就可以出院，先观察一段时间。我得给领导打电话请个假，今天晚上不能值班了。"

"你是干什么工作的？"

"保安。"

刘筱雅这会儿才有点精力，仔细地打量着王凯。只见他留着平头，浓眉大眼，身材魁梧，加之心地善良，刘筱雅顿生几分好感。竟然盯着王凯望了四五秒钟。王凯有点不好意思，稍稍低下了头。刘筱雅这才发觉自己有点失态，忙打圆场："我看你好像挺累的，要不你在床边趴一会吧，我没事的。"

王凯道："你肚子饿了吧，现在还没到医院的晚饭时间，我到外面给你买点吃的。"

"谢谢，要不你帮我买份水饺吧，你自己也在外面买点吃的。"说完看看床上的背包，想掏钱。随后发觉自己本是准备赴死的人，又怎么可能带钱包出来。刘筱雅尴尬地笑道："光想着死了，哪还记得带什么钱包出来，改日我一定请你吃饭。"

王凯笑笑说："不用。"随后便出了医院。

王凯怕刘筱雅挨饿，并没有在外面吃饭，只是到附近一家饺子店买了两份蒸饺，就匆匆往回赶。

"这么快就回来了，你在外面吃过了？"

王凯本意是想一人一份的，见她这么问，反倒不好意思说自己还没吃，于是撒谎道："我吃饭挺快的，怕你饿，给你带了两份。"

看着筱雅狼吞虎咽的样子，王凯忙给她倒了一杯开水："筱雅同志，请慢慢享用，别噎着。"

刘筱雅这才意识到，自己竟然忘了身边的王凯，忙给王凯夹了五六个饺子，说自己已经吃饱，正好让王凯尝尝，味道不错。

王凯确实饿了，也不再推辞。只是假装漫不经心，不饿的样子，慢吞吞地将饺子消灭了。

陈菲躺在医院感觉无聊极了，便想给王凯打个电话，让他帮自己尽快办出院手续，她在医院实在待不下去了。电话一拨通，是一个女子的声音："你找谁？"

陈菲有点丈二和尚摸不着头脑，以为拨错了号码，又看了下电话号码，上面显示是王凯的名字，便有点纳闷又忐忑地说："我找王凯。"

"哦，我不是。他昨天把手机落我这了。"

陈菲大为不悦，心想，昨天打他电话，让他陪陪自己，他推说自己有事，难道就是陪了这个女人一天？还忘了带手机！

"你是他什么人，他今天下午还要过来帮我办出院手续，我让他给你回个电话。你是嫂子吗？"刘筱雅弱弱地问。

"你告诉我，你是他什么人？"陈菲语气明显有点不悦。

"我只是他一个萍水相逢的女人，嫂子别怪他，小王是个好人。"

陈菲听得有点不明不白，本来听到一个女人的声音接电话就来气。现在更没心情听另一个陌生的女人夸自己未来的老公，于是狠狠地挂断了电话。

下午两点多，王凯一下班就匆匆往刘筱雅住的医院赶去。见到王凯，筱雅的心情一下子好多了。刘筱雅告诉王凯说有一个女人打你手机。王凯拿起手机，看了一下通话记录，果然是陈菲的电话。他对刘筱雅说，这是我女友，她也快出院了。我先帮你办完出院手续，过两天，再给她办出院。

"王凯，你还是给姐姐打个电话吧，免得她着急。"

王凯只得拨通了电话。

陈菲道："王凯，你现在在哪里啊？我刚才打电话，怎么会是一个女人的声音。"

王凯因为疲惫懒得多做解释，便随口撒了个谎道："是表姐，她身体不好，住院了。"

陈菲道："反正我现在闷得慌，要不你告诉我在哪个医院，我打车也去看看你表姐。"

王凯道："你身体不好，不要乱动。要不我让表姐一起去医院看你吧？"说着朝刘筱雅望了望，刘筱雅没有反对的意思。因为王凯考虑到筱雅孤身一个在外地上班，心情也不好，不如一起到陈菲那走走，也散散心。

"反正你现在回去也没什么事，先放松放松心情，跟我一起到市人民医院，看看你未来的嫂子。我们打算国庆结婚。"王凯说完，脸上洋溢着幸福的笑容，只顾自己的快乐，却忘了刚离异不久的刘筱雅。刘筱雅一方面说表示祝福，另一面又感叹命运不济，不免有点伤感和失落。王凯想起手中的衣袋，对刘筱雅说："给你买了一些衣服，你找个地方换了吧。总不能穿着病号服出去吧！"

王凯的细心着实让刘筱雅感动，她自己都没想到。昨天的衣服都湿了，还扔在盆里，要不是王凯记着买衣服，还真没衣服换了。

她突然有些羡慕那个打电话过来的女人了，摊上这样一个男人是多么幸福的事啊！

考虑到筱雅身体还比较虚，王凯没有坐公交，他直接打车去陈菲住的医院。

第七章　与"情敌"重逢

001　王凯携落水女见陈菲,"情敌"同窗喜相逢

门被轻轻推开,王凯刚一进来,便笑道:"我表姐也来看你了。"

陈菲往后一看,见这个人虽过而立,却也颇有几分姿色,只是脸上多了一些抑郁之气。这个女人,身高约一米六三,剪着一个波波头,发梢处作了大波浪曲烫,外着一件白色西服,下着一条黑色短裙。陈菲觉得此人有点似曾相识,却想不起名字。

刘筱雅看着陈菲,也是同样的感觉。陈菲试着问了名:"你是刘筱雅吗?我是陈菲。"

"我是,你真的是陈菲吗?姐姐,想死我了。高中毕业一别十几年了,这才第一次碰见你。"

陈菲也是喜极而泣,刘筱雅看到陈菲,顿时如碰到久违的知己,要把自己这十几年来的苦水统统倒出来。

陈菲一边擦眼泪,一边安慰刘筱雅道:"筱雅,别急,慢慢说。"

刘筱雅告诉陈菲,她和徐达考进了同一所院校的大专班。刚开始,

徐达非常消沉，觉得自己没考上理想的大学。因为他们是同学，刘筱雅就经常安慰徐达。后来他们也算恋爱了，甚至还在外面租了一间房子，有了自己的"小家"。他们常常同出同归，由于没什么避孕经验，大三之前就流过两次产。大三那年，她发现自己再一次怀孕。徐达比她还小，上大三才十九岁，她也不过二十岁。徐达只是一个劲地催她再做药物流产。他胆小，让他去医院都不去。她伤心极了。后来医生告诉她，如果再次药物引流或人工流产，很可能导致终身不孕，而且现在这个胎儿不适合做任何流产。当她把消息告诉徐达时，徐达吓得六神无主，非得让她做人流。她非常伤心，只得辍学，起初也不敢告诉父母，后来还是让父母知道了。父母没少骂她，说什么也不愿让她成为未婚妈妈。筱雅只得等生完孩子后，再作处理。生产当晚，她母亲把孩子丢在医院前面路边的一个垃圾筒旁，她和母亲希望能碰上一个好心人收养她。她怀孕时，徐达只悄悄看过一回，被她父母大骂了一通，就没有露过面。

陈菲听到这，不觉大为愤怒。说徐达怎么成了这么个不负责任的男人，同时也心存疑惑和不安地问道："你说你曾遗弃过一个女婴，包裹里有什么？"

"有孩子的生日和四百元钱。"

"孩子有什么特殊的印迹吗？"

"左手心有一块像地图一般的青紫色胎记。"

"啊！"陈菲啊的一声，说不清是惊讶、喜悦还是失落、罪孽。她顶着压力，好心收养一个女婴，却是自己曾经的爱人和另一个女人的私生女。她总有一种不祥的预感，觉得璐璐似乎要被人从她手中夺走似的。

"陈姐，你怎么了？"

"没事，胃病犯了。后来呢，后来你生活得怎么样？"

"后来我结婚了，跟父亲单位一个同事的儿子。起初还好，可后来过了几年，我始终没怀孕，他就和我离婚了。"刘筱雅说着说着，不禁抽泣起来。

"那你今后有什么打算？"陈菲问道。

"能有什么打算？医生说我以后不能生育了，我现在非常后悔以前遗弃了那个孩子。我时常做噩梦，梦见孩子痛苦地声嘶力竭地招着小手呼喊'妈妈'。有时梦见她凄惨的声音渐渐平息，甚至被一只野狼叼走，我有罪啊！"

陈菲也喃喃道："是啊，你确实是个罪人，一生都洗不清罪孽。还有徐达，也是个罪人。"

"我现在只想打听一下我孩子的下落。不管是死是活，我都想知道一个结果，可怜的孩子，生下来名字都没取就被遗弃了。"

"你恨徐达吗？"陈菲问道。

"当然恨，我恨他胆小怕事，不负责任。为了保全自己，便不顾别人死活。我更恨我自己，不应该过早涉足情网，害得我连学业都没完成，导致终生不孕，还丢了孩子，断送了一辈子幸福。"

陈菲很同情刘筱雅的遭遇，她多么想给她希望。告诉她，她的孩子璐璐现在生活得很好，就在自己的身边。但她同样也为璐璐付出了很多，付出了自己一生的幸福。她还没有想好，或没有勇气立即告诉刘筱雅。她只能安慰她，说会帮忙打听，请朋友帮忙，看本市有哪些人家的孩子是收养的。

筱雅十分感动，连连称谢。

王凯在一旁插话道："你们老同学见面，我俨然成了一个局外人，想插话都插不上。"

刘筱筱这才觉得不好意思，对陈菲道："王弟是个好人啊，是他把我从死亡线上救了回来。唉，本来都不想活的人。"说完便告诉陈菲，自己如何对生活丧失信心，如何欲跳河自杀，被王凯救了上来。

王凯打趣道："你陈姐打我手机，听到是你在回话，她肯定在吃醋呢！"

"去去去，没个正经，谁还吃你的醋啊？"

刘筱雅也被逗得露出久违的笑意，她和陈菲聊得尽兴，他们一会开怀大笑，一会聊到伤心处又抱头痛哭。感觉时间过得很快，屋内虽是灯光通明，外面已是暮色苍苍。刘筱雅看时候不早了，要起身告辞，王凯和陈菲执意留她吃饭。筱雅婉拒了，说等陈姐身体好了，出院后她再请他们俩一起聚聚。陈菲目送着刘筱雅远去的背影，心情久久不能平静。她曾经是一个多么快乐、幸福的女人，现在却变得如此不幸，真是人生沉浮，世事难料啊。可自己又比她好得了多少呢？还好，自己还有王凯和璐璐。一想到璐璐就是刘筱雅的女儿，她心里不觉"咯噔"一下，感觉一不小心，璐璐就要从自己身边飞走了。王凯上班后，陈菲一人躺在病床上陷入纠结，彻夜难眠。

002　陈菲再出院，刘筱雅心怀鬼胎

这个周六的上午，陈菲出院了。刘筱雅要请陈菲和王凯吃饭，说一来感谢王凯的救命之恩，二来上次见面匆匆，这次好好聚聚。毕竟好长时间才见面，让陈菲带孩子一起去，说还没看过陈菲的孩子。陈

菲有点犹豫，说要不就咱老同学聚聚，孩子要复习功课。刘筱雅说，学习也不在乎一顿吃饭的时间。

陈菲、王凯、璐璐如约而至。陈菲向璐璐介绍道，刘阿姨是妈妈高中同学。璐璐显得很开心，一会夸刘阿姨漂亮，一会儿说让刘阿姨有空到自己家里，并带孩子一起到她家玩。刘筱雅有略有点不好意思，不知说什么好。璐璐一脸困惑道："刘阿姨好像不高兴，是不是我说错了什么？"刘筱雅连忙说："没有，没有，我在想，要是我的孩子有你这么大就好了，她和他爸在很远的地方读书，不能带她来。"璐璐似懂非懂地点点头。

其实刘筱雅也是聪明人，当她看到璐璐这么大，而王凯最多也就二十八九岁，估计陈菲也曾遭遇过婚变，现在王凯不过是她的男友罢了。当着王凯的面，她不好问个详细。但她怎么也不会想到，站在她面前叫她阿姨的，就是她十几年前遗弃的孩子。

陈菲告诉刘筱雅，再过一个月，国庆节的时候，她就要和王凯结婚了，让筱雅务必参加。

筱雅十分高兴地举起酒杯对陈菲说："祝你们白头到老、永远幸福。"

席间，刘筱雅与璐璐像是心有灵犀似的，总是聊得很开心。璐璐也表现出了少有的童真，像是变成了一个爱撒娇的小孩子。陈菲想道：难道母女之间真的有一种天生的默契吗？看她们聊得开心，陈菲感觉有点酸意，故意打趣道："璐璐，你这么喜欢刘阿姨就认刘阿姨为干妈吧？""好啊，好啊！"璐璐高兴地应道。

刘筱雅看着璐璐，感觉像是有一种前世今生的缘分，这难道是一种心灵感应吗？她潜意识里产生了想看璐璐左手心的想法。于是一边给璐璐夹菜，一边假装看着璐璐的手表说道："呀，璐璐这表真漂亮，给阿姨看看是什么牌子的。"说完很自然地借端详手表的机会，翻看了一下璐璐的手心。这一看不要紧，差点让刘筱雅晕过去。璐璐的左手心分明有一块青紫色的胎记，只是形状比刚出生时大多了，颜色也淡了些。

陈菲当然看得出刘筱雅的真正用意，她本来有点不悦，但看刘筱雅心情如此激动，还是动了恻隐之心。于是假装不知情地问道："筱雅，你怎么了？"王凯也赶紧站起来，问要不要送她去医院。

刘筱雅喘口气道："谢谢，不用了。我怎么看这孩子手心胎记和我以前小孩子手心胎记一模一样，让我更加思念我以前的孩子了。"

陈菲安慰道："唉，胎记形状、位置相同的孩子多了去了，你多虑了。"

刘筱雅低下眉头道："陈姐、王凯，真对不起，本来好意请你们吃饭，我却影响了大家的心情。你们一定得多吃点。否则，我会不好意思的。"

"怎么会呢？"陈菲和王凯异口同声道，两人不觉相视而笑。

气氛总算有点缓和，饭毕王凯抢着买单。不料服务员告知，有人早就押钱在这了，你们不用再买单。

刘筱雅笑道："我就知道你们肯定太客气，所以我早就把钱押在柜台服务员那了。既是我诚心诚意请客，哪能让你们买单。"

刘筱雅的诚意让陈菲和王凯十分感动。陈菲头一回遇到竟然有人为了抢着买单，提前把钱压在柜台那。陈菲说下次一定让她做东，请筱雅到她家做客，亲自烧几道可口的菜。双方依依惜别，各自打车回家。

一回到陈菲的住所，王凯忍不住问陈菲："筱雅怎么看到璐璐手心的胎记就这么激动？"

"是呀，是呀，是不是刘阿姨家孩子左手心也有和我同样的记号，真是太有趣了。"璐璐禁不住插话道。

陈菲没有理会璐璐，冲王凯道："她是想孩子想着迷了，看着别人家孩子和她以前小孩子有相似的地方，都会认为是自己的孩子。唉，可怜的女人。"

"阿姨家的孩子失踪了吗？"璐璐不解地问道。

"是的，她一直在找。"

"刘阿姨不会认为我就是她的女儿吧？"

陈菲安慰道："傻孩子，你是妈亲生女儿，你怎么会产生如此怪异的想法。你要是再这么想，那你就到刘阿姨那好了，反正你们都喜欢对方。"陈菲故作生气道。

璐璐立即搂着陈菲的脖子，撒娇道："妈妈不要生气嘛，我虽然喜欢她，但她毕竟不是我妈呀！刘阿姨也真是，难道天底下左手心有胎记的都是她女儿吗？"

"乖孩子，璐璐真懂事。"见璐璐反过来宽慰自己，陈菲更加心疼璐璐，怕失去璐璐同时又想到自己老同学为找璐璐肝肠寸断。现在母女近在咫尺，她却没有捅开窗户纸，让她们母女相认，自己是不是有点不近人情甚至残酷。但一想到自己为了璐璐，遭受了生活的重重打击，父女反目不能相认，至今还孑然一身，自己又何尝不是受害者。想当初她自己把一个呱呱坠地的婴儿抚养到现在。如今璐璐都上初二了，难道就凭璐璐是她亲生的，就拱手送给她？她寂寞，难道自己就不寂寞吗？到底该不该说出真相，让她们母女相认，她突然觉得自己像哈姆雷特一样，面临着生存还是毁灭的艰难选择。

王凯看陈菲似有沉重心思，便安慰道："别想得太多，先养好身体吧。我先上班去了。"

陈菲让王凯开自己的车去上班，王凯不好意思，说不用了。便匆匆告辞。

003　养女竟是"情敌"女，陈菲公园会徐达

又一个周末来临，人生好像就是在这一个一个的周末中，走完了属于自己的旅程。步入社会，总感觉时间过得那么快，不像儿时，总感觉时间是一个很玄乎很遥远的东西。那时候天天盼新年，好像只为那一把糖果和一件新衣似的。陈菲一直在为自己如何处理刘筱雅和璐璐的事而纠结着，她无法给自己一个答案。她想到一个人，想请他出出主意，又好像感觉这样无疑是捅了马蜂窝。但不捅这个马蜂窝，自己就会心安理得吗？她甚至做出这样一个比喻，一个犯罪的人，整天在外面躲躲藏藏、担惊受怕，还不如早点自首。但一想到这，她突然从内心对自己说了三个"呸，呸，呸！"做亏心事的又不是我，为什么我倒比他们更纠结了。她犹豫再三，还是决定"自首"，能坦白多少，就坦白多少，实在说不出口的就不说，总比全闷在自己心里强，那样赌得慌。

于是这个清晨，陈菲躺在自家的床上，外面阳光照进来，人显得更加慵懒。她掏出手机给徐达打电话："徐达，忙什么呢？"

"忙着给孩子做早餐呢。"

"叫个保姆不就得了，还用这么辛苦。对了，早点娶了夏晓杰吧，

对你对孩子都是福。"

"唉，随缘吧，急不得。快说找我有什么事吧。"

"当然有事，你们吃完饭打电话让夏晓杰把啸啸接到她那照顾一会，然后开车接我到长亭公园走走，我有事和你聊。我现在腿脚不方便，所以不能自己开车找你，只好麻烦你这总经理亲自到我家接我了。"

"好的，一会见。"

徐达让啸啸在家等夏阿姨接他出去玩，啸啸很开心，一边在家看电视，一边等夏晓杰。安顿好啸啸，徐达驱车直奔陈菲住处。

徐达见到陈菲说："有什么事在你家谈不挺好吗？"

陈菲道："看你急的，我在家待得都快崩溃了，就当陪我到户外走走吧。"

"那好吧，"徐达背着陈菲，送进了轿车副驾驶，又将轮椅折叠好，放进后备厢，驱车直往长亭公园。

长亭公园离陈菲住处不远，也就是六七分钟的车程，前提是不堵车的情况下。

长亭公园是一个免费的公园，不是什么名胜古迹。但风景一点儿不比名园逊色。相反这里少了一些雕琢之气，多了几分自然之美。这里没什么珍稀鸟类，多是喜鹊、麻雀、八哥，偶见一些鹦鹉和黄鹂。徐达他们到公园时，已经快九点了，晨练的人依然不少。石板路旁，各种野花争艳，芳草萋萋。偶尔听到黄鹂清脆的叫声在风中穿过，十分悦耳动听。看书的，下棋的，打拳的，舞剑的，跑步的，跳舞的，应有尽有。这里虽不是什么名园，却是附近居民休闲、锻炼的好去处，主要是因为这里免费。

徐达推着陈菲在小道上缓缓散步。陈菲假装忘记要说什么，或者刻意享受吹吹微风，看看风景的惬意。她看这里的一草一木，还有这里的每个人，都是一道风景。正如诗人卞之琳所言"你站在桥上看风景，看风景的人在楼上看你。"

　　徐达终于忍不住开口问道："陈菲，你有什么事吗？"

　　陈菲道："急什么，难道就不能多陪我一会，多推我一会。"

　　徐达道："我倒是愿意一直推下去，推一辈子，可王凯答应吗？"

　　陈菲笑道："徐达你少给我贫嘴，只怕我事说完了，你一会就把我扔下，驱车开溜了。"

　　"怎么会，看你说的，我还能包接不包送啊？"

　　陈菲话到嘴边，又不知从何说起，说实话，她心里堵得慌。

　　"徐达，能给我一支烟吗？"

　　"我就喜欢你抽烟的样子。"徐达说完递给陈菲一支烟。

　　陈菲让徐达把她推到一个无人的僻静角落，然后慢慢地转过轮椅，看着徐达。

　　自从徐达毕业后，还没认真仔细地端详过这张脸，她，陈菲，真的老了，虽然风韵犹存，但和年轻时的她相比还是有天壤之别的。他知道陈菲一定吃过很多苦。

　　"你好像问过我，璐璐是哪来的。我现在可以告诉你，是我捡来的。我不知道她爸是谁，也不知道她妈是谁。"

　　"我没有打探你私生活的欲望。"徐达笑道。

　　"你能不能听我把话说完？"

　　"好吧！"

　　"她是我在大学毕业那年，在医院旁一条马路边捡来的。当时看她可怜就收留她了，准备后来送孤儿院。可养过几天，竟舍不得送了。"

"啊？"徐达有点吃惊道。

"为此，我父母与我反目，也没有人愿意娶我。我一个人把孩子抚养大，你知道我吃了多大的苦。"说完，陈菲狠狠地吸了一口烟，不觉咳嗽了两下。

"陈姐辛苦了。"徐达一边说，一边示意陈菲不要抽了。

陈菲依旧吞云吐雾，却话锋一转，说道："刘筱雅近况也不好，你知道吗？"

"不知道，失去联系好久了，以前在同一所大学。"

陈菲冷冷道："你可忘得真干净彻底啊！"

徐达不觉有点心虚到道："同学分别各奔前程，有的一别就成永远也是可能的，哪能对别人了如指掌。"

"别人你可以忘记，甚至对我你也可以忘记，但你不该忘记筱雅，你不该不关心她。"陈菲说着说着，有点激动，声音哽咽，眼里也噙着泪花。

"她现在到底怎么了？"

"我前些日子见过她，她在长河湾跳河自杀未遂，恰好王凯路过那救了她。后来在我住的医院见了面。我们聊了好久，她说她大三那年，怀了一个绝情郎的孩子，后来在父母的压力下，把婴儿遗弃了。她一直愧疚，一直在找，说不管是死是活，也要有个结果。她后来嫁过一次人，但由于在学校时流产多次，除了那个被遗弃的婴儿，再没怀孕过。她得了不孕症，为此那个男人在和她共度了十个春秋后，也就是最近选择和她离婚。筱雅伤心欲绝，就选择了自杀。"

"那筱雅现在住哪，孩子找到了吗？"

"你为什么不问问，那个绝情的男人是谁？"陈菲说着，直盯着徐达的眼睛。

徐达突然蹲下身子捂着脸号啕大哭："我有罪，是我对不起她，可我当时真的没办法。我高考没考好，如果再被孩子所累，我肯定会被开除的。我这'跳龙门'的愿望就永远落空了。我已经让父母伤心失望过一次，不能再让他们伤心失望了，所以我选择了逃避。"

"你是逃避了，可筱雅呢？难道她就该充当替罪羊？你逃过一劫，可她被学校开除了。她被父母又打又骂，还落得个终生不孕的悲惨结局，最近又被离婚。我自以为自己吃过很多苦，受过许多委屈。可比起筱雅来，真是小巫见大巫！"

徐达听完，许久默不作声。

陈菲突然也控制不住，抽泣道："可我没有告诉她，她苦苦寻找的孩子，恰好就是我收养的璐璐。她弃婴的时间、地点，小孩子的服饰以及小孩衣服里有四百块钱和一张记有生日的条子，还有孩子左手心的胎记都和璐璐的情况是一样的。我没告诉她，我也受了很多苦，我怕失去璐璐，她也是我生活的全部寄托。为了璐璐，我和父母反目，至今父亲都不理我。快十年了，我只回过两趟家。难道我们两个可怜的女人，前世就欠你的？"

"筱雅现在在哪里？"

"就在这座城市，在一家广告公司设计部工作。"

"我想找个时间见见她。"徐达道。

"求你现在别找她，她说这辈子都不想见到你。我也求你暂时不要告诉璐璐就是她要找的孩子，还有一年璐璐就要中考了。而且我还

143

没想好，要不要让她们母女相认。我没这个思想准备，璐璐也经受不起这个打击。她很爱我，我也很爱她。"

"那我什么时候去学校看看璐璐总可以吧？"

"不行，要看你只能远远地看，不准惊动她。"

"好。"

"你也没资格和她相认。想想真是可笑可悲，我没有成为你的新娘，你却是我孩子的爸，我是孩子的妈。孩子的生母和生父都在这世上，却从没团聚过，我却照顾你们的孩子直到现在。说什么我也不能让璐璐离开我！"

徐达也点燃一支烟，喃喃自语道："我有罪，毁了三个女人。你，筱雅，还有啸啸的妈。虽然张芸离开我不是我的错，但毕竟婚姻没走到头是事实，啸啸同样也失去了妈。好在他们还能经常见见面。可我的璐璐呢，我更对不起她，也对不起你和筱雅。这罪孽，我一辈子也赎不清了。"

看到徐达可怜巴巴的自责，全没了平日的幽默，陈菲也不觉同情了起来，甚至于心不忍了。她声讨之情略略有了收敛，安慰徐达道："你也别难过了，是我们命苦，前世就该欠你的。"

见陈菲肯原谅自己，徐达无比感动。他看到陈菲额上的皱纹，似乎都是他刻下的伤痛，是陈菲生活的每一段艰辛的名片。他突然托起陈菲的脸，忘情地狂吻。聊至往事，聊到伤情处，陈菲也情难自禁。她接受了这个带给她太多回忆的男人的吻，那是一种久违的美好。没有永远，哪怕总是过眼烟云，她也愿意。

天有不测风云，偏偏这一幕被王凯看了个正着。王凯看不下去，心情沉重，掉头就走，却一不小心被石路上的鹅卵石险些绊倒。他趔趄了两下，手机突然从口袋跌落，"啪"的一声，惊醒了陈菲。熟悉的身影，看着熟悉的衬衫，那是陈菲亲自陪王凯在商场买的，也是她送给他的唯一礼物。

她推开徐达，大声喊道："王凯，王凯。"王凯没有回头，径自走去。

陈菲趴在轮椅上大哭不止。徐达安慰了几句，便开车送陈菲回去，他本来还想问一下刘筱雅的手机号，现在只好作罢。

王凯怎么到这公园的呢？因为王凯今天休息，他想约陈菲出来走走，但陈菲一直关机。他想，反正自己今天没事，就自己出来走走，他知道陈菲爱到附近的长亭公园玩，他索性也到这，兴许还能碰到陈菲。果不其然，还真碰上了。这正应了那句话"无巧不成书"。

004　徐达有女不敢相认

陈菲回到家里时，已是十点半了。本来她准备亲自烧几个菜，为王凯改善改善伙食的。现在摊上公园偶遇这件事，陈菲的心情跌到了谷底。她拨通王凯的手机，传来的却是：你拨打的电话正在通话中。她一听就知道是王凯挂断了电话。她只得躺在床上，燃起了一根烟。她突然想到，之前说接璐璐回来吃饭的，自己心情再怎么不好，也不能让孩子失望。要是王凯在，王凯便可开她的车去接璐璐了，但王凯现在正在生她的气，所以只好打电话给夏晓杰。

"晓杰，在家吗？啸啸有没有送回家，要是已经送回家，能不能帮我接一下璐璐，带她回家吃饭。"

"还没呢，你不是找徐达有事的吗？"

"哦，徐达已经回去了，我以为他给你打过电话，让你把啸啸送回去呢。"

"啸啸说要在我这玩两天呢，哪肯回去。"

"要我说，你们相处的差不多就可以结婚了。这样啸啸也可以和你朝夕相处了。"

夏晓杰有点不好意思道："陈姐，这得看缘分啊，时机不成熟，急不得。你和王凯不也还没结婚吗？嘻嘻。"

"那我只好再请徐达让他开车接一下。你不会吃醋吧？呵呵。"

"我才不吃醋呢，至少不会吃陈姐的醋，嘻嘻。"夏晓杰一个劲儿地笑。

"这样吧，你一会儿带啸啸过来，帮我买点菜打个下手，中午一起吃饭吧。"

"不了，改日吧。现在外面天还比较热，又要挤公交，下次吧。"

陈菲只得作罢，接着拨通了徐达的电话："徐达，在忙吗？帮我到育才中学接一下璐璐行吗？我答应接她回家吃饭的，而且今天又是周末。"

徐达躺在床上，正心情烦躁呢。张芸重病在床，刘筱雅生活绝望，自己还有个女儿是陈菲收养的璐璐。他不知道如何收拾这些残局，他从没感到如此力不从心过。

接到陈菲的电话，想到正是看望自己亲生女儿的大好时机，他当然一百个答应。

陈菲叮嘱道："请你尊重我的意见，现在不许你告诉璐璐她的身世，更不准你相认。你要是认了，夏晓杰能不生气吗？摊上你这么个风流而不负责的男人，哪个女人能不生气。"

"放心好了。"徐达嘴上说放心，但他心里却是急切地想看看璐璐。虽然他对璐璐并不陌生，但这次他从内心想以一个父亲的心情看自己的女儿。一个他从未尽一点儿责，甚至是自己抛弃的女儿。他暂时连相认的勇气都没有。要是璐璐知道自己是被亲生父母遗弃的孩子，她能承受得了吗？

徐达刚走到校门口，就看见璐璐在门口东张西望像是在等人。徐达叫了一声"璐璐！"

"是徐叔叔啊，你怎么在这？"

璐璐这一声叔叔，叫得徐达差点流出泪来。他想走上前，把璐璐紧紧抱住，然后对他说："我的好女儿，跟爸回家吧！"但他转而一想，自己有什么资格做她的爸爸。女儿就在眼前，他却不能相认，只得强作镇定地说："你妈身体不方便，在家准备午餐呢，让我来接你一下。"

"谢谢徐叔叔，我知道你是老妈的高中同学。"

"是的，上车吧。"

徐达一边开车，一边打量着旁边的璐璐，那薄薄的嘴唇，细细的眉毛，活脱脱就是一个刘筱雅的翻版。那高高的鼻梁，大大的眼睛，还有那对双眼皮，不正是自己的样子吗？

璐璐被看得有点儿不好意思，"徐叔叔，是不是我脸上的青春痘特难看啊？"

"不是，你和你妈年轻时一模一样，漂亮极了。"

"呵呵，我看过我妈年轻时的照片，我没她漂亮。只是她从没告诉过我爸是谁，她不让我刨根问底。我一问，她就又伤心又生气的。"

"你爸长得也很帅。"徐达说这话意思是，老爸我也长得很帅！

"您那么肯定，是不是也见过我爸？"璐璐突发疑问。

"没，没，不认识。只是觉得，你妈那么漂亮，丑男人她能看得上吗？"徐达见自己说漏嘴，赶紧自圆其说。

璐璐笑道："这倒也是。你不是我妈同学吗？你应该知道她和我爸的一些事。"

"我和你妈大学后就失去联系，也是最近一段时间才偶然联系上的。我有问过她和你爸的情况，她不肯说。这是隐私懂吗？所以，我也不便再问。"徐达只好继续撒谎。

"唉！"璐璐又难过地低下了头。

"你还有个弟弟，你知道吗？"

"没听说过。"

徐达见自己一时兴起，又说漏了嘴，只好再打圆场："就是我的儿子啸啸啊，你见过的，他比你小，所以他当然是你弟弟了。"

"是的，我见过，我倒是挺喜欢他的。什么时候带他到我家玩啊？"

"下次一定。本来今天就想让他来的，可他去夏阿姨家玩了，不想回来。玩野了。"

"那下次一定带他来呀。"说完璐璐伸出手和徐达拉钩许诺。

005　王凯生气冷陈菲，化解矛盾订婚期

王凯这两天一直心里不痛快，甚至有点消沉。说实话，脾气再好的男人，看到女友与别的男人忘情一吻还一点儿不生气，那是不可能的，除非圣人或傻人。陈菲虽然给他打过好几次电话，但王凯都没心思去接。他需要时间来沉淀一下自己，他甚至开始对这段"姐弟

恋"产生怀疑。她比自己大，他不介意。她有收养的孩子，他也不介意。可她为什么还要和别的男人好。如果连她这样的行为都能容忍，那他还算个男人吗？任何男人，任何人都不会有容忍的好脾气。所以，这几天王凯一下班，要么窝在宿舍里抽烟——他以前可是不抽烟的，要么就出去闲逛。但他却没有欣赏风景的心思。以往他都是推着轮椅，带陈菲一起出来散步。难道仅仅因为那一幕，他就不能再接受陈菲了吗？就对陈菲全盘否定了吗？人家不也没嫌自己家贫吗？他纠结着。还有一个多月就到国庆节了，他和陈菲商量好，要在这个国庆结婚的。他突然想到，陈菲几天联系不到他，会不会很着急呢？他曾对她许诺过，他宽厚的肩膀和胸膛，就是一座大山，是她一辈子的依靠。现在为了一点儿小事，一点儿也不听她解释，就这样逃避她吗？但他转而一想，一个女人快要结婚了，却在公园里与另一个男人深情一吻，这又有什么好解释的。但他还是决定打开手机，希望等陈菲一个解释。他从内心决定，如果陈菲先有负于她，却不给他一点儿解释和道歉，他断不会再去找陈菲。他认为，男人再宽厚仁慈，也不等于可以不要自尊。

陈菲知道一切是自己的错，但在那种情境下，自己也是情难自禁。她这么多年来一直坚强地生活，许多辛酸的泪水只能自己往肚里咽，她多么希望有一个男人能为自己撑起一片天，让她不再那么心累。当她知道自己收养的孩子竟是自己初恋男友抛弃的孩子时，当她知道自己收养的孩子竟是老同学苦苦寻觅的孩子时，她感觉上苍像是故意捉弄她，让她无法抉择。感情的天平不知该倾向何方，是更倾向于自己还是别人，她还无法确定。于是无助的她只有放纵自己的情感，任徐达这个初恋男友的唇，在久违了近二十年后，再一次和她的唇零

149

距离地亲密接触。她纠结着,她知道王凯不理自己是自己的错,但自己又找不到更好的解释理由。解铃还须系铃人,她还是决定先给王凯打个电话,如果他仍旧不理她,那她也没有什么后悔和遗憾的了。

陈菲打电话给王凯时,已经是这个周二下午五点。六点王凯就下班了,到第二天中午两点接班。她对王凯的班制时间还是比较熟悉的。当王凯接到陈菲的电话时,在一瞬间,他竟没有了以前的纠结,他迅速地接听了电话。

"王凯,还在生我气啊?"陈菲说这话时,感觉受委屈的像是自己似的,差点流出泪来,声音哽咽着。

"没有。"

"谁信?"陈菲微怒道,"我知道你肯定是有点生气的,以后再慢慢给你解释。你要是不生气,就过来帮我做晚饭,顺便到我家附件菜市场买点菜。不要替我省钱,想吃什么买什么。反正是你烧菜,我给你打下手。再次尝尝你的业余厨艺吧。"

"什么叫业余啊,我觉得和专业的差不多啊。"王凯微笑道。

"那你愿不愿意一辈子给我烧菜,让我一辈子品尝你的'专业'厨艺啊?"

"宝贝,我愿意。我马上就去,我也饿了。"

"好吧,我也饿了。"

王凯离陈菲住地,坐公共汽车大概有三十分钟的路程。

陈菲挂完电话,淘好了米,放进了电饭煲里,静等王凯的到来。当王凯买完菜到陈菲家时,已经是下午近七点了。

王凯拎了两个大方便袋,陈菲打开一看,有豆角、鲫鱼、肉丝、青椒、牛肉、青菜、豆腐。

陈菲疑惑道："买这么多，咱们能吃完吗？"

"我想喝酒，不行吗？多点下酒菜才好。唉，一提起喝酒，倒忘了买花生米了。"

"这个不成问题，我上次买了一点干花生米，还有一些。你自己加工吧，干煸还是水煮，随便你。"

不到半个小时，王凯就把菜都弄好了。麻辣豆腐，青椒肉丝，青菜烧牛肉，干煸豆角，鲫鱼汤。

"上菜了！"王凯系着围裙，一边上菜，一边吆喝着。

陈菲从柜子里拿出几瓶啤酒和一瓶白酒放在了桌上。

"拿这么多，你陪我喝啊？"

"是，不醉不休。"

"我可不想让你醉。"王凯说完将白酒放进了柜子，"就喝点啤酒吧。"

陈菲知道，王凯喜欢喝白酒，只是怕自己陪他喝伤身体。

陈菲依然拿出白酒说："谁说要陪你干完白酒再干完啤酒啊，能喝多少就喝多少呗！我也想喝点白酒呢，喝点白酒再喝啤酒，才爽歪歪呢。"

"那好，恭敬不如从命。"

陈菲突然想起什么似的，站起来，摁了一下墙壁上电灯开关，灯光一下子变得昏黄黯淡。

"这样是不是显得浪漫一些啊？可惜没蜡烛，否则应该找找烛光晚餐的感觉。"

两人相对而坐，陈菲打开两瓶啤酒说："先解解渴吧，待会再陪你喝白酒。"

王凯向陈菲举杯祝愿："祝陈小姐早日康复。"

陈菲笑道："不好，换一种祝福。"

王凯笑道："健康你都不要，你还想要什么？"

陈菲微笑道："你再想想，想不出来你自个喝，我不喝。"

"祝陈小姐，早日找到幸福的归宿。"

陈菲一听，心里有点不悦。心想，我是非你不嫁，你让我重新找归宿干什么啊？莫非你变心了，把今天的晚餐作为分手告别晚餐吗？陈菲痛苦地摇摇头。

王凯突然意识到自己说错话了，忙挽救道："陈小姐要是再找不到幸福的归宿，王凯可能要当一辈子和尚了。"

陈菲破涕为笑，伸过手，一把堵住王凯的嘴道："你的嘴是用来大块吃肉，大口喝酒的，不是用来胡说八道的，明白吗？"

王凯十分感动，一仰脖子，一杯啤酒下肚。陈菲欲给他斟酒，王凯自己拿了过来，满满地斟上。刚要再次一仰脖子，发觉陈菲一动不动地看着自己，问道："你怎么光看着我喝，你自己却不喝？"

陈菲眼含泪花道："王凯，我今天一是请你吃饭，另外就是想跟你解释一下上次公园的事情。"

王凯也一巴掌堵住陈菲道："我是来喝酒的，不是听你唠叨的。你这张小嘴是用来甜言蜜语的，不是成天用来解释的。别说了，亲爱的，喝酒吃肉吧。"

王凯轻轻放开手，陈菲和着刚刚的泪水一饮而尽。

这晚，两个人喝了一瓶白酒，五瓶啤酒。都趴在桌上睡着了。

王凯醒来时，看了一下手机，已是凌晨一点。他发现陈菲也在桌上趴着，自己强撑着起来，洗了把脸，又用毛巾为陈菲擦了擦脸和手。然后抱着陈菲，把她送到床上。他自己也头晕难支，一头栽在床上，搂着陈菲呼呼大睡。

006　刘筱雅见到昔日负心男

王凯一觉醒来，天已大亮，穿好衣服，拉开阳台窗帘，一缕阳光照进来，也照在陈菲的身上。王凯洗漱完毕匆匆下楼，买了一屉包子、四个茶蛋和两碗豆浆回来。

王凯轻摇着陈菲道："懒虫快起来用餐啦，趁热吃吧。"

陈菲微睁惺忪的睡眼答道："今天你又不上班，这么早起来干吗，吵死人，我还没睡够呢！"

"早睡早起嘛，你这样狂睡，好人也会睡出病来的。何况现在天也不早了，都八点半了。"

陈菲只得慢慢起来，王凯轻轻扶起她坐在轮椅上，趁机给陈菲一个甜甜的吻。陈菲用胳膊一把环住王凯的脖子，深情地说道："以后不管发生什么，请不要关机好吗？"

"好的。"王凯也为以前的行为深感内疚，"以后绝对不会，永远不会。爱要爱得明明白白，恨也要恨得清清楚楚。"

"就是嘛，你关机逃避算什么男人。"陈菲娇嗔道。

"好了，我已经做过保证，快点刷牙洗脸吃早饭吧。"

王凯等陈菲洗漱完毕，一起用餐。陈菲道："王凯，咱们快结婚了你就住这儿吧，不要再住物业那了。反正你有驾照，我暂时也开不了车，你每天开着车上班吧，这样也少点辛苦。"

"不用，反正离这不算远，再说我一个小保安开着车去上班也不合适。"

"有什么不合适的，走自己的路，让别人去说呗！"

"我都没婚房，住你的已经很不好意思了，哪还能开你的车。你不在乎，我还怕人家说我吃软饭呢。我可担不起这个罪名啊！"王凯笑道。

"去你的，贫嘴。"陈菲呵呵地笑着。

两人正说笑着，陈菲的手机响了，陈菲一看是徐达打来的电话，便下意识地快步从厨房移到客厅，"什么事？徐达。"

"我上次忘了问你筱雅的电话，我想看看她。"

"她不让我说，她也不想让你联系。"

"难道，我连向她忏悔的机会你都不给吗？"

"她不想听到你忏悔，你的忏悔对她没有任何价值。看见你只会让她更伤心，懂吗？你最好的选择就是不要招惹她，远远地消失。"

"我做不到，至少我要向她忏悔和道歉，至少我要让她知道，我们共同的孩子还在，我们都是璐璐的父母。"徐达情绪激昂起来。

陈菲不觉冷冷道："你们有什么资格在璐璐面前以父母自称，我才是她真正的母亲，我上次借故让你接孩子，就是想让你看看璐璐，可你别得寸进尺。难道你想和筱雅、璐璐'一家'团聚？你考虑到我的感受了吗？考虑到璐璐的感受了吗？考虑到筱雅的感受了吗？考虑到夏晓杰的感受了吗？"

陈菲情绪有些激动，声音不免也高亢了起来。

徐达道："陈菲，我不是那个意思。如果你从内心不让我们一家相认，我肯定不会相认。哪怕远远地看着璐璐，知道她幸福地生活着就行了，这也是托你的福。我也知道我们都没有资格去相认，你的养育之恩，我自然清楚，可我和筱雅毕竟是她的亲生父母啊，难道你忍心看着刘筱雅整天为找女儿而自责吗？"

陈菲的心不觉一软道："行，我告诉你她的手机号。但我要警告你，现在不准告诉她璐璐就是你们遗弃的孩子，我怕她思女心切去认璐璐。璐璐经不起这打击，我没能给她一个完整的家，她没有爸爸缺少父爱已经够可怜的了。至少要等她初中毕业后，才能相认。到时，随璐璐，她愿意回到亲生母亲那边就回吧。"陈菲说完不觉抽泣起来。

徐达道："陈菲，你放心。我最多让她知道，我们的女儿还健康幸福地活在这个世界上，就足够了。我想筱雅也不会这么自私，把璐璐拉到自己身边。我和她都不配认璐璐，你为璐璐付出了很多。"

陈菲道："天意不可违，一切看天意吧。我不想多说了，你记下她的手机号。"

等徐达记完手机号，陈菲便挂断了电话，陈菲一屁股坐在沙发上，一个劲儿地抽泣。

王凯见陈菲拿着手机到客厅打电话，以为是故意回避自己，加上之前公园的事情，心里不免有些不悦。但看陈菲伤心地坐在沙发上时，他走过去递给她一沓纸巾，并亲自为陈菲擦拭泪水。陈菲欲向王凯解释，王凯摇摇头道："你不用解释，我相信你。"

陈菲道："我不想再让你误会。"说完就把自己和徐达、筱雅以及璐璐的关系细细地说了一遍。王凯越发地敬佩眼前这个伟大的女人。他一把搂住陈菲道："别伤心，即使将来他们认走了璐璐，至少还有我，以后我们也会有孩子。"王凯见陈菲不吱声，知道她伤心过度，便抱着陈菲，放了床上，对陈菲道："亲爱的，你也累了，好好歇会吧。"

话说徐达得到了刘筱雅手机，喜出望外，但转头又心虚起来。自己在她眼里不过是一个无情负心汉，十几年来各奔东西，他居然从未真正想起过她，或者偶尔想起也转眼就忘了。但是从陈菲那知道刘筱雅一直生活得不好，为孩子的事一直痛苦地纠结。如今他明知道他和筱雅的孩子好好地活在这个世界上，他能不高兴吗？苦苦寻觅孩子的刘筱雅要是知道了，又该是如何激动呢？

他想了想，还是鼓足勇气给筱雅打电话。他想无论她如何刁难，他都得接受，至少要见她一面，请她吃顿饭，送上几句道歉的话，他的心里才会好受些。

"喂，是筱雅吗？我，我，我是徐达。"

电话那头仍在接通中，但再没有说话的声音。

"筱雅，你倒是说话啊！"

听到"您拨打的电话正在通话中"的时候徐达知道，肯定是刘筱雅挂断了电话。

他鼓足勇气，又拨了过去。结果又被挂断。

徐达没办法，只得给刘筱雅发信息：筱雅，我们的孩子找到了。

徐达一着急，便忘了陈菲的嘱托。也许在他看来，明知是自己孩子却不能让孩子的母亲知道，是一件残忍的事，他做不到。这同时也反映了人天性自私的一面，陈菲的嘱托他早抛到九霄云外了，甚至忘了同样为这孩子付出一生幸福的另一个女人就是陈菲。

这个消息果然奏效。很快，对方便打过电话："徐达，你是不是想骗我，像十几年前一样，说话做事不负责任吗？"

"筱雅，我知道我对不起你，在你面前，我就是一个不可饶恕的罪人。我无法弥补给你带来的伤痛，就算你向我举起屠刀，我眼都不眨一下。"

"我现在不想听你忏悔，我只想问你，我们的孩子在哪里。难道你知道她的下落吗？"

"筱雅，你现在住哪里，我开车去接你。中午了，我们一起边吃边聊。"

"你快点来，我只想知道孩子下落，不想跟你吃饭。"

徐达驱车来到刘筱雅的住处。门开了，一个瘦瘦的女人，面容虽然有点憔悴，但仍不失中年妇女的风韵。刘筱雅看看徐达，除了高些胖些外，其他倒是没怎么大变样。

"筱雅，我……"

"坐下再说吧。"

"这些年，你一定吃了不少苦吧？瘦成这样。"

"是啊，那又能怨谁呢？"说完慢慢地走到徐达面前说，"哪像你现在是公司总经理，整天春风得意。"

"我也离婚了，谈什么春风得意。"

"别跟我说这些，你离婚一点儿不奇怪。你这样无情的男人，哪个女人都不会跟你长久的。十几年前，你竟那么狠心造孽，抛下我们娘俩不管。"说完，抬手给了徐达一记响亮的耳光。打得徐达眼冒金星，但他强忍着，动也没动。

"你要打就打个痛快吧！"

刘筱雅不忍再打徐达耳光，毕竟这个男人，她当初真的爱过。她握起双拳，朝徐达胸膛一阵乱捶。徐达几乎纹丝不动，然后张开双臂，紧紧搂着刘筱雅，说道："筱雅，我少不更事对不起你，我有罪。还好我知道我们孩子的下落了，她还健康地活在这个世界上，生活得很好，但我不能告诉你。"

刘筱雅用力推开徐达，坐在徐达对面道："在哪，快说！"

徐达道："我答应她现在的母亲不能说。我只能告诉你，我们的孩子很好，现在上初二了。"

"哪个她，我想起来了，是不是陈菲。我看她家璐璐手心的胎记和我的孩子一模一样，当时问她，她还不承认。"

徐达不忍再欺骗下去，只得默默地点了点头："是陈菲告诉我的，她说她很纠结，她想告诉你，又怕失去璐璐，所以她告诉了我。她说这样她心里会好受些。她还未婚，就在路上捡到了璐璐，为此她还被父母逐出家门，至今未嫁。璐璐是她的精神寄托，她不想失去璐璐。"

刘筱雅不禁感动得热泪盈眶，说道："陈姐和我都是不幸的女人。"转而又目光如剑地对着徐达道："徐达，难道我们前世都欠你的吗？你凭什么？一个不负责任的男人，却要三个女人为你葬送幸福。陈菲，我，还有刚刚离婚的张芸，不是吗？"

徐达无心辩解，只得默默承受。

徐达对刘筱雅道："筱雅，我答应陈菲不告诉你璐璐是咱们的孩子，但我已失信了。她说她还没想好，也怕璐璐接受不了这个现实。毕竟她们有了十四五年的感情，也怕影响她中考。说等璐璐上高中，再让你和璐璐相认。陈菲告诉我璐璐就是我的孩子后，我开车接过她一次，但我也没有告诉她我就是她爸。"

"女儿就在眼前却不能相认，都是你作的孽！"

"现在追究也没用了，你就是把我杀了也没用。我只是提醒你，我们不能太自私。我们能知道自己的女儿好好地活着就应该满足了。陈菲为璐璐付出了很多，我们一点儿做父母的责任都没尽到，有什么资格去相认。"

"可我毕竟是璐璐的亲生母亲啊。"刘筱雅不觉泣不成声，"那你告诉我，璐璐现在在哪所中学，我想去看看她。"

"我答应陈菲保密的，现在告诉你已经失信了。但我要提醒你，你可以和她说说话，反正上次吃饭时，你们已经认识了。但你不能说是她妈，记住了吗？那样做是很自私的行为，也是对璐璐和陈菲的伤害。"

"好吧。"刘筱雅噙着泪，默默点头。

"她就是本区育才中学，初二（三）班的。全名叫陈璐璐。"

"知道了。"

"一起去吃午饭吧，我肚子饿了。"

"我没心情吃。"

"别说傻话了，身体是一切的本钱，难道你不想有一个好身体，看着我们的女儿长大成人？"

刘筱雅想了想，还是和徐达一起出去吃饭了。

007　刘筱雅私探失散多年的女儿

自从上次见过徐达后，刘筱雅心情就更难以平静了，她苦苦追寻的孩子真的还活着，这是她万万没想到的。而且竟然还被好心的老同学收养，长得聪明伶俐、活泼可爱。可她自己却没有相认的勇气，这样对陈菲不公平，如果不是她，哪还有现在的璐璐。她比自己付出的多，自己算什么，除了压在心底的忏悔，为璐璐做过什么，徐达更没资格认她！可男人毕竟是男人，他有理性。他能在接璐璐时，克制住情感。但她能吗？不能。估计她只会搂住璐璐大哭一场，然后告诉她：璐璐，我就是你的亲妈啊！想到这刘筱雅从内心里对自己狠扇了几巴掌。亲妈就了不起吗？把亲生孩子给扔了，这简直就是杀人犯罪。一想到这，刚涌上心头的勇气，便又云开雾散了。

这样纠结着，持续了一个星期，刘筱雅再也控制不住了，她决定到学校去看看璐璐。她告诫自己，只是看看，哪怕远远地看着。她早已想好了借口，就说到学校为同事的孩子送衣服，顺便看看她。并且决定去街上为璐璐买一套衣服，然后送给璐璐。就说自己和她母亲陈菲是要好的朋友，送套衣服是人之常情。

周四上午十点多，刘筱雅和学校传达室李大爷打了个招呼，李大爷让她在外面等，他去叫一下。说不是家长，属于亲戚朋友的，只能在外面等，刘筱雅略略有点尴尬。

璐璐小跑着出来，跑到大门口一眼就认出了刘筱雅。但并没有多激动，因为上次刘筱雅拉着她的手，看着说她像自己女儿的时候，她感觉这人有点神神叨叨的。璐璐迟疑了一下，还是有礼貌地问刘筱雅："刘阿姨找我有什么事吗？"

看到璐璐——自己的女儿都快比自己高了，刘筱雅忍不住地高兴、激动，她竭力控制自己的情绪，借揉眼睛，硬是将泪顶了回去。"没事就不可以看看你吗？你是我老同学的女儿，我今天到这附近有事，顺便来看看你。"

璐璐调皮地说："那得谢谢刘阿姨啊。"

刘筱雅从包里掏出一个衣袋说："这是阿姨给你买的衣服，是夏季套装，希望你喜欢。"

刘筱雅从里面掏出衣服，一件米黄色短袖衫上衣，还有一件紫罗兰短裙。刘筱雅帮璐璐一起比画着衣服，看得出璐璐很满意。可璐璐却推说："妈妈不让我随便拿人家东西。"

"阿姨又不是外人，是你老妈的同学啊。反正你在学校的日子多，你不告诉妈妈她哪里知道啊。就算知道了，她还能把我吃了啊，我还得让她请我吃饭呢。"

听完刘筱雅的一席话，璐璐算是心安理得地接受了礼物，"谢谢阿姨，我要到上课时间了，下次别忘了到我家玩啊。"

"孩子——"刘筱雅差点接着喊出，"我是你亲妈啊。"但她还是控制住了，这是对璐璐的尊重，也是对朋友承诺的一份尊重。徐达已经违背陈菲的心意，告诉了自己璐璐就是她的女儿。自己能经常看看她已经知足了，还要怎么样？把她从陈菲那残忍地夺回来？至少她现在既没这个贼心，也没这个贼胆。璐璐突然疑惑地回过头，以为又有什么事。刘筱雅灵机一动，一边挥手示意，一边道："孩子，我是说你慢点跑，别跌着。"

"知道了。"璐璐一边答应一边继续奔跑，一头秀发随风飘扬，她似乎看到了当年的自己，或者说活脱脱就是一个小刘筱雅。想到这，刘筱雅欣慰地笑了，眼角却挂着泪滴。她想象着，她要和徐达善始善终，该是一个多么温馨的家啊。可现在却支离破碎，如三条永无交点的平行线，各自走自己的路。她一直目送着璐璐的背影直到什么也看不见，才怅然回去。

刘筱雅所在公司是一个比较大的广告公司，她是设计部负责人。自从上次跳河自杀后，她再没心思上班。同事也听说了她的一些情况，也看过她，希望她鼓起生活的勇气，回到工作岗位，免得在家无所事事。经过近半个月的休息，尤其知道璐璐就是自己的女儿并且亲自到学校探望过一次后，刘筱雅的心情好多了，终于又回到公司上班。

"欢迎筱雅归队，莅临指导工作。"同事小任打趣道。

"去去去！"刘筱雅笑道："向左转，向前两步走，向右转，落座。"

大家开心大笑。

"看姐姐心情不错，是不是梅开二度又逢有缘人啦？"小徐打趣道。

"刘姐老矣，尚能恋否？"

"恋得恋得，为何别人恋得，刘姐恋不得。"新来不久的男设计师小张的一席话，惹得大家哄堂大笑。

"谢谢大家对我的关心，死过一次的人了，现在我更要学会坚强。喜事倒是有，只是不可说，一说就错。"

"既然不可说，那就不说了，只要刘姐开心就行。"小徐补充道。

"也没什么不可说的，我找到了丢失的女儿，她都上初二了。也找到了当年的负心汉，狠狠骂了他一通，扇了他几个大耳刮子。你们说是不是喜事啊？"

"是喜事。"众人皆附和。

"那你和孩子相认了吗？"

"唉，一言难尽。"刘筱雅又莫名的伤感起来，"以后再说吧，大家赶快干活。"

刚落座没多久，徐达就打来电话问她最近有没有看过璐璐。刘筱雅忙走出办公室接电话，说已看过。徐达不放心地问道："你没情绪失控吧，陈菲不让我告诉你实情的。"

"不会的，我只是看看她，给她买了套衣服。"

"那就好，别只顾着自己，伤了朋友的感情。我已背叛了陈菲，你不能再背叛了，看到璐璐好好地活着，我们应该满足和感恩。能够远远地看着她，关注她，就很欣慰了，我们又有什么资格相认呢？"

"我知道，可我们毕竟是她的亲生父母啊！难道你想让她一辈子不知道自己亲生父母是谁！"

"我们这样的亲生父母，是没有资格认孩子的，璐璐也不会认的。你要适可而止，别老去看她，这样不好。"

"好吧。"末了刘筱雅又补上一句，"都是我作的孽，更是你作的孽！"说完气哼哼地挂了手机，心情又沉重起来。

008　徐达前妻离世

转眼一个多月过去了，徐达几乎每天都抽时间陪护张芸。甚至经常不去公司，公司事务委托其他副总全权代理，个人事务委托谢娜代理。然而，再细心的照料、关爱和呵护，也没能挽回张芸的必然结局。她越来越憔悴，浑身皮包骨，青一块、紫一块，浑身皮肤干皱，眼睑也越发肿得厉害。经常神志不清，却总喊着两个人的名字：徐达，啸啸。

每每这时候，啸啸总是懂事地说："妈妈别哭，啸啸在这。"而徐达唯有搂着、扶着张芸道："张芸，不要怕，有我在你会没事的。"

夏晓杰偶尔也来看张芸。作为一个女人，她同情张芸、啸啸。喜欢徐达这样一个有情有义的人，同时也有一些醋意。她知道不该吃一个行将就木的人的醋，但当她看到徐达和张芸在一起时，她就觉得自己很难堪。毕竟眼前这个呵护前妻的男人，即将是自己的新郎了。

在一个美丽的清晨，天空是那么的湛蓝安详，鲜花是那样的明艳，小鸟唱着宛转的歌。

这个清晨，张芸躺在徐达的怀里就那样安静地睡了，再也没有醒来。她脸上没有痛苦的表情，她是那样的安详，她是幸福的。

啸啸问爸爸："爸，妈什么时候醒来？"

徐达："妈妈不会醒来了，她太累，要睡一个长觉。"

啸啸："妈妈是不是去了传说中的天国？"

徐达："是的，那是一个美丽的仙境，没有争议，没有战争，人与人和睦相处，吃仙果，喝琼浆，到处游山玩水。"

啸啸："那妈为什么不带我们去？"

徐达："妈妈累了，想早一点儿去天国。"

啸啸："那，我以后也要去。"

徐达："是的，以后我们都会去，去和妈妈团圆。但天国只收好人，所以你要乖，做个好孩子。"

啸啸："嗯。"

过了一会儿，啸啸像是有所悟："可妈妈呢，我要妈妈，妈妈怎么不理我了呢？"

徐达无语，唯有眼泪涟涟。夏晓杰心疼啸啸，她一把搂住啸啸，一个劲儿地抽泣。

张芸的母亲不能承受女儿的离去，早就昏迷过去，被送进了急诊室。

张芸出殡的那天，天空下着蒙蒙细雨。徐达怕张母过于伤心，硬是劝说张母不让她送行。老人只得在家，但还是忍不住捶胸顿足。夏晓杰作为朋友也参加了葬礼。她见张母如此伤心，忍不住上前劝解，让老人家节哀。啸啸更是一个劲儿地哭着要妈妈，夏晓杰又去哄啸啸。其他的一些亲戚也都在张罗着，一家人忙得团团转。

唢呐长嘶，哭声阵阵，悲痛之情亦如汹涌波涛，一浪高过一浪。人生之痛，莫过于生离死别。

陈菲因伤痛，没能参加葬礼，只打了个电话给徐达，让他节哀顺变。

在送葬的队伍中，在众多的白衣人中有一个小小的白影，分外引人注目，那就是啸啸。

乡里乡邻，亲朋好友，无不同情可怜这个失去母亲的苦孩子。

只有徐达和夏晓杰是作为朋友参加的，所以按当地风俗，只戴黑色袖箍。

张芸入土为安后，一连几天徐达闭门不出，一直闷闷不乐。夏晓杰想安慰他，又不知如何开口，几次想打电话给徐达，可最终还是放弃了。在她看来，徐达是一个重情的人，前妻刚去世，至少半年之后，他才会考虑婚事。但她又是发自内心地舍不得徐达父子，希望能够有一个合理的身份，早点和徐达、啸啸生活在一起，好照料这一大一小两个男人。她怕徐达误解自己不顾他的感受，所以一直没敢开口。两人就这样一直绷着，谁都没提婚事。还有一周就是国庆节了，夏晓杰眼看着没有任何希望，便无奈地打电话告诉亲朋好友，说婚礼暂时取消。然后趴在床上，一个劲儿地落泪，她觉得自己怎么这么背，这么丢人难堪。徐达在知道张芸生病后，就已通知朋友，说婚礼延迟，日期未定。

国庆节这天，徐达约夏晓杰一起吃饭，席间，徐达递给夏晓杰一支白玫瑰，说道："晓杰，很对不起，今天本该是我们大喜的日子，但情况你也知道。现在我还没有心情考虑结婚的事情，最快也得元旦，或许更迟。如果你信任我，那么就请耐心等待。等我心情平静一些，再举办婚礼好吗？这一支白玫瑰，代表圣洁的爱，送给你。"

夏晓杰接过花，说道："谢谢，爱虽一个字，我愿等一世。"说完不由自主地滴下泪来。

徐达劝慰道："不用你等一世，或许几天也未可知。总之，等我心情平静一些，我就会考虑，我现在心很乱。"

夏晓杰说："知道了，其实我是舍不得你们，希望能早一天名正言顺地照顾你们爷俩。"

徐达："我知道，你不是一个自私的人，心里总会装着别人。请给我一点儿时间，我一定会给你一个答复。"

"好吧，希望你也多保重，单位里的事也不能撂下不管，全靠他人。尤其是那个谢娜，我看阴险着呢，她不是什么好人。"

徐达不免有些好笑，心想女人就是小家子气。想到这，便对夏晓杰笑道："晓杰，谢娜也没你想象的那么坏。"

夏晓杰："反正啊，我觉得这女人不简单，最好防着点。"

徐达："什么人我没见过，还怕她反了不成？"

夏晓杰也忍不住笑道："反？她能反谁？做点偷鸡摸狗的坏事罢了。"

徐达见夏晓杰有点含沙射影，便道："别杯弓蛇影好不好？"

夏晓杰："好了，不说了。你还是提防着点为好，别出什么漏子。"

这次见面，两人没出现什么不快的波澜，徐达和夏晓杰经过这次沟通，心情都舒坦了许多。当他想到陈菲放弃手术，保守治疗时，不免又为她伤心起来。好端端的一个女人，将要永远和轮椅为伴，想到这里不免为人生的祸福无常而感慨。他觉得对人生不能有太多的奢望。钱不要多，够花就行。人这一辈子，图什么？平平安安、团团圆圆，心如止水，就是最大的幸福。既然是祸躲不过，就要理性地看待和接受，人不能永远活在伤痛的回忆里，而是要珍惜现在的一切，包括爱和幸福。他又似乎不愿意等太久，他心里拿定主意，就把婚礼推迟到元旦吧，迟点告诉晓杰，给她一个惊喜。

徐达胡思乱想，翻来覆去睡不着。一瞅啸啸，早已睡去。他裸着肚皮，连毛毯也没盖，于是赶紧帮他披好被子，不觉一阵心痛："没妈的孩子，多可怜！"

虽然，陈菲没能在"华将军"面前大力推荐、表扬自己，让夏晓杰很不高兴。但最近陈菲的病情，她也有所耳闻，并且还看望了几次，因此对陈菲又多了一份同情。她甚至想告诉王凯，以前说的教训蒋斌的事就算了。但因为有好长时间没在王凯面前提了，她认为王凯也许未必会"帮忙"，自己就单方面不了了之了。她甚至有点嫉妒陈菲，看人家相爱的两个人整天在一起多好！可自己呢，还不是孑然一身，孤家寡人。

由于陈菲一时难以恢复工作，"华将军"又起用夏晓杰为公关部部长，陈菲除了领到单位的一万块的慰问金和补发三个月工资外，其实已经等于被离职了。陈菲闻此愈加伤心，心里不断地骂"华将军"这个没心没肺的家伙！而夏晓杰并没有什么升职的高兴。失去陈菲这个昔日的朋友和竞争对手，又有什么意思呢？与失去了婚礼相比，这又算什么呢？她有一个做人的底线，那就是在三十岁之前，必须把自己嫁出去。绝不能像陈菲那样，拖到人老珠黄再嫁人。

009 自私的母爱

刘筱雅自从上次见过璐璐，心情平静了不到一个月，便对璐璐思念日甚。她甚至想到要是和徐达跟璐璐始终在一起，那该是多么完美和幸福啊！她甚至为了求得一个完整的家，宁愿原谅徐达，只要他愿意的话。她打电话给徐达，约他一起看看璐璐。徐达说，这样不太好吧，上次你刚看过璐璐，要去也得征求陈菲的意见才行。刘筱雅则认为，多一事不如少一事，告诉她，她能允许他们一起去看璐璐吗？那样只会让陈菲伤心。我们只是一起找个理由看看璐璐。徐达禁不住刘筱雅的软磨硬泡，只得答应周五下午一起去看看璐璐。

璐璐再次见到刘筱雅时，发觉她不是一个人，旁边多了一个男人。这个男人她见过，曾经接过她。她有点好奇和惊讶，感觉妈妈的同学好像都很关心自己似的，甚至对她的关心超过了母亲。

刘筱雅看见璐璐出来时，穿的正是上次她送的衣服，感觉心里温暖多了，只是天气稍有点凉，璐璐在上身又加了一件蓝校服上衣。

刘筱雅问了璐璐一些学习生活状况，然后又从车里拿出一大包零食，说这是她和徐叔叔的一点儿心意。并说她和徐叔叔是璐璐妈妈高中的铁杆朋友，看望同学的女儿天经地义嘛！

璐璐说什么也不肯要，说是上次拿了刘阿姨的衣服，心里就很不安了，不能再拿他们的东西，让刘阿姨带回去给自己的孩子吃。刘筱雅一时性急："你就是我们的孩子，不给你吃给谁啊？"刘筱雅此言一出时，她、璐璐和徐达都愣住了。璐璐顿时脑子一片混乱，啸啸的爸怎么会是自己的爸？妈妈的同学，怎么也成了自己的妈？她越想越不对劲，感觉这两人好像都没安好心。璐璐生气地说："你们瞎说，我有妈。把你们的东西拿回去！"

说完将装有零食的塑料袋塞进了刘筱雅的手里。然后想转身离去。刘筱雅急忙拉住璐璐说："璐璐，你听我解释。"徐达赶忙打岔道："有什么好解释的，你在这乱说什么？"而璐璐则一甩胳膊走了。

徐达一边打开车门，一边抱怨刘筱雅道："我知道你迟早是控制不住的，你伤害了孩子，也伤害了陈菲对咱们的信任，你太自私了！"

刘筱雅一伤心一生气，也顾不得什么理性与同窗之间的感情了。她觉得自己很委屈，坐在车里号啕大哭，一边哭一边发牢骚："我有什么错，我难道明知是自己的孩子看看都不行吗？不能告诉她我是她亲生母亲吗？都是你这负心胆小的男人害了我们一家，害了陈菲。现在有什么资格来教训我？"说完又呜呜地哭了起来。

徐达自觉有愧，没说什么，他一边抽烟，一边开车。外面的天空，突然黯淡下来，灰蒙蒙的，像是一场暴风雨就要来临。行人和车辆似乎都在提速，希望早点回家，那是一个人人渴望的避风港。有一个完整的、值得自己挂念、能给自己温暖的家，真好。可他自己呢，不也正接受惩罚吗？

璐璐自从那次见过徐达和刘筱雅之后，心情就没平静过。她越来越感觉刘筱雅每次看她绝不像她所说的那样是偶然路过顺便看看，而像是带着某种不可告人的秘密。周六一放假，她就迫不及待地赶回家。

璐璐一回家，陈菲就直盯着璐璐的衣服看。璐璐这才想起身上还穿着刘阿姨送的衣服呢。陈菲道："给你的钱是用来做生活费和买学习用品的，你又不缺衣服，要买也得告诉妈妈，怎么能随便花钱呢？"

"不是的，是上次和我们一起吃饭的刘阿姨路过学校顺便给我买的。"

陈菲道："是刘筱雅吗？她去过几次？"陈菲有点生气，脸微微涨红着。

"两次，第一次是她一个人看我，第二次是和徐达叔叔一起看我，给了我好多吃的东西，我没要。刘阿姨说了许多疯疯癫癫的话，说她是我妈妈，徐叔叔是我爸爸。我一气就把东西全扔给她了。"

陈菲肺都要气炸了，她咬牙切齿却还要强装平静道："她是有点疯疯癫癫的，想女儿想的，别理她！"

"嗯。"璐璐很懂事地点点头。而陈菲回到自己房间里趴在床上不停地伤心抽泣。心想徐达啊，我让你保密你不保密，还串通筱雅一起去看璐璐。我没说永远不让你们认，可你们得让我和璐璐有个接受的过程。你们就这样急不可耐！她越想越气，就打电话给徐达。

"徐达，没想到你是这样的人，背信弃义！"徐达正在吃饭，听得丈二和尚摸不着头脑。

"什么事，发这么大火？"

"你心里清楚。我已经告诉你事情的真相，甚至还让你接过璐璐。我也答应以后告诉筱雅真相，只是我还没做好思想准备，又怕影响璐璐的学习。可你们急不可耐地就背着我去相认，璐璐现在整天迷茫、无心学习。你们希望她这样吗？你们有什么资格来认领，不过是一对抛弃了孩子的未婚男女！我不但要对你兴师问罪，等一下我还要打电话给筱雅。你们的孩子是我的今生孽缘，我认了。但绝不会让你们夺走璐璐！"

陈菲一口气说这么多，激动得心口怦怦直跳。

徐达知道迟早会有这么一天，但没想到来得这么快。

他赶紧给陈菲解释："陈菲，你别激动也别生气，听我解释。感谢你对我的信任，告诉我事实真相。但每当我看到筱雅痛苦、内疚的表情时，我就不忍心隐瞒下去。我希望她开心，所以才告诉了她。我叮嘱她，可以去看望，但不要相认，她也答应了。第一次，她给璐璐买了衣服，没说什么。隔了近一个月，她又想见璐璐了，非要让我陪她一起去看看，我就答应了。筱雅买了好多吃的东西。璐璐是个懂事的孩子，说'刘阿姨，我妈不让拿别人东西'。筱雅一激动，便说漏了嘴，说你就是我的孩子啊。情况大致是这样的。"

"然后她又告诉璐璐，说你是她的爸爸，是吧？"

徐达很尴尬内疚地答道："是这样，为此，我还狠狠训了筱雅。"

陈菲冷冷道："我也不忍看你们骨肉分离，我看你和筱雅、璐璐，如果能够团圆在一起就是一个完整的家了。"

"这怎么可能呢，你是璐璐的恩人，你才是她真正的母亲，伟大的母亲。我们能看着她好好地活着就满足了。我更不可能和筱雅在一起，我最近刚和小夏的关系有点缓和，你就别往我伤口上撒盐了。我也求你别再伤害筱雅了，她也是思女心切。我会说服她，让她冷静对待璐璐这件事。"

"冷静，怎么个冷静法？估计她现在恨不得天天和璐璐在一起呢。筱雅可怜还有你关心。我呢？我才是全天下最傻最可怜的女人，捡了一个别人家的孩子，舍弃了我一生的幸福。到头来，仅仅是别人家的保姆！"

"陈菲，你不要这么想。王凯也是个不错的男人，相信你会幸福的，只是这一天来得迟了些。是我和筱雅对不起你，你放心，璐璐永远是你的孩子！"

"可我感觉累了，迷茫了。我感觉我全部的希望都要飞走了。"

"不会的，陈菲。我和筱雅不会这么自私。"

"是别人的终究是别人的。不说了，挂了。"陈菲说完挂断了手机，趴在床上默默流泪。璐璐在房间里就听到母亲打电话的声音，便好奇地在外面偷听。听完了，她大致知道了自己的身世。见妈妈哭得伤心，忙跑到陈菲的房间摇着床上的陈菲道："妈妈，你是我唯一的妈，我不会离开你的。你永远是我妈，我也永远是你的女儿。"

陈菲感动得一把搂住女儿，哭得更伤心了。

010 错过了，终究错过了

接完陈菲的电话，徐达满怀疲惫地躺在床上，然后点燃一根烟悠悠地吸着。他觉得陈菲和筱雅似乎都没什么错，只是筱雅也太性急了，这确实对陈菲是一种伤害。想想，都是自己作的孽，他想为这两个女人做点什么，却又爱莫能助。已然失去的，无论他做什么，都已无力挽回。他觉得人世间最大的不幸就是没有可悔药可买。如果真有后悔药的话，人生还会有悲剧吗？

他觉得有必要再和刘筱雅仔细谈谈，于是打电话约刘筱雅中午见面，刘筱雅一口应允。

两人约定在一家精致的小餐厅见面，相对落座。刘筱雅穿了一件紫罗兰色的长裙，脚穿一双黑色皮凉鞋，挎着一个白色皮包。看得出，她心情好了些，气色也比之前好多了。

"筱雅，以后我们还是少看璐璐，不是说不可以，等她长大些成年了，征求陈菲的意见再告诉璐璐就行了。我们只是让她知道自己的身世，但我们没权利从陈菲手里夺走她。"

"我知道。"刘筱雅似有不甘地红着眼答道。

"其实，我们最好不要让她知道她的真实身份，如果你能做到的话。"

"你什么意思，刚才还说可以相认。"

"我是说最好不要告诉。难道让孩子知道自己是一个私生子，而且还是被遗弃的私生子，我们脸上有光吗？我们有什么脸面让女儿来为我们承担耻辱和自卑。"

"我不知道该如何表达，我就是想我的女儿，甚至希望天天能和她在一起。我知道这样做对陈菲不公平，但这只是我内心的想法。"刘筱雅低着头，边说边把玩着茶杯。

"除了小爱，还应有大爱、博爱。陈菲为了璐璐至今未婚，甚至与父母关系都弄僵了。你需要璐璐，她更需要。跟我们比，她才是真正伟大的母亲。"

刘筱雅觉得徐达说得有道理，于是也不再分辩什么，只是无奈地一个劲儿地流泪。

刘筱雅突然用一种异样的眼神看着徐达道："徐达，如果我原谅你曾犯下的错，你愿意现在娶我吗？"

徐达做梦也没想到刘筱雅会提出这样一个问题，一时竟有点不知所措。

筱雅见徐达态度有点迟疑，既伤心又愤怒，但她还是克制住了，她用哀怜的眼神看着徐达道："你是不是觉得我很没骨气，被一个男人抛弃了受尽了苦，却还要死皮赖脸地缠着他？"

"筱雅，既然错过了就是错过了。我有新女朋友了，你可能也知道，就是夏晓杰。她对我、对我的孩子都很好。上次为了张芸的事，我推迟了婚期，已经伤害了她。我已伤害了你、陈菲、张芸三个女人，不想再伤害第四个女人。我和你已经没有可能。"

"就算为你赎罪，答应我好吗？我们结婚了，陈菲结婚以后也会有自己的孩子，她或许会让璐璐回到我们身边，我也会对啸啸好。我们不就是一个完整的四口之家吗？"

徐达用质疑的眼光看着刘筱雅："是完整了。但这是幸福的一家子吗？我承认我以前是一个胆小没有责任心的男人，只顾自己的感受和利益。现在我要学会从大局着想，为他人着想。我也希望你能很快调整好心情，追求自己崭新的生活。"

"崭新的生活？一个男人即使到了六十岁，只要有钱也能逍遥地追求自己所谓的幸福生活。但对一个已过中年、临近不惑的女人，尤其一个感情上受过严重伤害、失魂落魄的女人，追求自己的幸福生活，谈何容易？"

"筱雅，你应该学学陈菲，她比你更坚强，她很快就要结婚了，男友还比她小呢。"

"那是他们缘分到了，缘分可遇不可求。我的缘分，不知猴年马月才会有。我也不想了，削发为尼算了。"刘筱雅说着打量了一下徐达，顿了顿，又补充道："以后让璐璐知道她的母亲其实是一个尼姑，也许更有戏剧性。"说完不觉苦笑了两声。

"你这是自暴自弃，作贱自己！"徐达略略有点发怒，"以后我们还是少看璐璐，至少应该征求陈菲的意见。我也很快要结婚了，我们以后也不便多见面。但有什么需要帮助的，还是可以找我。"

"那今天这顿饭，算是我们再一次的分手饭吗？你要离我远远的，怕我像幽灵一样缠着你，影响你的生活，影响你的幸福！"

"筱雅，你能不能不钻牛角尖？"

筱雅夹起一口菜，又放下。她说吃不下，起身要走。徐达硬是把她拉回来："今天说什么也得陪我把饭吃完，你不想吃我可受了饿。"说完夹了好多菜放在筱雅的碗里。

徐达以一种温和的声音对筱雅说道:"不管生活有多艰难,我们都要学会面对,都要珍惜身体。身体是父母给的,不只我们自己。要好好活着,要有追求幸福的精神和信念,相信你会渡过难关的,吃吧。"

筱雅不再拒绝,一个劲儿地吃饭、吃菜,和着泪水。徐达从口袋中掏出一沓纸巾,为刘筱雅轻轻擦拭泪水。筱雅轻轻推开他,倔强地只是一个劲儿地扒饭。徐达又给筱雅舀上一勺汤,筱雅没再拒绝,她也无法再拒绝一个她曾经爱过的人给她的一点儿关爱了。她好久没有得到男人的关爱。刘筱雅又自己从桌上拿了一张餐巾纸擦了擦嘴,然后扑向徐达的怀里,不住地哭泣。

徐达爱怜地搂着筱雅,心中充满无限的愧疚与爱怜。两人沉默了许久,徐达用手为筱雅再次拭去泪水,然后开车送她回家。

徐达将刘筱雅送回了家,小坐了一会,然后推说下午有会,要早点去公司。刘筱雅看着徐达,突然扑向徐达搂着他一阵狂吻,徐达无法抗拒。吻完,筱雅说道:"这是你欠我的,也是我对你的最后一吻,从此我心里不再有你,你还是我的冤家。你走吧,最好从我视线里消失,我永远不想再看到你!"

徐达不解地看着刘筱雅,刘筱雅突然甩给他一个大嘴巴:"滚!"

徐达没说什么,头也不回地下了楼,心里却在流泪。刘筱雅听着徐达的脚步声越来越远,她再也无法控制自己,趴在床上一个劲儿地流泪。她试图把所有的恨发泄在这个男人身上,可为何她抽了徐达一巴掌后,不但没有快感,反而觉得像是抽在自己的心上。竟然是那样的心疼,一阵阵的,如痉挛一般。

011 陈菲的蜜月之旅

王凯和陈菲这几天忙着拍婚纱照，忙得不亦乐乎。

起初陈菲打电话告诉父母说这个国庆节要结婚了，请他们二老一定参加。父亲仍是很生气，说爱怎样怎样。

陈菲泪如雨下道："爸妈，璐璐都这么大了，你还不肯原谅我吗？"

结婚这天，王凯的父母、弟弟王强、陈菲的父母都来了。

两家老人对子女的选择都表示了支持。他们觉得孩子大了，他们有能力自己做主。徐达、夏晓杰、蒋斌也来了。

蒋斌笑道："陈小姐，不好意思，我是不请自来。老同学的婚礼，我还是要参加的。"

陈菲道："不是我不想请，是蒋主任太忙，我哪请得动？蒋主任能抽空来，是我莫大的荣幸。"说完便招呼蒋斌、徐达、夏晓杰等落座。

听完陈菲的介绍，王凯的心不觉咯噔一下。这就是夏晓杰让他帮忙教训的人吗？没想到这个笑容可掬的家伙这么坏。但既然人家来了就是客人，王凯也还是走上去和他打招呼。

陈菲虽然只能坐在轮椅上，却满含幸福的笑容。王凯的父母起先以为媳妇比儿子大七八岁，一定很显老。但看到陈菲，却觉得和儿子很般配。陈菲看上去要比同龄人年轻得多，而王凯要比同龄人更成熟些。这样一互补，倒觉得他们是天生的一对了。

夏晓杰酸酸地说道："祝福陈姐新婚快乐，想不到陈姐说元旦结婚，现在却等不及了，非要提前到国庆，倒是我们落后了。"

徐达怕夏晓杰说错话扫了大家的兴，连忙出来打圆场："好事多磨嘛，结婚早有什么了不起，说不定我们还先抱儿子呢！不，儿子有了，还是再抱个千金吧。"惹得大家哄堂大笑。

夏晓杰自觉语失，也没再多说什么。

新婚后第三天，王凯就带着陈菲去北京度蜜月。

本来他们准备第一站去天安门的，但考虑到国庆期间人太多，不太方便。而且陈菲和王凯以前都去过那，于是他们决定先去长城。

王凯说，国庆期间哪里人都多，先去哪其实都一样。然后建议先去颐和园，说这样会相对轻松些。陈菲则认为要先难后易，趁自己和他体力充沛应先去长城。王凯笑道："你是怕先去别的地方，再上长城时我背不动你吧？小样，就是先爬泰山，再背你到长城，同样是小菜一碟。"

陈菲笑而不语，算是默认。因为长城的雄伟，一直在她脑海里萦绕。"不到长城非好汉"，更是让她对长城魂牵梦绕。以前虽到过北京，但一直来去匆匆，并没有时间去长城。现在有时间了，却要被人扶着、推着，才能一步一步向前进。岁月匆匆，祸福无常，谁能料到现在的情况。不过还好，这次是和心爱的人一起去长城，无论是以一种什么样的方式，能够登上长城一览整个北京城，尤其体会一下当"好汉"的滋味，无疑是幸福的。

王凯虽带着轮椅，但却没派上用场。这里和其他山上的景点不一样。其他景点如香山、黄山、泰山等，上山既有阶梯道，又有平坦道。王凯和陈菲都没去过长城，以为也有平坦道可以坐轮椅上去。但长城除了每个垛口有一平台外，其余都是阶梯。所以王凯只得将轮椅放在山下，扶着陈菲一步一步往上爬。陈菲此时几乎不能站立了，王凯是搂着抱着陈菲才上去，因此陈菲累王凯更累。由于是国庆期间，登长城的人也很多，向上望去人头一片乌黑。陈菲他们速度很慢，后面的游人甚至有点不耐烦了。有的说道，都这样了还登什么长城？王凯没好气道："闭上你的臭嘴！要不然，别怪我不客气！"对方一见王凯这架势，非等闲之辈，只得忍气吞声。好不容易到了一个烽火台，他们便在一个角落休息。本来王凯和陈菲都是蹲下休息的，但因为人多，发觉不但游人"碍"他们休息，他们也碍游人走路。王凯只得站起来，用身体为陈菲作防护。

王凯道："要是不行，咱们下去吧，我们已经爬了一半了，算不上好汉，也算半条好汉吧？"

陈菲道："你要是累了可以休息，我就是爬也要爬到最高处。"

王凯道："你看你又多心了吧？我什么时候说要丢下你不管的，只要你愿意，我就是上刀山下火海，也要陪你在一起。"

陈菲高兴道："这还差不多。我现在身体还算好点，现在不爬完，以后也许永远登不了长城了。这既是我第一次，也可能是我最后一次，所以我一定要爬完，做一个真正的'好汉'。"

王凯："其实，登上长城的也未必是好汉，关键看这人是否有远大的抱负、善良的心、健全的人格。"

陈菲笑道："切，这个我还不懂？你太小看我了。"

一般人爬完长城，只需一个半小时，而陈菲和王凯走走歇歇，用了两个半小时，终于登上了长城最高峰。陈菲高兴得像个孩子，她手拿五星红旗，让王凯帮她照了好多照片。

也请游人帮忙给她和王凯拍了好多照片。

陈菲对王凯道："你知道我今天最高兴的事是什么吗？"

王凯笑道："是你终于登上了长城之巅，做了真正的好汉！"

陈菲道："不是，我最开心的是和心爱的人一起登上了长城之巅。"

王凯紧紧搂住陈菲，陈菲幸福的泪水夺眶而出。

晚上回到宾馆，陈菲的脚磨了好多水泡，腿也肿得厉害。王凯累得躺在床上动弹不得，一会竟独自睡着了。陈菲看在眼里，急在心里。大热天的，不洗澡怎么睡得香？等王凯睡了一个多小时，陈菲才把他叫醒。

王凯一脸歉意："我怎么睡着了？菲儿，我扶你到卫生间冲个热水澡吧！"

"不忙，你自己先洗吧，洗了再睡，舒服点。"

王凯坚持先扶陈菲去冲洗，等陈菲洗完后，他才洗漱。然后又为陈菲捶腿捶腰，忙活了半天。他们约定第二天去颐和园，然后还要去香山、故宫、世纪坛。凡是北京有名的景点都玩个遍再回去。

第八章　暴风骤雨的来临

001　徐达婚前杀出个女程咬金

徐达和夏晓杰商量将婚期推迟到元旦，于是他们把新的日期又告诉了亲朋好友。

夏晓杰像是有了心理阴影，不放心地对徐达说："徐达，这次不会又有什么变故吧？"

徐达道："别瞎想了，净说些不吉利的话！还有什么变故？这结婚也不是小事，能总随随便便更改吗？"

夏晓杰："也许是我多虑了吧！我只是有种感觉，对自己做的任何事，好像都失去了信心。"

徐达："你呀，真是一朝被蛇咬，十年怕井绳。上次确实是我对不起你，让你很难堪，其实我也很难堪。不过情况你也知道了。在那种情况下，我没心思结婚，也无法心安。现在她走了，我也尽力而为了，我问心无愧。只是还是会常常想起她，在白天，在梦里。"

夏晓杰劝慰道："这是难免的，毕竟你们共同生活了十几年，一日夫妻还百日恩呢。就算离了婚，也还是免不了牵挂的。"

徐达轻轻叹了口气，摸出一支烟点燃："但愿我们会百年好合幸福到老，我的心再也经不起折腾了。"

"会的，"夏晓杰道，"只要我们对彼此多一些理解和宽容。"

时间到了十二月十五日，离徐达结婚还有半个月。这天晚上八点多，月是分外明，窗外习习凉风，徐达打了一个寒战。这时突然电话响了，是谢娜打来的。徐达挂断后，电话再次响起。

夏晓杰躺在床上看电视，懒洋洋道："谁呀，没完没了的。"

徐达走出卧室，步向客厅，边走边说道："什么事不能明天白天上班说，现在是休息时间。"

谢娜道："首先恭喜徐总还有半个月就结婚了。不过话又说回来，前妻刚去世不久就结婚，这么快干什么？良心上怎么过去得？"

徐达微怒道："我的事你少管，你不能理解我的心情，就不要妄加揣度。张芸是我的前妻，于情于理我都尽力了，我问心无愧。为此我还特意变更了婚期，我有追求幸福的自由。人不能总活在痛苦的回忆里！"

"是，我没资格指责你，我只是你的一个员工。但我要告诉你，在这个元旦我要和你结婚，因为我怀上了你的孩子！"

"胡说八道！子虚乌有！什么时候的事？"徐达情绪有些激动，声音有些高昂，却又怕夏晓杰听见，只得捏着嗓子眼说话。

谢娜说："你忘了，上次你和夏晓杰一起吃饭，你醉了，是我去接你的。你在我家休息了一晚，第二天早上才走。"

徐达觉得现在说话实在是不方便，便让谢娜等一下，他开车接她到外面再说。说完便挂了电话，和夏晓杰匆匆道了别，便直奔楼下。

夏晓杰用狐疑的目光看着徐达远去的背影。

在马路边，徐达没等谢娜落座，便劈头问道："快告诉我是怎么回事？"

谢娜："我说过，就是那天你和夏晓杰在餐馆不欢而散，后来夏晓杰告诉我说你在那里，让我去接你。"

徐达："我好像问过你，我有没有做过什么事，你说没有。"

谢娜："因为我也爱你，我为什么就不能说一个善意的谎言？"

徐达："我是不是嘴里一直喊着夏晓杰的名字？"

谢娜的心咯噔了一下，继而很快恢复了平静："不是，是喊着我的名字！"

徐达："你撒谎，你乘人之危，在我大醉的时候勾引我！"

谢娜："你个没良心的男人，竟然说我勾引你。我承认我爱你，但我从没想过要勾引你。那天你和夏晓杰不欢而散，是谁接你回来的？夏晓杰爱你，我也爱你，我哪一点儿不如她？就算你不喜欢我，可也不能说我勾引！如果你不相信肚里的孩子是你的，那我就把它打掉。可怜我的孩子，四个多月了，遇着个没良心的父亲。还没出生，就要被母亲扼杀了。"说完便落下几滴眼泪来。

徐达斩钉截铁道："我已决定元旦和夏晓杰结婚。就算真是我的孩子，我也希望你打掉！如果不是我的就随你的便！"说完便扬长而去。

徐达一回到家便不停地抽烟。夏晓杰问是什么事，徐达不说话，只说有点心烦。

等徐达差不多睡着的时候，夏晓杰的手机响了，是一个陌生号码。夏晓杰怕吵醒徐达休息，便轻轻来到了客厅。

夏晓杰："喂，请问你是谁？"

谢娜："是我，你和我其实并不陌生。"

夏晓杰："听出来了，是谢小姐，那天谢谢你接走了徐达。"

谢娜冷笑："呵呵，不用谢，我也是心甘情愿的。"

夏晓杰："这么晚了，谢小姐找我什么事？"

谢娜道："我是告诉你，我怀上了徐达的孩子，都四个多月了。这个元旦要和他结婚的应该是我，而不是你。怎么，徐达还没有勇气告诉你吗？这也难怪，上次说要结婚，结果前妻病了，忙着照顾前妻。现在说和你在元旦结婚，谁知我又怀上了他的孩子。可能他觉得实在没勇气告诉你吧。那我就替他说了吧，我爱他，他也爱我。如果他不爱我，我又怎么会怀上他的孩子呢？其实我应该谢谢你，就是你把徐达一个人扔在咖啡厅里那天。那天我接他到我的住处休息，他就搂着我不放，一个劲地叫道：'谢娜，谢娜，其实你才是我最爱的女人。'"

夏晓杰没听谢娜说完，便一头晕倒在客厅里。第二天醒来，徐达发觉她的额头上有一个大包，忙问夏晓杰怎么回事。夏晓杰只是默默无语，一个人坐对着窗外发呆。

徐达若有所悟，忙给谢娜打电话，问她昨晚是不是给夏晓杰打了电话。谢娜说："是，既然你没有勇气向她说，我来替你说！"

徐达大怒道："放屁，我要向夏晓杰说什么？我压根就没想要说什么。你这个无耻的女人，我怎么会娶你？你死了这条心吧。谢娜，我告诉你，你要是再骚扰夏晓杰，别怪我不客气！"说完气哼哼地挂断了电话。徐达来不及劝慰夏晓杰，便匆匆上班了。

等他晚上下班回来时，夏晓杰已经不在了。打她手机，关机。驱车到她的住处，也没个动静。左邻右舍都拿异样的目光打量着徐达。这时，门轻轻地开了，夏晓杰散着头发，面容憔悴，一脸茫然地看着徐达，像是打量着一个不速之客。随后夏晓杰"砰"地一声关上门，徐达只得无奈地离开。

002 老公银铛入狱，陈菲独守空房

离元旦结婚还有十来天，徐达和夏晓杰同样的烦。谢娜的话，他不能全信，也不能不信。

他问一个在市人民医院工作的大学同学——如今已是内科主任的王医生，能否对腹中胎儿进行亲子鉴定。王医生说，这在如今不算什么高新技术了，只要提供孕妇羊水标本和父母的 DNA 样本（包括血痕、口腔黏膜、带毛囊的毛发）就能搞定。于是他提前自己去抽了血，然后又假借带谢娜去医院做检查，对谢娜进行了所需样本采集。

一周后，同学王主任打电话给徐达，说通过 DNA 检测，在理论上是父子关系的概率为百分之九十九点九九，在实际中，其实就是百分之百。王主任还开玩笑说，恭喜老同学中年喜添一子。徐达一声苦笑，心绪更乱了，茫然不知所措。

徐达暗自责怪夏晓杰那天为何把自己一个人丢那，她走了，却让谢娜来接自己。如果是夏晓杰自己来接，他就不会躺在谢娜这个女人的床上。现在是跳进黄河也洗不清了。他知道，对谢娜来说，她的目的不是为了讹一笔钱，而是为了得到他这个人。但他无论如何也不能再次伤夏晓杰的心，不能！已经错过了一次，就不能再错第二次了。更何况啸啸和夏晓杰已经建立起深厚的感情。夏晓杰是自己爱的人，

是儿子所爱的人，是爱自己的人。

而夏晓杰，自从上次谢娜打电话告诉她怀上了徐达的孩子要和徐达结婚，差点没被气死。她气谢娜的无耻，气徐达的不忠，气自己仍未完全脱去那份不切实际的纯真。她觉得跟陈姐比起来，在某些方面还是不够老道。转而又一想，陈姐那么精明又怎么样，眼看快到不惑了，还不是孤零零一人。想到这不由同情起陈菲了。自己结婚的事尚没着落，最近又闹出人命了，本来想着让王凯找人教训一下蒋斌出口气，不料却失手将蒋斌打死。她再没心思想结婚的事，她甚至不希望接徐达的电话，一是生徐达的气，二是心里又乱又怕，不知道这可怕的局面如何收场。她拿起手机，打给王凯说再也撑不住了，说要逃。

王凯道："幼稚！往哪里逃！保持镇定！一切由我扛着。"

夏晓杰："王哥，可我真的好怕，我都请假一周了，我不想让同事看到我惶恐的眼神。"

王凯道："你该学学你陈姐，凡事要学会镇定，学会控制。你看我不照样上班吗？你不必紧张。"

王凯劝夏晓杰不必紧张，其实他比谁都紧张，这点他可以自欺欺人，却瞒不过陈菲那双睿智的眼睛。她一次次问王凯，最近发生了什么事，一向不怎么抽烟的王凯总是低头不语，一个劲儿地抽烟。陈菲含着泪道："王凯，你以前不准我抽烟，可现在为什么自己抽烟？你肯定有事瞒着我。不管有多大困难，我都能为你分忧，不能让你一个人扛着。"

王凯想，告诉你也没用，只会加重你的恐惧和不安。扛？你能扛得了吗？你能让所有该坐牢的不坐牢，该枪毙的不枪毙吗？每每陈菲问起，王凯只是一个劲儿地回道："没什么事。"他实在找不到合适的借口来解释自己的反常言行。他只能干巴巴地说"没什么事。"他知道陈菲不会信，如果信了，她就不是陈菲了。但他只能这样，说着没有任何技术含量的谎言。

正如陈菲所担心的那样，没过多久王凯就在家中被警察带走了。

负责提审王凯的是赫赫有名的王警官。

王警官问道："知道为什么带你来吗？"

王凯："知道，我手下的保安出了事，我这个小队长自然要接受调查。"

王警官道："不是接受调查，是提审你。既然是提审，那就是说我们已掌握了许多证据。"

王凯平静道："既然是提审，那就是我已经被认定有犯罪嫌疑？请问我有什么犯罪嫌疑？既然你们什么都知道了，那还问我干什么？该怎么处置怎么处置吧。"

王警官道："法律程序当然是要走的，在铁证如山的事实面前，即使你不承认，也丝毫逃脱不了法律的制裁。只有配合我们的工作，才能求得宽大处理。"

王凯努力平静道："要论罪没有，要论错我可能有。蒋斌死后，他们没有主意，平时都挺信任我的，所以打电话给我。我让他们在第一时间先把人送医院，我说也许是休克，不一定是死亡。后来在去医院的途中，小吴和占士钢告诉我，说瞳孔都散了，一点儿呼吸和心跳也没有肯定是死了，问我怎么办。我说干脆送到两车相撞的十字路口，伪装成一起普通的交通事故引发的死亡。事实就是这样。"

王警官冷笑一声："你、占士钢、吴克强交代的，只是冰山一角。你认不认识夏晓杰这个女人？"

王凯道："认识，是我老婆以前的同事。我们结婚，她还参加过我们的婚礼。"

王警官又放慢了语气，目光如剑："最近公安局破获了另一起案件，对本案应该说是有了很大的帮助。招标办前主任黄义生因有经济问题被人举报，还牵涉到蒋斌。我们在黄义生家里搜查到蒋斌和夏晓杰的在宾馆的录像，那晚夏晓杰还拿走了一个档案袋。经查实，那是华都公司准备送给蒋斌的一张三十万的支票，但被夏晓杰当晚顺手拿走了。后其男友徐达知道此事，两人感情出现危机。夏晓杰越想越生气，曾在你的婚礼上看见蒋斌后，自言自语道：'总有一天要教训教训你！'而这一句话，被参加婚礼的另一女人谢娜听到。这里有她的证词。"王警官说完，拿起谢娜签名的那张证词给王凯看了一下，又放回原处。

然后话锋一转，用不容置疑的语气说道："因此，我们初步断定，这是一起蓄意报复致人死亡的恶性案件。在人死后，犯罪分子不主动自首，反而伪装成交通事故，企图瞒天过海，避重就轻，以逃脱法律的严惩。如果犯罪嫌疑人不能提供更细节的材料，我们完全可以认定这是一起有目的、有预谋的故意杀人行为。"

王凯一听傻了，慌忙道："不！不是故意杀人……"

于是王凯一五一十地把夏晓杰如何生蒋斌的气，如何找他想教训一下蒋斌，以及自己如何交代占士钢等等，如竹筒倒豆子般说了出来。末了王凯补充道："我们也只是想教训他一顿，没想到弄成这个结局，应该算是过失致人死亡吧。在这起案件中，负责策划的主要还是占士钢。"到了这时，王凯也顾不得什么兄弟情了，尽量把罪过都往别人身上推。

此后不久，夏晓杰也进了看守所。由于事实清楚，证据确凿。不久基层人民法院就做出了判决。

夏晓杰犯蓄意伤害指使策划罪，被判有期徒刑 15 年。

王凯被判蓄意伤害策划同谋罪，被判有期徒刑 10 年。

占士钢被判故意伤害罪，组织策划罪，过失杀人罪，被判死刑，缓期 1 年执行。

吴克强，被判故意伤害罪，判处有期徒刑 10 年。

小张、小李只是此次案件的跟随者，没有任何作为，被以同伙论处，判有期徒刑 2 年。

法院判决后，所有人均未提出上诉。

前招标办主任黄义生因犯贪污受贿，被另案处理。黄老头子晚节不保，也是流干了悔恨的泪水。

第二卷

醉过知酒浓

I Love you

001　陈菲探视狱中老公

在离元旦不到十天时，夏晓杰锒铛入狱了，这是徐达万万没想到的。而有一个人却暗自高兴，这个人就是谢娜。谢娜仍一个劲地催结婚。夏晓杰在狱中曾给徐达写过一封信。

徐哥：

　　见信好，并请代问啸啸好。我知道你要如期结婚了，虽然新娘不是我，但我还是要祝福你。我也没想到自己会落得这样一个结局。此时，我才知道胸怀是多么的可贵和重要。我想告诉你，我所做的一切，都是为了你，因为我爱你。我知道，我以前的错在你心里留下抹不去的阴影，我也是。我们都努力回避，假装无事，可我们都知道，破镜重圆，总有裂痕。有时想想，带着这样的感觉去结婚，未必是件幸福的事。于是我越发恨蒋斌，恨那个可耻的夜晚。我只是想找人教训他一下，没想到却是这样一个不可收拾的局面。我对不起自己，对不起你，更对不起陈姐，是我连累了她。有空，请代我看看她。

　　谢娜的人品我不敢恭维，但她是真心爱你的，我可以肯定。祝你们幸福！

徐达读完后，泪如泉涌，他想起和夏晓杰从相识到相知的点点滴滴，脑海里始终无法挥去夏晓杰的影子。

徐达去陈菲那儿时，院门已大锁，打她手机，也没人接。有知情的朋友告诉他，陈菲可能去看王凯了。想到陈菲如今双腿都不能站立，出门太不容易，不觉更加心怜陈菲。

陈菲果然是去王凯所在的监狱了。天气渐冷，王凯自从被公安局带走后，再没回来过，也没来得及带几件衣服。她多么希望夏晓杰和王凯是在同一所监狱，这样她可以当面问问夏晓杰，为什么要连累她的男人，夺走她的幸福。当听说夏晓杰关在另一所专门关押女犯的女子监狱，且和王凯所在的监狱不在一个城市而且相距甚远时，她只得悻悻作罢。但细细想来，就算问了又有什么用呢？一切都无法挽回无法改变了。

陈菲到了监狱，适逢监狱的"亲友见面日"，可以面对面和王凯交流。否则只能隔着一道玻璃屏障通过电话进行交流。

陈菲刚见到王凯时，差点认不出来，头发又长又乱又脏，胡子拉碴的。陈菲心痛地靠在王凯的怀里，一个劲儿地流泪。本来想说几句抱怨的话，抱怨他为何不尽早告诉自己这些事，也许告诉了，她就会制止他这么干，这样也就不会有以后的事了。抱怨他为什么头脑简单听夏晓杰这臭女人的话，连累了好多人。然而，当见到王凯时，她感觉太累，再没心思去唠叨这些没用的东西。如果一切皆可假设，如果一切假设皆可重新来过。这世界上就不会有痛苦和幸福之分了。陈菲只想紧紧靠在王凯的怀里，一个劲儿地流眼泪。听着王凯咚咚有力的心跳和那粗重的呼吸声。虽然王凯离开她才刚刚两个月，但她觉得如同相隔了一个世纪，经历了一个世纪的伤痛。

王凯用衣袖为陈菲拭去了泪水，扶她在轮椅上坐好。

王凯道："我对不起你，你自己要多保重。"

陈菲："我会永远等你。"

王凯："傻人才会这样！"

陈菲："自从遇上你，我已经成为一个傻人。"

王凯："不要这样，我宁愿看到另一个更爱你的男人呵护你，那样，我反而会欣慰。记住，我不要你等我，不要你为我牺牲。你所等的永远是一个无法预知的结局。"

陈菲："如果我愿意，哪怕一生的空等，我也无悔。"

王凯道："见过傻的，没见过你这么傻的！"

陈菲哽咽道："我不傻，因为我已经有了咱们的孩子，我不能让孩子永远没见过自己的爸爸。"

王凯欣喜道："真的吗？"转而又说道，"这孩子不能要，会拖累你，拖累他的。我不想让别的孩子将来指着他的鼻子说，你爸是罪犯！"

陈菲道："不会，我会告诉他，他爸是个好人，只是一时糊涂。"

王凯还想说些什么，狱警高声叫道："时间快到了，抓紧点。"

陈菲觉得这半小时怎么快得如一秒钟，连忙从桌上递给王凯一个包裹，说道："这里是过冬的衣服。记住要勤洗脸，勤理发，勤刮胡子。要不以后会吓着咱们的孩子。狱里又不是不让洗脸刮胡子。"

"知道。"王凯哽咽道。

陈菲泪流满面道："记住，好好活着！我会经常来看你。"

王凯道："你也要多保重。"说完起身离去，王凯拖着沉重的脚镣，戴着手铐，一步一步离去。他停了停，似乎想回头再看一眼，但终究没有回头，依然前行。陈菲流着泪，看着王凯的背影，当泪水模糊了视线，再也看不见王凯时，她才缓缓转过身来，推着轮椅，慢慢离去。

元旦到了，谢娜和徐达如期结婚。谢娜一脸快乐，徐达满脸堆笑地迎来送往。陈菲因心情不好，并没有出席徐达的婚礼，而是独自一人在家买醉。

看得出，谢娜是真的高兴，而徐达有些强装笑颜。就在大家酒兴正浓时，一个人突然发疯似的冲进大厅，在柜子上拿了一个酒杯，又从酒席上拿起酒瓶，为自己满斟了一杯，向婚礼主席台上的徐达和谢娜走去。婚庆司仪对这突发情况有点不知所措。谢娜看着这个女人，觉得来者不善，于是狐疑地望望徐达。"先敬你们二位新人一杯。"女人说完自己一口就干了足足二两多白酒。徐达和谢娜有点尴尬地喝了一杯葡萄酒。来者不是别人，正是刘筱雅。刘筱雅又从酒席上拿起酒瓶又给自己满斟了一杯，并对客人歉意道："不好意思，失礼了，用了你们的酒。"说完又转向徐达道："这一杯是专门敬你的，希望你做个好丈夫，好儿子，好爸爸。"徐达刚要再次举杯，刘筱雅怒道："你还真接受啊？"说完一杯酒全泼在了徐达的脸上。众宾客一片哗然，纷纷指责这个女人。刘筱雅一点儿也不理会这些，冲着徐达道："怎么，对我这个不速之客不欢迎啊，你上大学就让我怀了孩子，然后拍拍屁股就走，害得我们的孩子差点没了性命，至今还被同学收养着，而这同学也是他当年的恋人。还有你刚刚离去的妻子，你哪一次善始善终过，你害得我们的不够吗？"谢娜望望徐达："这女人说的是真的吗？"徐达没有吱声，谢娜视为默认。谢娜再怎么坚强，也经不起这打击，于是一头晕了过去。

谢娜的母亲刚准备叫出租车，谢娜隐约听到了，便有气无力地说："没事，一会就好。"徐母连忙叫服务员给送来一杯温糖水，给她慢慢喂下。

主持人说要不叫保安吧。徐达轻声道："不用，她是疯子。"然后拉着刘筱雅欲带到酒店一小客厅休息。刘筱雅一边赖着身子，一边哭道："你不让我有好日子过，我也不让你好过。"

徐达没有理会，把她拉到客厅道："你有什么火气，过了今天再私下里向我撒，今天给我点面子行不？你以为你在这里大闹有意思吗？"刘筱雅没有理会，只一个劲地捶打徐达，边打边哭。谢娜情绪稍稍平定后，隐隐听到哭闹声，提起婚纱，急匆匆循声找去。看到刘筱雅正和徐达打闹，不由怒火中烧，抬手给了刘筱雅两记响亮的耳光："他就算是一堆烂泥，从今天起也是我老公，由不得你在这撒野！"徐达连忙护住筱雅，让一个朋友开车送回她住处休息。

谢娜是个有心计的女人，她并没有因为刘筱雅大闹婚礼而和徐达大吵大闹。她知道如果那样，有可能真的把他们逼到一起。既然她对徐达的爱是真心的，既然选择了他，那么她注定要坚定地和他站在一起。毕竟肚子里的孩子可是徐达的，她不想做第二个刘筱雅。

她回到婚礼现场，举起酒杯，先代表她和徐达向众宾客表示了歉意，然后又转向徐达道："老公，不管你以前做错了什么，我依然爱你一生一世，我相信你也如我爱你一样爱我。"说完将酒饮尽。徐达正不知如何面对谢娜，听她这么一说，几乎感动得热泪盈眶。他一饮而尽，然后给了谢娜一个深情的吻，众宾客皆鼓掌祝贺。

啸啸没有参加爸爸的婚礼，他一个人跑到外婆家放声大哭。他不喜欢谢娜这个妖里妖气的女人，在他看来，她就是个狐狸精。爸妈的离婚，夏阿姨的离去，可能都和这狐狸精有关。是这个妖女蛊惑了爸爸的神经，偷走了爸爸的心。他不知道为何夏阿姨说走就走，再没她的消息。他曾问过爸爸，爸爸总是闭口不答。问急了，就说夏阿姨找了个好男人，嫁出去了。啸啸不信，说爸爸骗人，肯定是爸爸不喜欢夏阿姨了！为此还挨了不少打。打完后，爸爸一个劲儿地安慰他："夏阿姨是个好女人，既不是爸爸不喜欢他，也不是她不喜欢爸爸和啸啸，她只是累了，到了一个遥远的地方，要好好休息一段时间。"每每至此，啸啸才无奈地睡去。

夏晓杰所在的监狱是处于国家西北部的女子监狱，而她之前工作的S市是在东南部。元旦这天，趁放风之际，她深情地望着东南方。如果不是自己犯错，这个元旦，她会如愿成为新娘，而且是人生第一次做别人的新娘，但现在却只能在监狱里度过青春。她越想越伤心，径自向一侧的高墙飞奔撞去。幸亏和她同行的小李看她神情有点恍惚，便留意了她。此时小李奋力地抓住了她的一只胳膊，结果头上还是撞了一个大包，但是避免了一场更大的意外。因此夏晓杰受到狱里领导的严厉批评，罚她一周之内禁止放风。

002　徐达说服新妻，看望旧爱

刘筱雅大闹徐达婚礼的事，陈菲后来听徐达告诉过她。为此她还特意打电话给刘筱雅，批评了她不理智的行为。筱雅也告诉她，自己曾发誓再不和徐达扯上任何关系。但因为她向徐达表达了重归于好的愿望，徐达无情地拒绝了她，徐达结婚又没请她参加婚礼，让她越想越气，一时失去了理智。陈菲安慰她几句，希望她能够坚强地生活下去。再后来陈菲听说刘筱雅有点精神失常，得了抑郁症，辞掉了工作，整天待在家里。陈菲虽为自己境遇而心力交瘁，但知道了刘筱雅的境况，还是决定尽力帮刘筱雅一把。她知道她做出这个决定是多么不容易。在一个周六她打电话给刘筱雅和徐达约他们见面，并让徐达带上啸啸。徐达问什么事，陈菲道："关于你、筱雅和璐璐的事，详情等来了再说。"陈菲叮嘱徐达，最好跟谢娜解释一下，她要是愿意一起来也可以。

徐达不知如何向谢娜开口，不过他和刘筱雅的事，谢娜也知道一些，瞒着也不是个事。要是谢娜知道自己去见刘筱雅，不大吵大闹才怪呢，那对她肚子里的孩子也不是个好事。

晚上，徐达搂着谢娜道："宝贝，有件事想和你商量一下。"

谢娜冷笑道："别这样称呼我，老夫老妻的了。是不是在外面又拈花惹草，心虚了，想求得我原谅啊？"

"不是，但似乎又是。"

谢娜一听，以为他这么快就变心了，不由得大怒道："难道狗真的改不了吃屎的习惯吗？"

见谢娜发怒，徐达话到嘴边又咽下。他实在没勇气，把他那些花花事说给谢娜听，哪个女人能听得进去他那些事。

于是，他叹了口气，躺在一侧，准备燃起一根烟，却被谢娜一把夺过去，捏个粉碎，扔进了垃圾筒。谢娜道："你不为自己身体着想，也得为我肚里的孩子着想。就知道抽，抽，抽，抽死你！到底什么事让你这样沮丧？"

徐达不明白，为何自己身边的女人一开始都小鸟依人，一走近就跟泼妇似的，刘筱雅、张芸、谢娜都这样。不过陈菲好像例外，但那是因为他和她只开花没结果，要是真和陈菲在一起，陈菲会不会也变成这样？

面对谢娜的逼问，徐达没有辩解。他一个人默默地走向阳台，打开窗子，临窗而望。都市的夜景真美啊，但他无心欣赏，只默默地流泪。谢娜悄悄走到徐达身后，看他一个人对着天空发呆，难免有点心疼。毕竟这个男人现在是自己的老公，而且刚新婚不久，她不想让他难过。徐达感觉身后有人，回头一望，却忘了自己眼角还挂着泪，感觉挺不好意思的。谢娜用手为他拭去了泪水，对他说："老公，只要你永远爱我，什么事我都可以答应你，原谅你。"

于是徐达就把自己和陈菲、刘筱雅当年如何爱得死去活来，然后又如何少不更事让刘筱雅怀上了孩子，自己又是如何逃避，以及刘筱雅如何抛弃孩子，又怎么被陈菲意外收养，以及陈菲如何为抚养自己的孩子损失了青春、爱情与亲情，以及怎么偶然知道孩子下落，刘筱雅最近精神几乎崩溃等情况，竹筒倒豆子一般痛痛快快地说了出来。并说最近陈菲约他和筱雅见面，可能是讨论孩子的事。陈菲一再叮嘱，让我不要瞒你。

徐达说完，扑通一声在谢娜面前跪下，请谢娜原谅他曾犯下的错。

谢娜像是在听天方夜谭一样，想不到眼前这个男人年轻时一点儿不省事，她甚至觉得以前看好他是一种错觉，她差点伤心气愤地晕厥过去。徐达连忙扶起绵软无力的谢娜道："娜，别生气，那都是过去式了，我保证以后专心呵护你一生一世。"

谢娜内心一阵冷笑，心想一个如此不负责任的男人，海誓山盟对他能有多大意义，对别人又有多大意义。她喜欢他是真的，纵然徐达有这些花花事，至少目前还无法让她放弃对他的爱，她也知道自己是如何得到徐达的。徐达真心喜欢的是夏晓杰，自己如果能在这事上大度一些，一定会让徐达回心转意，真正爱她的。

于是她灵机一动，慢慢抓紧徐达的手说："达，我没有生气，我是被你的爱情故事所感染了。你一定是一个魅力十足的男人，否则也不会让这么多女人为你牺牲。我很庆幸我能成为你的女人，当然我希望我是最后一个。你们的事我不掺和，你代我谢谢陈姐，谢谢她对我的信任，你们爱怎么解决就怎么解决吧。"

谢娜的一番话，让徐达感动得不知所措，他兴奋地给谢娜一个长长的深情的吻。而谢娜知道，这些都是由发自肺腑的话换来的，哪个女人会对男人的这些事不在意呢？或许只有徐达这样看似精明实则傻乎乎的男人才相信女人如此大度。她差点伤心地流出泪来，还是使劲地憋了回去。因为她知道，即使她无法拥有真正的爱，也要拥有一个完整的家。

于是这个周六上午九点多，陈菲孤冷已久的家，骤然热闹起来。徐达带着啸啸来了，刘筱雅来了，璐璐也在家。由于周五晚上陈菲提前和璐璐做了一次沟通，璐璐现在还算比较理智和平静。只是前一晚，她伤心地哭了整整一晚。说实话，她是舍不得离开这个养育她十五年的养母的，陈菲又何尝愿意将她送给别人呢，纵使养了几年的小狗，也是不舍的，何况是一个她倾注了全部精力和心血的孩子。

陈菲叫徐达来时，大致说了下什么事。而叫刘筱雅来时，并没有说什么事，只说来聚聚。她怕告诉筱雅，使她一下子从大悲到大喜，有点接受不了。俗话说得好，乐极生悲嘛！

003　陈菲含泪割舍养女

天气渐冷，刘筱雅穿着一套黑色羊绒套装，裙子上有点缀着的枣红色小花，一条黑色长丝袜，一双黑色马靴，戴一副茶色墨镜，背一个白色皮包，显得格外端庄又不失时尚秀丽。徐达比刘筱雅先到陈菲家里，刘筱雅见到徐达时，茫然而微怒地望着陈菲。陈菲微笑着示意她先坐下。刘筱雅摘下墨镜，放在随身的包里。虽说徐达知道陈菲要请刘筱雅，但当看到刘筱雅时，想到上次她大闹婚礼的事，还是不免有些不快。他只是朝刘筱雅点了点头，便一屁股落座。

刘筱雅摘下墨镜的一瞬间，陈菲和徐达都惊讶于刘筱雅越发地憔悴了。似乎这一段时间，将她这十几年的沧桑一下子集中在这张脸上。刘筱雅爱美，这一副墨镜，不只是要酷，更多的是要掩盖那张极度消瘦的面庞。陈菲不觉更生怜意，再想想自己的处境，更有一种同病相怜的感觉。

徐达见状，怒意也消了许多。毕竟对曾经爱过的人，想恨，又能恨几分？

陈菲见一屋子人，似乎只有自己是真正的外人，不觉鼻子一酸，差点落下泪来。

陈菲行动不便，让璐璐为每人倒了一杯茶，给啸啸拿了瓶饮料。

陈菲首先打开话匣子，对璐璐说："你看，徐叔叔，刘阿姨，都是你老妈的同学，啸啸算是你弟弟吧。我和你徐叔叔、刘阿姨，以前都是铁杆同学呢。"

"那是。"刘筱雅和徐达不约而同地附和道。

陈菲顿了一下，对璐璐道："璐璐，妈妈身体越来越不好了，怕以后不能更好地照顾你了，所以我希望你能回到你的亲生父母身边。瞧，刘阿姨就是你的生母，徐叔叔就是你的生父。"陈菲边说，边用手向刘筱雅和徐达一指。

刘筱雅和徐达简直不敢相信，曾经特别反对他们认璐璐的陈菲，竟然这么直白。

徐达惊讶不已，而刘筱雅除了惊讶更多的是感动。她不知道璐璐能否接受这个现实。

璐璐一边听一边默默地流泪。关于自己的身世，她一直都存在着疑问。以前陈菲打电话时，她偷听过，大致也知道了一些隐情，加上昨天晚上陈菲已跟她说了关于她身世的问题，让她有了个心理准备。

陈菲含着泪继续说道："后来，你父亲出国留学，你母亲和你父亲久未联系上，不堪工作和精神重负，便把你寄养在儿童福利院，准备以后等工作生活稳定了再接你回来。可后来不知什么原因一直没来，你又被转到另一家福利院。我路过这家福利院，偶然看见你，就特别喜欢你，于是就收留了你。以后在一些偶然的场合，才知道你父母的下落。你母亲也一直在找你，现在你可以回到你父母身边了。"陈菲一口气说完，眼泪却止不住地往下流。

陈菲并未完全说出刘筱雅和徐达抛弃她的行为，无论如何她也没有勇气说出真正的实情，那样对璐璐太残酷，她说不出口。虽然她撒谎有好多漏洞，但要比说出实情善良得多。

璐璐道："她完全可以把我放在外婆家，为何要寄养在福利院，压根就是想抛弃，不想要我！"

陈菲知道自己的善意的谎言很容易被揭穿，但还是努力遮掩，说道："爷爷奶奶、外公外婆身体都不好。你母亲要是不想你，也不可能到处找你，现在精神都快崩溃了。"

刘筱雅和徐达见陈菲一直为他们当年犯下的劣行找借口，非常感谢陈菲的善意，竟不知道要说些什么。

璐璐却说道："不，我哪儿也不去，你就是我的亲妈，我不会离开你。"

陈菲有点生气道:"璐璐,我昨天不是跟你说好了吗,怎么你又反悔了?我现在身体不好,不能好好照顾你,明年暑假后,你就要上高一了,应该尽早融入新家庭,适应新家庭。"

"新家庭?"璐璐不屑地冷笑道:"以前在您这儿,我没有爸爸。现在去刘阿姨那,也还是单亲家庭。我有爸不能认,他也组成新家庭了。"

徐达道:"可我是你爸这是事实,你谢娜阿姨我也做通工作了,爸完全可以保护你。"

"保护我?在我需要保护的时候,你们又在哪?"璐璐说完继而又转向陈菲道:"妈,以前你照顾我,现在你身体不好该我照顾你了,我不会离开你。"

陈菲一阵辛酸与感动,而筱雅则一直默默地擦眼泪。陈菲安慰道:"妈妈是需要你,可你刘妈妈更需要你。你有两个妈妈不是很好吗?你可以到我家来,也可以到刘阿姨那,不,也可以到你生母那。这样总可以了吧?"

璐璐勉强地点头表示答应。

"璐璐,下周末妈妈接你到我那里住可以吗?如果不习惯,可以住几天,再到陈妈妈这里住几天。下周我请陈妈妈还有你爸爸一起到咱家去。也让你外公外婆过来看看你,妈妈烧好多好吃的,好吗?"

璐璐朝陈菲望了望,像是征求陈菲的意见。陈菲微笑着点点头,璐璐即刻点头表示同意。啸啸莫名其妙多了一个姐姐,感觉特兴奋,拉着璐璐的手问这问那。

几人又聊了一些家常,时间已至中午,徐达建议大家一起去外面吃午饭，陈菲没有拒绝便一同前往。饭毕，徐达开车将陈菲送回家里，然后载着刘筱雅、璐璐和啸啸到市游乐园去玩。

看着车渐渐远去，陈菲有几分欣慰，觉得自己做了一件十分伟大的事情，让这一家人终于能够坦然相聚。同时心中又生起更多的失落，要是王凯在身边，他们也有自己的孩子绕于膝边，该多好啊！别人的终究是别人的。视线渐渐模糊了双眼，陈菲又折回卧室，趴在床上号啕大哭。

004 陈璐璐看望陈妈妈，与生父不期而遇

徐达回到家里时，天色已近傍晚。谢娜正在家玩着电脑，见老公回了，想起自己没做饭，连忙表示歉意，起身表示立刻做晚饭。徐达有些醉意蒙眬地说道："你做一个人的就行，我和啸啸在外面吃过了。"

"哦，和谁呀？"

"还能有谁，和筱雅、璐璐还有啸啸，陪他们玩了一下午。"说完，累得一屁股坐在客厅沙发上，刚要燃起一根烟。谢娜指指自己的肚子，示意徐达不要抽烟。

徐达没好气地说道："我都累死了，想抽根烟解解乏都不行，你离我远一点儿，不就没事了吗？"

谢娜本来同意徐达见刘筱雅和陈菲就很不容易了，如今见徐达醉醺醺地回来，不免滋生出些许醋意。本以为自己的大度会赢得徐达的赞美，没想到他一回来就冲自己发脾气，终于又露出了本性。谢娜嗓门不免又提高了。

"怎么，一家子团聚了，相认了，就有点儿忘乎所以了，看我也越来越不顺眼了？"

"求你让我安静一会好吗？"徐达一边吐着烟圈，一边无力地答道。

"我什么时候不让你安静了？只是让你不要抽烟，我有错吗？"

"你没有错，只是我现在累了，想抽一支。"

"你总有抽的理由，心情好了，说要抽一支；郁闷了，说要抽一支；累了也说要抽一支。你说你什么时候不抽烟？"

徐达突然起身，头也不回地进卧室去了。忽然又打开门冲啸啸道："还愣在那里干什么？疯了一天了，该做功课了！"

啸啸"哦"地应了一声，便回了自己的房间。只留下谢娜一人留在空荡荡的客厅里，她此时全没了吃饭的念头。

徐达突然想起什么，突然又"咚咚咚"下楼，谢娜一脸茫然，望着徐达的背影，没多一会儿，徐达拎着一个方便袋，放在客厅茶几上，对谢娜说："帮你在一家饺子店带了一份水饺，刚才忘了拿了，或者说被你气糊涂了，现在才想起来，你热热吃吧。"

徐达忽冷忽热的，让谢娜有点不知所措。她不知道他生气的时候，是不是真生气，开心的时候，是不是真开心。她自以为很了解徐达，但现在想来，她还没有完全了解这个男人，正如一首歌所说唱的一样，像雾像雨又像风。想抓，却无从抓起。

见谢娜愣在那不语，还在生气。徐达走到谢娜身边，冷不丁亲了一下谢娜，笑道："快吃饭吧，吃饱肚子才能更好地战斗啊！你看你生气的样子，去照照镜子，真的好丑啊！嘴巴都嗷到鼻子上面去了。"

谢娜终于破涕为笑，拎起方便袋，直奔厨房。

又一个周末，璐璐一个人赶回了家。陈菲有点意外，忙问璐璐，不是说到刘妈妈那去吗？怎么还回来了，一会刘妈妈肯定要打电话催了。璐璐搂着陈菲道："妈，我舍不得你，我一下子还适应不了。"说完璐璐跑回自己的房间，看看这摸摸那。陈菲道："你的房间，妈妈会一直为你打扫得干干净，你随时可以回家来。"

"嗯，谢谢妈妈这么多年的养育之恩。"璐璐说着不免又伤心起来，"你老了，我也一定会照顾你的。"

陈菲鼻子一酸道："难得女儿有这份孝心，只怕妈妈的身体，熬不到老的那一天。"

"嘘……不准瞎说，你会一天天好起来的。"璐璐说完，捂住了陈菲的嘴。

果不其然，一会刘筱雅就给陈菲打来电话，问璐璐在不在。说好这周去她家的，怎么到现在也没去，都快十一点了，要不她打车过来接璐璐。陈菲道，正劝着呢，说完将手机递给了璐璐。璐璐道："妈，我能不能下次再去啊？"刘筱雅道："妈妈都烧了好多好吃的，你说不来就不来。"璐璐看看陈菲，似乎也舍不得离开陈菲，陈菲则在一旁鼓励道："璐璐，凡事开头难，你总得迈出这一步。"说完，陈菲接过电话道："没事，我一定让她去，你也不用来回折腾，一会我让她打车去。"

刘筱雅道："你和她一起来，徐达也来，你要是不来，我们心里会更不好受的。"说完，竟哽咽了。陈菲道："好，我去，我去。"

陈菲收拾收拾，换了套最喜欢的蓝色套装。她看看镜子里的自己，似乎更苍老了些，衣服也有点瘦了，老不运动，整天坐在轮椅上，纵使有再多的愁绪也丝毫不能阻止，喝水都长肉的境况。

璐璐一边将一双拐杖拿好，一边想扶陈菲站起来，无奈力不从心。陈菲道："算了，我不去了。"璐璐含着泪道："你不去，我也不去。妈，你起居这么困难，我怎么忍心离开你。我今天去了，以后还会常来看你的。"

陈菲道："不，你以后要学着渐渐少来，这样你才能适应新的生活，而我也会更加地自立，我不能让你成为我一辈子的拐杖！盲人还能独立生活呢，我总比盲人强吧！你只要偶尔来看看妈，妈就心满意足了。"

这娘儿俩一边唠着，一边商量如何下楼。这时门铃响了，璐璐忙跑着去开门。陈菲示意璐璐从猫眼里看看是谁。璐璐看不清脸，忙喊道："谁啊？"

"璐璐啊，我是你徐叔叔。"

璐璐即刻开了门。陈菲有点诧异道："你怎么来了？"

徐达道："我知道你行动不便，所以开车来接你。这既是我的意思，也是筱雅的意思。时间不早了，我们走吧。"说完欲扶起陈菲，见陈菲似乎有点吃力，徐达干脆背起陈菲下楼，陈菲执意要下来自己"走"，徐达不应，直奔楼下。陈菲百感交集，泪水止不住地滴在徐达的背上。璐璐看见这情景，也是心绪难平，被他们的友情感动。她哪里知道，他们也曾相爱过，只是没有结局罢了。

到了刘筱雅家里，筱雅开门迎接自是欢喜，她腰上还系着围裙。刘筱雅给大家一人拿了一瓶饮料，又忙里忙外，陈菲道笑道："筱雅，歇会吧，吃不了那么多菜。"

筱雅道："呵，没烧多少。"又转向徐达："怎么不带啸啸一起来？"

徐达道："参加兴趣班了。"

"一起来看看璐璐的房间吧。"刘筱雅道。

"不急，你歇会。"徐达道。

陈菲不想坏了筱雅的心情，忙道："好吧。"

筱雅和徐达一起扶起陈菲，向璐璐的房间走去。

房间不算奢华，却收拾得干净整洁，墙上已贴上淡黄色夹杂着淡粉色小花图案的壁纸。一张足有两米宽的乳白色大床，床上四件套皆为白底粉红条状花纹。一只硕大北极熊羊绒玩具，斜卧于床头。整个房间似乎都映着温馨的粉红色。自然，茶几和写字台、台灯等一些日常用具也少不了，旁边还有一台液晶电脑。

筱雅问璐璐："璐璐，喜欢吗？"璐璐默默地点了点头。

筱雅道："明天周日，璐璐今天就不到陈阿姨那了行吗？"

"是陈妈妈。"璐璐纠正道。

"是，是，妈说错了。"刘筱雅略略有点尴尬。

璐璐用征求的目光看着陈菲。陈菲道："璐璐，以后这里就是你的新家，陈阿姨和徐爸爸都会经常来看你的。"

璐璐见陈菲也自称为陈阿姨，不觉心中一酸，她知道，这样的称谓不是陈妈妈的本意。忙说道："我有两个妈妈，这是我的幸福，我一个也不离开。"

"那是，那是，璐璐长大了，懂事了。"徐达连忙搭腔。

几人一起吃了午饭，徐达和刘筱雅自是心情不错，陈菲心里却有种说不出的失落。她想一个人静一静，也好给他们一家三口留点空间，于是饭后小坐了一会，便坚持要回去。徐达坚持送陈菲回家。

临走时，陈菲掏出一个红包，说不多，只有两千块钱，留给璐璐。筱雅说什么也不肯，徐达道我这里有钱，你自己留着用吧，现在又没上班。

陈菲道："你的是你的，这是我的一点儿心意。你不用同情我，虽然我现在没上班，还不至于有多落魄。过段时间，我会找个兼职。只是肚里的孩子一天天长大，不方便干活罢了。"徐达答应，等她身体好了，给她介绍点业务。并说她一个人在家不方便，有什么事尽管找他。徐达坚持要给她找个保姆。陈菲道，暂时用不着，过段时间可以考虑一下。

陈菲到家后，徐达又向刘筱雅家驶去。陈菲看着车子远去的背影，再折回璐璐的房间，却已物是人非。对着一百多平方米空荡荡的房子，陈菲不觉越发地伤心、失落。她突然好想自己的老爸和老妈。

005　陈菲痛失胎儿，老公弟弟造访

三个月后的一天，陈菲一不小心从轮椅上跌了下来，看着地上的一摊血迹，陈菲痛苦万分。她和王凯爱情的结晶，就这样丢掉了。从此日日以泪洗面，痛不欲生。此后，她不敢再去看王凯，她怕王凯问起肚子里孩子的事。

陈菲身子越发的虚弱，徐达帮陈菲从家政公司请了一个叫李兰的保姆照顾她的起居生活。李兰四十刚出头，在家政公司接受过正规培训，也干过月嫂。人勤快，干事细致，口碑不错。因比陈菲大三岁，陈菲称其为李姐。

刘筱雅也时常炖点鸡汤、鱼汤带过来。璐璐也说要住在陈妈妈这照顾她。陈菲道："你也只是周末有时间，还是做功课要紧。"刘筱雅也插话道："你住在这，只能让陈妈妈操心！"

陈菲道："筱雅说的是。璐璐，你还是多陪陪刘妈妈吧，你在妈

这待了十五年了，我这有李阿姨呢，反正你什么时候有空来都可以。"璐璐只好作罢。

此后，璐璐到陈菲这儿的次数，自然而然的越来越少，陈菲不免平添了几分惆怅。如果此生注定孤独，那么她就要学会面对和承受。

隔了一段时间，陈菲自己在网上找了两份兼职的公关策划工作，都是一些小公司，因为大公司都有自己的公关策划部。徐达也给她介绍了一些本单位和其他单位的兼职工作，陈菲在家也算是打了五六份工，生活倒也无忧。

秋去冬来，不知不觉，陈菲已是四十一岁了。那是一个冬日的早晨，外面飘着雪花，一缕和煦的阳光透过明镜的玻璃窗，洒在妆台上。陈菲对镜梳妆，竟然发现了两根白发，不觉惊呼："李姐（对保姆的称呼），快来看啊！"

李姐连忙小跑着过来，道："东家，什么事一惊一乍的？"

"您看，我都长了两根白头发了。"

"这也没什么，现在十几岁小孩子都有白头发了。可能是现在的营养好，或者压力大。陈妹该更乐观些，多锻炼，别老待在家里。"

"天暖没怎么出去，天冷更怕出去了，等下午李姐推我出去逛逛。"

"嗯。"

陈菲捏起刚才放在桌上的两根白发，用手指转动着，对着李姐道："老了唉！"

"早着呢，你要是老了，那我就叫什么的，什么残年的？"

"呵呵，风烛残年，李姐也有娱乐天分呢。"

"李姐，今天周几了？"

"周四了。"

"那，周末璐璐会不会来呢？"

"大妹子，又不是放长假，璐璐在外地上学，你怎么忘了呢？"

"唉，我都忘了，在我心目中，总是她在我身边时的样子。她好久没给我打电话了。别人的东西捂得再紧，也终究是要还给别人的。"陈菲不觉又伤感起来。

"好人会有好报的，璐璐也不是那样的孩子，她多懂事啊！"

"那要看是谁调教出来的。"陈菲破涕为笑。

"那是，那是。"

两人正唠着，门铃响了，陈菲有点吃惊，房子寂寞了好些日子，也不曾有人光顾，会是谁呢？陈菲让李兰去看看是谁。

李兰问道："谁呀。"

"是陈嫂吗？我是王强啊。"

李兰不认识，让他等一会，小跑着向陈菲通报了一下。

陈菲疑惑道："称我嫂嫂？王强？我怎么没什么印象。"

陈菲让李兰先开门再说，并笑称自己无钱无色，不怕坏人进来。

门开了，一个高大的身影，闪了进来。似乎忘了什么，忙又拉开门，在外面抖了抖一身的雪花，复又折回。他脚步有点一瘸一拐，脸黑黑的。

陈菲心想，不对呀，王强的皮肤和王凯一样也是白白的。王凯就曾夸自己，当了几年兵皮肤也没怎么晒黑，天生的好皮肤，耐晒。说还有一个小他两岁的弟弟也很白，只不过那时王强还在外地打工，只是她和王凯结婚时见过一次面。这么多年，也没怎么联系，况且王强也腿脚好像也不瘸啊！

"你真的是王强？"

"嫂嫂，真的是我啊。"王强说完"吧嗒吧嗒"地掉眼泪。

陈菲吩咐李兰去倒杯水，然后又对王强道："弟弟，不要着急，慢慢说。"

王强告诉陈菲，自从哥哥出事后，他也看过他一次。哥哥叮嘱说他也是个男子汉了，怕嫂嫂一个人生活艰难，让他常来走动。等孩子生下来后，过一段时间，嫂子愿意改嫁就改嫁，只是等孩子满了周岁才行。如若觉得孩子会拖累，可给王家留下。我本想多看看嫂嫂，不料在外打工，因聚众讨要工钱，被包工头养的小混混打伤了，还被告成聚众闹事，影响人家工程正常进行。结果我自己吃了官司，虽拿到了工钱，却蹲了六个月监狱，腿也瘸了。最近一次，他看过哥哥，哥哥说他很好，让她不要牵挂。

说着，王强掏出一张纸条，告诉陈菲，说是哥写好的离婚协议，嫂嫂随时可以改嫁。

陈菲看着离婚协议，看着王凯熟悉的字迹，睹物思人，不觉泪如雨下。

她将纸条一下下撕碎，王强连忙阻止道："嫂嫂，不要啊！"

陈菲将撕碎的纸条，团成一团，毫不犹豫地扔进了垃圾筒。口中念念有词道："我从未想过改嫁，只想等他回来。你看我现在这样子，谁还会要我啊？"

"嫂嫂不要灰心，像我哥那样的好男人多的是。对了，孩子上托儿所了吗？"

陈菲不觉打了个寒战，越发伤心地呜呜直哭。

李兰在一旁插话道："弟弟就不要再追问了，孩子当年因妹妹不小心摔了一跤，掉了。她腿脚不方便，又一个人生活。难免会磕磕绊绊的。为此，妹妹伤心了好久。"

"您是？"

"哦，我是她保姆，照顾她快三年了！"

过了会，陈菲问道："弟弟的腿，还能好起来吗？"

"在进看守所前就治疗过一段时间，在看守所里也曾保外就医过。虽说判了六个月，治疗倒是没断过的，现在腿内有钢板，过段时间就要去取的，应该会好的，嫂嫂不必为我担心。"王强说道。

"你哥说你们家人个个皮肤好，都是晒不黑的。弟弟怎么变得这么黑了？"陈菲缓了口气，揩了揩眼泪，微笑着问道。

"别听我哥吹牛，你看他皮肤白的时候，是已经退伍了。他在部队时不知褪了几层黑皮，他是武警，天天训练能不晒黑吗？我天天在工地上，顶着风吹日晒的，哪有不变黑的道理？"

"今后，弟弟有什么打算？"

"我自己联系了几个昔日的工友，找了几个懂技术的，组成了一小工程队，做些涂装工程，日子还过得去。本来业务在别的城市，为了能有空多看看嫂子，不久前刚把业务移到这里。"

"那会影响生意，失去老客户的。"

"慢慢来，一切会好起来的。"

"弟弟不小了，该三十了吧？"

"是的，准备再攒点钱，该结婚了。到时一定请嫂嫂喝喜酒呢！"

"什么时候把女友带过来给嫂子看看吧。"

王强笑笑，"还没来得及找，有钱不愁找不到老婆。"

陈菲也笑笑，忽然想起什么，让李兰去买点好菜，买瓶白酒，好好犒劳一下大家。

王强忙道："李大姐也够辛苦的了，我去吧。"

王强买了一些新鲜的蔬菜和海鲜回来，和李兰一起洗弄完毕，李兰掌厨，王强打下手，约莫半个小时，五六个菜便烧好了。三人边吃边聊，陈菲好久没喝酒，今天破例陪王强喝了些白酒，脸色不免泛红。说实话，这王强除了肤色比王凯黑些，身材长相都还蛮挺像王凯的。陈菲像是看到了王凯回来似的，心情似乎好了许多，一高兴便喝多了。

李姐道："家里许久没有亲近的人来了，陈妹看见弟弟过来一时高兴，便喝多了。"

王强道："以前听说嫂嫂酒量还可以的，没料到才喝个三四两，便不行了。"

陈菲在一旁搭腔道："酒不醉人人自醉，弟弟，你自个喝痛快，我得躺会儿。"边说边示意李姐扶她进房间，王强忙起身道："嫂嫂，还是我扶你进去吧。"

看二人进了房间，李姐也没了吃饭的兴致，一边悄悄擦眼泪，一边叹道："唉，苦命的妹子。"

王强将陈菲扶到床上，刚欲转身离去，陈菲一把拽住王强的手，用力一拉。王强也是喝多了，踉跄了一下，陈菲一下环住王强的脖子道："王凯，你为何要抛下我，我今天不让你离开。"说完搂着王强亲了起来，王强赶紧推开陈菲的手说："嫂嫂，放开。"陈菲还是想死死地抓住，王强怕伤了陈菲的手也不敢太用劲，一时竟不知如何是好。

李姐在外听到动静，也不知如何是好，不知他们是不是情投意合，但还是不放心，壮着胆子进了陈菲的卧室，看见王强拼命拉陈菲的手，以为王强酒后撒野欲乘人之危，拿起墙角下的鸡毛掸子对王强一阵狂轰乱打，边打边骂："你这猪狗不如的东西！"王强只得用力掰开陈菲的手，羞愧得夺门而出。

陈菲被弄疼了手，又醉眼蒙眬地看李兰手中拿着东西，便问道："李姐，你进来干吗？"

李兰道："把畜生赶走！"

陈菲晕乎乎道："哪来的畜生？"便再没力气说话，沉沉地睡了。房间里弥漫着浓浓的酒味。

李兰匆匆扒了几口饭，便收拾桌子。一边收拾一边自言自语叹道："唉，一个单身女人的家，就不像一个家。"

陈菲第二天清晨醒来，已是上午八点多，陈菲问李姐，王强怎么不在。李姐告知了一些情况。陈菲方知可能是自己失态，把王强当王凯了，深感羞愧和自责。李姐也觉得自己不好意思，说自己用鸡毛掸打得他落荒而逃。陈菲给王强打电话想表示歉意，原以为王强不会接电话，没想到王强倒是很爽快地答应了，说是知道自己被误会，不会放在心上。让陈菲有什么困难，尽管吩咐，他会一如既往地照顾她，这是哥哥的嘱托。陈菲连连表示感谢。

这个冬天，出奇的冷。都说气候较以往转暖了，陈菲一点儿没感觉到，作为南方人，她却不喜欢南方湿热的天气。记得她小时候住在北方姥姥家，冬天再冷也是干冷，人能扛得住。夏天再热，也不会像在南方挥汗如雨。更何况，北方的冬天还有暖气。南方虽说有空调，久开空调对身体并没有好处，况且她不像别人在单位上班用的是单位的空调，在家全天开着空调也是一笔不小的开支。她感觉南方的冬天比北方的冷（因为南方是湿冷），南方人冬天却没有生暖气的习惯。

李姐居住的房间尚没有空调，陈菲拿钱让李姐到超市买个取暖器。李姐道："我有电热毯，还能凑合，还不是最冷的时候。"

陈菲道："天会越来越冷，最近还会有较强的冷空气，还是去买个吧！"

"不用，暂时可能也用不着了。陈妹，我……我……"

"什么事，是不是身体不舒服还是家里有什么困难？"见李兰说话吞吞吐吐的，陈菲关切地问道。

"我这两天再帮你收拾收拾，大后天，我就要辞职了。"

陈菲不解道："李姐，是不是嫌工资低，还是觉得我这东家难侍候？"

李姐道："妹妹哪里话，妹妹拿我当亲姐看，从未当外人。一晃在妹妹家待了三年了。我还从未在一个人家干这么长时间呢。"

"那为何又要走啊？"陈菲不解地问道。

李兰泣不成声道："老公在船运公司干活，都是力气活，当搬运工。听一老乡说他最近突然因为发晕病，从踏板上摔倒，不但闪了腰，还掉进了河里。还好有几个工友把他救了上来，送进了医院。老板只给了五千元抚慰金，就再没往医院去过。可他人还不能动弹，我唯一的孩子还在上大一。老公病情还没好转，他在外乡急需要人照料。"

陈菲道："既然家里需要人照顾，你把自己的事收拾收拾，明天一早就走吧。"

李兰走后，陈菲一时没想找保姆，或者怕一时找不到合适的，又似乎有点奢望寂寞安静的日子。她就这样一个人孤独地生活着，除了做那些兼职的工作外，她似乎对什么也没有兴趣或者说没有这个精力和能力去满足兴趣了。想逛逛街都觉得困难，只是偶尔自己推着轮椅到小区里散散心。璐璐不知是学习忙还是适应了新的生活，来家里的次数是越来越少。这样的日子只坚持了近两个月，强烈的孤寂和失落再次缠绕在陈菲心头。真正的亲人也就是母亲和弟弟了，她知道弟弟和弟媳对母亲很好，也算心安。她想让母亲过来陪陪自己或者说自己也特别想念母亲。当她拿起手机时却又无从说起，她知道她当年的执拗既对不起自己也对不起父母。尤其是逝去的父亲，死前都不肯原谅自己。想到这，陈菲不禁放下手机，一个人默默地流泪。

006　徐达"一家"人再次看望陈菲

时光飞逝，转瞬又是一年的夏天。陈菲依然一个人寂寞地生活。李姐走后，曾给她打过电话，说老公身体不好，不能再去伺候她了，陈菲至今也还没有找保姆。

一个周末，陈菲在家干完工作，又自己推着轮椅到阳台向外眺望。这时手机突然响了，是一个陌生号。她接起电话："你好，哪位？"

"是我啊。"对话那边传来扑哧的笑声，陈菲还是一时听不出来。电话那头道："妈，我是璐璐啊，我考上市重点高中了！你这么快就把我的声音就忘了。""啊！"陈菲有点惊讶，也有点不好意思。在她感慨璐璐这么快忘了自己的同时，她居然把璐璐中考的事也忘了。也不是自己没把璐璐的学业当回事，只是心中常感觉伤心和失落，感觉一切都离她远去，一切都那么遥远。她想起徐达为璐璐买了部手机，她还一直没有璐璐的号码。"你在哪呢？""我到家了。"璐璐又笑道。

"你妈在家吗？""你不是我妈吗？"璐璐显然有点不高兴，接着说道："妈，快开门啊，我想给你个惊喜呢。"

陈菲忙转动轮椅去开门，门开了，璐璐一下子闪进来，手里还拎着大包小包的东西。后面还有一个人，却是刘筱雅。陈菲不免变得开心起来。刘筱雅也拎着大大小小的方便袋，袋子里有东西不停地跳动着，分明是鱼。

刘筱雅道："璐璐中考结束了，大家都可以轻松一下，也好久没来看望姐了。今天接璐璐，我们一致意见，从菜市场买点菜，到这聚一聚，庆祝一下。"

璐璐打开方便袋，拿出一些吃的东西，递给陈菲道："妈，尝尝，有牛肉丝、鸡腿还有瓜子。"

陈菲笑道："你自己吃吧。"璐璐剥开一个真空包装袋，拿出一个鸡腿，就往陈菲嘴里一边塞一边说道："都快十一点了，还吃不下啊？"

陈菲只得拿起尝尝，边尝边对刘筱雅说道："筱雅，来看看也就行了，到我这还用得着你买菜啊？"

"唉，我是顺路，你也不方便嘛。"璐璐又拿起一个鸡腿又要往刘筱雅嘴里塞。刘筱雅笑道："去，去，去，我吃不下，你也少吃点吧。让我先跟你陈妈妈说几句话，一会儿该吃午饭了，还吃。"

璐璐一边嬉笑，一边吃着东西。

刘筱雅说，让璐璐陪着陈妈妈，自己准备做饭。陈菲欲帮忙，刘筱雅赶忙制止了她，笑道："又不是满汉全席，不用你帮忙。"陈菲很是感激，也有点尴尬。想想来个朋友还要朋友自己亲自下厨，颇感不好意思，于是缩了手，不知放哪是好。倒是璐璐很懂事，忙拿起地上的菜，帮助拣菜。

不到四十分钟，饭菜都好了。三人边吃边聊，正聊到兴致时，刘筱雅突然怯怯地问陈菲："想问姐姐一个问题，又怕扫了姐姐的兴致，只是关心一下姐姐，不知当讲不当讲？"

陈菲笑道："有什么当讲不当讲的，都一大把年纪了有什么不能承受和不敢承受的。"

刘筱雅道："姐姐还是那么幽默，我们虽年纪不小，但也不至于一大把年纪。只是问一下姐姐，王凯最近可有消息，他现在还好吗？你近来有没有看过他。要是不方便，我陪你走一趟。"

陈菲答道："他刚进去那阵子，我看过一两趟，后来身体不好，没怎么去。近来，听他弟弟说前不久刚看过王凯，还好。他居然让他弟弟王强带回一离婚协议，说让我另寻幸福，被我撕了个粉碎。我心里哪还能装得下别人，再说我一大把年纪，人老珠黄的，又有残疾，哪个男人这么傻会娶我？"

刘筱雅道："姐姐太过悲观了吧，王凯这么说是为你好，他心里其实是爱你的。就算你真的寻找新的幸福，相信他也会支持理解的。姐姐在我眼里，不还是那么年轻漂亮吗？当缘分到来时，可能你想拒绝都拒绝不了，正如你以前和王凯的缘分一样。"

陈菲苦笑道："去去去，拿老姐开涮，我也只是过一天了一日罢了。"

三人边吃边聊，吃罢饭，又闲聊了一会，刘筱雅便起身告辞，并说让璐璐留下陪陪陈妈妈，璐璐爽快地答应。陈菲知道筱雅爱女心切，也只是做个顺水人情，便让璐璐陪妈妈回去，改日再来玩。璐璐执意要留下，刘筱雅面露难色。陈菲便推说自己近来身体不好，不能照顾璐璐，还是跟妈妈先回去吧。边说边示意璐璐。璐璐心领神会，临走时，执意将一大堆买来的东西留给陈妈妈吃。陈菲提起东西，让璐璐带上，璐璐不肯。在璐璐跨出家门，回眸一望的瞬间，陈菲看到璐璐眼里噙满泪花，也不觉双眼模糊。璐璐忍不住又返回，和陈菲深情拥抱，并说等这两天同学聚会结束后，一定亲自来照顾妈妈，刘筱雅也忍不住掉下眼泪。二人终究作别了陈菲，陈菲感觉又重回到一个寂寞痛苦的深渊中去。

想想自己养大的女儿，最终却离自己而去，自己曾经深爱的人却离自己而去，徐达成了别人的男人，王凯成了别人的牺牲品，陈菲不觉泪流满面。那个徐达，自从娶了小妖谢娜，竟也好久不曾给自己打过电话，也很少再看看她。想想，别人终究有别人的生活，谁顾得了谁呢？

俗话说得好，说曹操曹操到。陈菲正独自一人，一边脑海里翻腾着往事，一边暗自神伤时，手机突然响了。她一看来电是徐达的电话，陈菲竟然没有了喜出望外的感觉，随手挂断了。尤其陈菲想到，虽然徐达有时也给自己介绍一点儿兼职的事情，但也常常让别人把工作任务传达过来，徐达本人是很少现身的。到底是公司太忙，还是怕谢娜？总之，不管什么原因，作为他曾经深爱过的人，因他而伤了一辈子的女人，他看似消失的行为，让她伤透了心。

徐达再次来电，陈菲不好意思挂断，只得接了。

徐达道："在午睡啊？睡得这么死，电话都懒得接。"

"不敢有劳大驾！"陈菲竭力抑制生气的心情。

"快点开门，今天谢娜出差，我知道你闷得慌，带你出去逛逛。"

陈菲很惊讶，今天怎么了，都到家门口了还打电话逗自己，就连璐璐也会忽悠老娘玩了。

进了门，徐达一脸微笑，一屁股落在沙发上。

219

陈菲微笑着："看看我这老同学，又不是偷鸡摸狗，至于害怕老婆吗？"

"不是怕带来不必要的麻烦嘛！即使她在家，我说看看老同学她也会同意的。别把她想得太坏了。"徐达笑道，突然又发现什么，问："李姐呢？"

"她这几天请假了，她老公身体不好，回家照顾老公去了。"

"要不，我帮你到家政中心再看看，再找个。"徐答道。

"谢谢，等等吧。找个好保姆不容易，找个差的反倒生气。"陈菲答道。

"那好吧，有事您吩咐。"徐达笑道，"咦，璐璐这孩子真把你这老娘忘了啊，也不见她来了。"

陈菲假怒道："你千年来一回，就算她来了，你也看不着。"

徐达忙右手举过头顶，做发誓状，油腔滑调道："我保证以后每月来看望陈大人两到三次，如有失言……"陈菲忙一手堵住他的嘴，"得，少来这一套，哪像个大老板的样子。璐璐和筱雅刚走不久。不过，孩子毕竟是别人的孩子，当然也是你这大老板的孩子。该走的，毕竟都要走的。"陈菲说完，不免伤怀。

徐达黯然道："都是我的罪过。不提这些好吗？我接你到海底世界公园逛逛。"

"就不打扰了吧，短暂的逍遥，怎能改变一生的寂寞。"

徐达不语，抱起陈菲就往楼下走，边走边说道："我有罪，但要尽量让你变得快乐些。"

陈菲急忙道："我的轮椅？"

徐达说："不用带，那里有游览车。需要下车时，我抱你。"说完便带着陈菲直奔海底公园而去。

二人尽兴玩了半天，徐达又将陈菲送回家，然后小歇了一会，推说回公司有点事，又驾车往刘筱雅住处去了。徐达边开车边想："我这是作的什么孽啊，我真够累的！"

007　徐达对刘筱雅的承诺

徐达陪陈菲玩了半天，确实够累，最主要的那个地方他早就带啸啸去过。他一边开车，一边燃起一支烟，完了又接着一支，过了约四十分钟，便到了刘筱雅住的小区。他摁了一下门铃。"谁呀？"刘筱雅边说边从猫眼里往外窥视，徐达放低了头，应道："是我，徐达。"刘筱雅连忙开门。

徐达一进门，便坐下了。刘筱雅一边为他倒杯水，一边问道："稀客哟，天都快黑了，您哪有工夫光临寒舍的？"

"过来看看你，看看璐璐，不行吗？咦，璐璐呢？"

"她呀，和同学聚会呢！也不知玩到什么时候回来。"

徐达道："我不给她打电话，她从来不给我打电话，好像我这个爸可有可无似的。"

刘筱雅生气道："亏你还好意思说，她能认你这个爸就不错了，你就别对她苛刻了，她要是知道是你我当初，不，更主要因为你，抛弃了她。她更不会认了。"

徐达突然掏出手机，给璐璐打了个电话："璐璐，什么时候回家啊？"

陈璐璐一看来电应道："是徐叔叔啊，你好，有什么事吗？"

徐达不觉一阵心凉，忙更正道："应该叫爸。你什么时候回家啊，爸爸想你。"

"对不起，爸，"璐璐连忙改口道，"我们聚会刚开始不久，今天说不定和同学玩通宵呢。"

"那好吧，我改日再看你。"徐达说完挂了电话。

徐达对刘筱雅道："她说可能要玩通宵，今天不回来了。"

刘筱雅道："遗传你！"

徐达道："我可没她那么贪玩，我是一个乖孩子。"

刘筱雅不觉笑道："亏你还好意思说，不带这么自夸的。看看我，看看璐璐，看看陈姐。就知道你是个多么好的孩子。"

"别老拿这些打击我好不好，难道你要折磨我一辈子？"

刘筱雅微怒道："你不是也折磨别人一辈子？"刘筱雅说着，不觉流下眼泪。

徐达道："是我前世作了孽，今生来惩罚我。我来世再给你们当牛做马赎罪还不行吗？如果还不行，我自裁算了。"

刘筱雅见徐达诚心悔过，有点心疼道："亏你还是个企业老总，没出息，别人说你几句就黯然神伤，甚至自裁。"

徐达道："我容易吗？今天谢娜出差，我抽个空出来看看你。另外，我想说，你不能和孩子老是租别人的房子，总得有自己的房子。"

"我的工资，刚够维持生活罢了，哪有钱买房子。"

"我下次为你们娘俩买套房子，你自己选位置。看好了，告诉我。"

刘筱雅很惊讶道："不，无功不受禄。你也不容易，我也不能再伤害你的老婆。"

"我又不告诉她，再说，这也是我应尽的义务。"

"不。第一我不想。第二纸是包不住火的，我不想你们家为我再出现什么战争。"

"你要是不好意思，我下次直接买好了转赠给你。"

"不，有些东西，不是金钱和房子能够补偿的。我也不需要你这种补偿方式。"

"这是我唯一能做到的。"徐达说完又想掏烟，被刘筱雅夺了下来："你看你现在什么样，以前从不抽烟，现在老远就闻见身上一股烟味，还抽。"

"就这么定了，我还要回家，不能把两个孩子全扔给谢娜母亲。"

"不，我要你陪我，哪怕一宿。你不知道一个单身女人的夜晚是多么的恐怖和寂寞。"

"至少，你还有璐璐陪在身边，而陈菲却孑然一身，还身患残疾，都是我的罪。"

"是的，我会经常和璐璐看她的。不过，今天我还是不想让你走。如果你走，以后我也不要你看我。"刘筱雅说完，一边拉着徐达的手，一边偎依在徐达的怀里。

第二天天一亮，徐达连忙起床，刘筱雅拉着他的手，要让他多陪会，徐达称公司还有点事。

徐达刚走进客厅，就发觉璐璐已在厨房洗漱。

徐达吃惊道："璐璐，你什么时候回家的？"

"刚到家不久，玩了一宿。"

徐达道："以后少在外面玩得太久，要早点回家。"

"嗯。"陈璐璐答道。

刘筱雅听见外面的谈话，忙穿好衣服出来。

　　等璐璐洗漱完毕，徐达又和璐璐聊了一会，让她要好好学习，多听妈妈的话，有时间多去看看陈妈妈。说完刚要走，想起什么，忙从随身带的皮包里，拿出一万块钱。说是没带多少现金，这算是对璐璐上高中的一点儿生活补助，以后有需要再补。刘筱雅说什么也不肯。璐璐道："爸，你还是带走吧。给啸啸用。"说完，脸微微一红。

　　徐达不觉眼眶湿润，心想璐璐是一个多么懂事的孩子，这都是陈菲的功劳。也许璐璐天生就是一个好孩子吧！他还是执意放下，并叮嘱别在啸啸面前说这些。说这小子说不定哪天在谢娜面前一高兴就说漏了嘴，即便她知道也没什么，但最好能不让她知道就不让她知道，说完匆匆就走。徐达走后，筱雅对璐璐说："我曾恨他，现在却恨不起来了。"说完也不觉伤心起来了。璐璐安慰道："妈，别伤心了。你，爸，还有陈妈妈，都是好人。"

　　刘筱雅对璐璐道，"你以后长大了，可以不管妈妈的一切，但一定要对你陈妈妈好点。她养你这么大，却把你还给了我。每当想到这些，我就做噩梦，良心上过不去。但没有你，妈妈一样活得痛苦。"

　　"知道了，妈。"璐璐一边说，一边为刘筱雅擦眼泪。

　　璐璐说有点困了一宿没睡，要休息一会。刘筱雅说等弄好早饭叫她，吃完早饭再睡。

　　当刘筱雅弄完早餐，准备叫璐璐时，却见璐璐已熟睡，脸上满是泪痕，不觉更是伤心。她不忍打扰璐璐休息，一个人吃了点，又将早餐装好放在锅里，就匆匆上班去了。

008　老公弟弟被骗，陈菲热情相助

一天下午陈菲突然接到王强的朋友小潘打来的电话，说王强最近心情不好，哭哭啼啼说要跳楼。陈菲让小潘送他过来，当面谈谈什么情况。一会小潘回话，说王哥不去，陈菲很生气，心想多大的事，没出息，怎么这点没他哥王凯坚强。一个大男人有什么大事要寻死觅活的。于是让小潘先稳住王强，自己打车过去劝劝他，接他们到她家说说情况。陈菲本来是自己有一部车子的，自从自己身体不好，王凯又入狱后，她不得不将爱车削价卖掉。

陈菲打车到小潘所说的地方，吃力地拄着双拐下车，王强一看再也不好意思了，说嫂子别下来，我自己上去。于是和好友小潘一起上了车。

陈菲安慰道："有什么事，到家再说吧。"

不到二十分钟三人便到了陈菲家。王强架着陈菲，亦步亦趋上楼，小潘帮着拿着双拐。王强道："嫂子，要不我背你吧？"

陈菲冷冷道："我怎么会要一个自身都经不起一点儿打击的男人来背我？"说完还是坚持"走"着回家。

三人到家相继落了座，陈菲给每人倒了杯开水，并说先喝口茶再说。

王强刚坐下不久，又蹲在地上，双手抱头呜呜直哭。

陈菲难免心痛，毕竟是丈夫的兄弟，又不是旁人，于是劝道："行了，行了，别哭了，好好说，怎么回事？"说完递给王强一沓面巾纸。

王强边拭泪边说道，自己认识三月不到的女友，把自己辛苦打工攒下的二十万块钱全盗取了，现在打她手机已处于停机状态。

陈菲道："报警啊！"

小潘插话道："报是报了，估计没多大希望。王哥说，这女的手机卡没有用身份证登记，她的身份证也是假的，身份证上的照片，也是经过处理的，和她只有四分像。"

陈菲不觉叹道："这是一场有预谋的骗局，女骗子。你可真傻啊，还没娶过门，就把卡和密码全给了别人。"

小潘道："王哥对她那女的可好了，如果那女的开口，他甚至可以上天为她摘月亮。"

陈菲冷冷道："弟弟傻啊，你说你谈个女友，也不带来给嫂子参谋参谋。钱是身外物，好好再挣吧，至少你还是自由的。哪像你哥，不知现在什么情况。"

"本来我想等这期工程完工，带嫂嫂一起去看看哥哥的，现在钱都没了。"

"算了，路费我还是有的，只是最近没了心情。等你心情好点，再带我一起去看看他吧，他比你坚强多了。我这里有八九万块钱，你先拿着，带你的弟兄们继续好好干。我再帮你借一点儿，暂时不要在外面租房子，先住在我家吧，还有一间卧室闲着。"

"不，我不能用嫂嫂的钱，也不能住在这里，我和弟兄们合租。"

"合租也得花钱的，才当了几天小包工头，就在外面租套间。连骗子和女友都分不清。不要再说了，先住在这里，等你挣了钱娶了老婆，再出去住。到那时，再带我一起看望你哥。你现在这落魄样，只会让你哥更心疼。"

王强不语，小潘插话道："嫂子真是好人哪，王哥还不谢谢嫂子。"

王强赶紧道："谢谢嫂子。"

小潘继而又转向陈菲道："王哥其实也是好人，弟兄们也愿意跟着他干。我们的工资也可以缓缓再给我们。王哥有生意时，带着我们一起发财，我们不能看王哥有难就树倒猢狲散。我们每个人还集资了两千，共两万，王哥你也先拿着。"说完从上衣口袋里掏出一个信封，里面是一沓钱，递给王强。

王强泪流满面道："钱我先收着，请代我向弟兄们转达谢意，等我赚了钱，定会加倍奉还。"

小潘道："都是朋友，谈什么还不还的。"

陈菲道："看看人家小潘多会说话，这是一个义字，是在帮你，会指着你还吗？当然，你挣了钱还也是必须的。"

王强似乎又想起了什么，对陈菲道："嫂子，你借的钱我可以收。我还是和小潘他们一起住吧。我租的套间也到期了，女友也没了，不需要套间了。"

陈菲笑道："瞧你这点出息，怕我吃了你？等你手头松点了，有了新女友再住出去，我也不拦你。最好把女友带给嫂子参谋参谋或是多和弟兄们接触接触，别老是一根筋，还搞得跟金屋藏娇似的。脱离群众，那是要吃亏的。才认识几天，就把经济大权全给了一个尚看不清底细的女人，真是！"

三人聊了一会，小潘推说还有点事欲起身先离开，陈菲让他歇歇，晚上吃过晚饭再走，小潘执意离开。王强说还有些行李放在兄弟那，要和小潘一起去取，这两天没什么生意，要和弟兄们好好再叙叙，或许明天再来陈菲这。陈菲也只得应允。王强刚起身，陈菲想起什么，让他稍等。然后从钥匙串中取出三把，告诉王强，分别是楼道单元门，居室外门和最西间卧室的钥匙。

送走王强和小潘，陈菲感觉特别得累，说不清是更清静了还是更落寞了。她似乎有点后悔，自己只图一时心急心软加心善，舍不得弟弟，让他住自己家，却感觉将一个大男人放在一个单身女人这里不妥，难免惹流言蜚语。璐璐要是回家会不会不高兴，徐达和筱雅要是偶尔来串串门会不会觉得不方便，她感觉越发纠结。

谢娜有一个闺蜜，和陈菲住一小区，只是陈菲很少出门，不曾看到过。谢娜时不时看望闺蜜时，打这路过，偶尔会看见陈菲外出，只是没有打招呼的欲望罢了。一次谢娜看陈菲到家不久，另一个三十岁左右的男人也进去了，就比较好奇。一次晚上躺在床上对徐达说，"亲爱的，我到我朋友那里，时不时看到有一个中年男子经常光顾你老同学陈菲家，她可能是老牛吃嫩草呢。嘻嘻。"

徐达道："别老是拿人家开涮，她好像和你没多大仇吧？再说就算人家再次恋爱，她也有这样的权利吧。"

谢娜道："是没仇，只是有点好奇罢了。要是恋爱我倒是祝福她，哪个男人会看上一个比自己大得多的残疾女人，而且又不是富婆。只怕是和你一样耐不住寂寞，偶尔拈点花惹点草什么的。"

徐达侧过身来，一手捏起谢娜的下巴道："你这张小嘴，就不能说点好的？也许那男人是陈菲的老乡呢！要不，你有认识的帮她介绍一个吧，等王凯也不知等到何时。唉，听陈菲说，王凯让他弟弟带了一份签好字的离婚协议，被陈菲撕了。王凯是一个真男人，陈菲也太钟情了。"

"好啊，不过估计只有介绍残疾人了。"

"你就不能介绍条件好一点儿的，至少身体条件好点的，这样也能照顾她一点儿。"

"只怕这样的好男人、傻男人不多。她也傻，还等王凯，是病是

228

灾一切都无法预料，就算王凯健康回来，人家才四十岁左右，她都快五十岁了，半老徐娘了。"谢娜应道。

"唉，你呀，别老拿人家的残疾和年龄说事，陈菲要不是出了车祸，哪点比你差？"徐达微微生气道。

谢娜连忙缓和一下语气道："好了，别生气嘛，一说你旧相好的你不是就处处护着她。我帮你关照点，看有没有合适的就是了。不过得征求她本人的意愿，否则我还得担一个拆散人家婚姻的罪名，我可担待不起。"

"那是。下次我问问她有没有再经历一段感情的打算，顺便再问问那个男人是怎么回事。"

"喂，你可别说是我看见告诉你的啊，免得让人家说我喜欢闲言碎语，向你打小报告似的。"

"那是，随便撒个小谎对我来说是小菜一碟。"徐达笑道，"要不，下次我带你一起去看看她，这样也显得你大度，陈菲会更高兴，认为你是天下最好的女人呢。"

"得了，到时再说吧。你要是把我带你到你的小情人那，是不是让我做更伟大的女人，气量更大的女人？我可没这么大度。你以前是痴情浪子负心汉，到我这结束打住。我是专治你这类人的。"谢娜笑道。

"那是，那是。"徐达说完侧向一边欲看书，谢娜夺过一看："瞧你这点出息，多大的人了还看武侠，陪我看韩剧吧。"

"有什么好看的，看多了，男人容易出轨，女人容易出墙。"徐达笑道。

"那只能说明你定力差！"谢娜也笑道。

徐达只得无奈地陪着谢娜看了一会电视，不一会居然睡着了。

009 弟弟欲搬出，嫂子竟生失落

一天晚上陈菲突然想起该给王凯写封信，虽然现在还没精力去看他。原打算等弟弟王强过一段时间心情好点，生意上有点空闲时，两人一起去看的。自己一个人，千里迢迢去看王凯确实不太方便。既然一时去不了，写封信问候问候总还可以的。

信中写道：

老公，好久不见，你还好吗？你一定要保重身体，我会等你的，哪怕我们已经满头白发。你一定要好好改造，争取早日出来。听说你弟上次看过你，你还让他带什么离婚协议，让我情何以堪？我直接就给撕碎扔垃圾筒了。这个冬天出奇的冷，你在那边还好吗？感觉冷不冷，有暖气吗？本来想好有好多好多话要对你说的，可一时又不知说什么好？只觉得头脑一片空白，眼前一片模糊。但请你相信，我会坚强地活下去，只为和你重逢的那一天，为继续和你牵手共走人生路的那一天。

你弟弟和你母亲都还好。弟弟自己组织几个老乡，接一些工程小生意。

我顺便给你寄了一些衣服，但愿你能收到我的信和衣服。

陈菲本来还想告诉王凯，他们的爱情结晶已流产，恐以后再不能生育。但她没有勇气说这些，只好把话又咽了回去。

信和衣物寄出去一个多月也没回信，陈菲不觉更加悲从心来。

陈菲一如既往地喜欢睡懒觉，这不是她天生的爱好，以前上班工作忙时，她也只是在放假时喜欢睡到自然醒。自从身体受伤后，又没什么事，早起对她似乎没有什么价值，所以就一直是晚睡晚起。自从王强住到这后，她的这种习惯似乎被打破了，她自己也弄不清这到底是好事还是坏事。王强除了工地上的事特别忙时，偶尔和工友们挤挤，大多时候还是回到陈菲这儿住。他图这里安静，能够好好地休息。王强不管忙不忙，每天都是早起，有时下楼买点早点带回来，有时自己亲手做。每次准备好早餐，他总是叫陈菲起来共享早餐。一开始，陈菲有点慵懒，让他自己吃完早点干活，她自己睡醒再说。后来经不起王强多次热情的提醒。渐渐地，她的习惯被打乱。王强的理由就是早睡早起才是好习惯，不然好人都能睡出病来。你别说，陈菲自从早睡早起后，精神确实比原来好多了，偶尔比王强起得还早，因为她不好意思总是让小叔子为自己做早餐。他住在自己家，好歹也是客人，怎么能让别人为自己忙活呢？

这日清晨，王强做好早餐，煮了鸡蛋面，打了点豆浆，又下去买了一屉小笼包，就喊陈菲起来吃早饭。要是往日陈菲也就起来了，可昨晚失眠睡得很迟，现在正做着梦呢，就被王强叫醒。陈菲道："你自己吃吧，我累了。"

王强道："我都弄好了，趁热吃吧，冷了就不好吃了。"

"你自己吃吧，我只想睡觉。"

"嫂子要是不吃，就是对弟弟有意见。下周我就搬出去住。不给嫂子弄早饭吧，显得我自私没礼貌。弄吧，嫂子吃都不吃，我一个人怎么吃得下。"

王强一说要搬走，陈菲心里就升起一股失落的情绪。自从王强来后，虽然打破了安静，但陈菲偶尔能有个人说说话。家务事大多被王强包揽了，比如买个菜或修个电器什么的。家里多了一个男人，尤其是一个健全的男人，情况就是不一样。璐璐也来过，看到王强，对他也特别的好，并没有什么不快或反感的情绪。王强对璐璐也不错，偶尔也替陈菲去看看她。虽然有刘筱雅照看，有徐达探望，但毕竟是自己养育了十几年的闺女，怎么可能说放下就放下。在她眼里，璐璐仍是她唯一的孩子，最亲密的人。

陈菲一骨碌披好衣服坐起来，睡眼惺忪地对王强道："是不是又找到合适的新弟妹了？才住了一个多月，就嫌在嫂子这不方便。还是嫌嫂子怠慢了你？嫂子不能天天起来为你做早餐，一是我身体不好，二是我懒。我没必要起那么早，你自己弄点吃的就好了，不用管嫂子。这不好吗？"

王强叹口气道："嫂子误会了，我现在是穷光蛋，有哪个女孩子看得上，虽说到了而立之年，却什么也没立上。我也是为嫂子好，希望你能早睡早起，我希望我在的日子，能为嫂子多做些事，让嫂子感觉到一点儿轻松和快乐。这既是我为人的本分，也是我哥的嘱托。"

陈菲不觉一阵感动，心想王凯这弟兄俩虽说学历都不高，但说起话来却总让人折服，一套一套的。这就是人们常说的不识字也得识事识理的道理吧！陈菲无奈一笑道："是嫂子错怪弟弟了，还是与弟弟一起就餐吧，两个人的世界，也能有一点儿家的感觉。"说完推说让弟弟先吃，自己去洗漱，背过脸就是两行泪水。她拧开水龙头，让水冲个够。是的，一个人终究是孤独的，他也不可能老住在这。她应该珍惜与家人在一起的美好时光，以后王强走了，她睡得再死恐怕早上也没人叫她了。

二人吃罢早饭，王强匆匆到工地去干活。陈菲睡意全无，一个人躺在床上，推开窗帘，漫无目的遥望过往的人和车辆。有早起锻炼身体的，有早早开车或骑车出去的，还有接送孩子的忙碌的家长。望着川流不息的人和车辆，陈菲不觉心中慨叹道：所谓生活，最多的其实就是在平淡中忙碌着，还要经受着相逢和别离、快乐和痛苦、疾病和死亡，人不过就是体验这一切的载体罢了。所谓的人生，就是体现这一切的过程。人生本就是平常事，没有了爱情的人生，我会有勇气坚强地终老一生吗？她望着窗外，默默地发呆。

010　谢娜发现惊天秘密

徐达晚上回到家，往沙发上一坐，泡了杯茶，燃起一根烟。谢娜一边收拾凌乱的屋子，一边准备烧晚饭。啸啸从房间里跑出来，问谢娜："阿姨，不，妈，你看到我那本《英语语法手册》了吗？"

谢娜不耐烦道："都上初二的学生了，连自己的书都看不好，我也不是你们的管家。"

啸啸道："我昨天还放在床上呢，也许是弟弟小杰玩没了呢？"

"玩能玩没了？你当你的书是太空飞人啊，家里就这么大地方，你找呀！"

啸啸讨了个没趣，气愤地一扭头走了。

徐达在一边听得很不快，冲谢娜道："跟孩子斤斤计较什么，不知道就不知道。"

谢娜不耐烦道："你就知道教训人，小杰都三岁了，你过问了什么？要不是我妈还有他小姨偶尔帮忙带带，还不累死我啊！"

徐达慢吞吞道："哪个女人不带孩子，你不就生了一个吗，又不是两三个。"

谢娜道："可我比别人多了半个儿子！"

徐达将茶杯拼命往桌上一摔，茶杯粉碎，茶叶伴着茶水流得满茶几都是，地上也弄脏了，他愤愤道："什么叫半个儿子，啸啸哪里得罪你了？他拿你当亲娘，你却从未显示出一个母亲、一个长辈甚至女性最起码的温柔和体贴。"

谢娜怒道："我还是马上上班，你自己请保姆。你要是觉得我碍眼，我就到别的公司，不在你那干，让你重新找一个更合适的秘书。我知道，当你的秘书成为你的妻子后，你就有重聘一个新秘书的打算，那是多么浪漫惬意的事啊！"

"请保姆，你舍得咱们孩子让别人带吗？"

谢娜冷冷道："现在只有一个孩子，不得不请保姆的家庭多了去了。别人能舍得，为何我舍不得？"

徐达没好气道："你这是存心将我军是不？"

"是不是将你的军我不知道，我只知道为自己做力所能及的辩护。"谢娜毫无退让之意。

徐达突然放低语气道："你变了，彻底变了。"

两人正说着，啸啸突然跑过来道："爸，小杰在房间里拉了屎，还在那儿边抓边笑。"

谢娜刚拖好地，见徐达摔碎茶杯弄了一地茶水，又听说儿子说在地上拉屎，不由分说从厨房跑出，拎起小杰的胳膊，狠狠拍了他屁股几下。小杰顿时哇哇大哭起来。

徐达连忙找到几片卫生纸，帮小杰擦屁股，一边擦一边埋怨道："都三岁了，拉屎却不知道告诉爸妈。不知你这个当妈的是怎么教育的。这孩子不傻，却以随地大小便为乐，真不知遗传了谁。"

谢娜一边为小杰换干净衣服，一边争辩道："儿子也是你的儿子，教育不全是我的责任。再说，我们家可是书香门第，小杰这坏毛病，到底是遗传谁，你自己清楚。"

徐达不觉笑道："你是笑我农村出身吧，我还笑你是山寨书香门第呢。看你就知道是不是真书香门第出身了。"

谢娜忍着气，又把地打扫了一遍，然后气得上床就睡。徐达道："今天不做饭了，出去下馆子。"

谢娜说什么也不愿出去了，徐达没法，只得开车带小杰和啸啸出去吃，说回来给她带点吃的。

谢娜躺在床上，翻来覆去气得直流泪，心想自己好歹也为这家操碎了心，徐达还常常批评自己，挑自己的不是。她起床照照镜子，发觉自己竟然也不是当初的自己，面色失去了些许亮丽。如今是结了婚的人，不能再像以前一样买奢侈化妆品了。她想找出医保卡，刷点普通的美容护肤品，翻箱倒柜都找不着，却找出了另一个崭新的房产证，房产证里还夹着一张纸。房产证上写的是徐达的名字，打开纸条，谢娜肺都气炸了。那是一张赠予条，上面写着：本人决定将ＸＸ市东城区光明路龙港花园小区32栋一单元302室，赠予刘筱雅及其女儿陈璐璐。

看着房产证上面的登记日期和赠予条上的落款日期，也是最近刚拿到手，可能还没来得及送出去。好家伙，大手笔，一次性付款！一百三十平方米，少说也得二百万。

谢娜忍不住热泪盈眶，她先是伤心，接着气得想拨徐达的手机，后来还是忍了，她不想打草惊蛇。她先用手机拍下照片，然后又把东西放回原处。等徐达上班后，她就自己开车，亲自带着这些原件去会会刘筱雅。

徐达三口吃过晚饭，回到家，徐达将带给谢娜的吃的放在桌上，走进卧室，发觉谢娜蒙头大睡。

徐达笑道："得了，别装了，这么早要能睡着才是怪事。再说，心里憋着气，能睡得着吗？是我我也睡不着。给你带了快餐，快点趁热吃了吧，有牛肉、鸡腿呢，都是你喜欢吃的。"

谢娜本不想理徐达，没心情吃。转念一想，不行，不能亏待了自己，反而便宜了他。我不吃饭，饿倒了倒成全他金屋藏娇了。

谢娜狼吞虎咽吃完饭，又找出那本前不久刚买的《家用法律知识大全》的书，专挑婚姻类和房产类条款看。徐达看到书名，想看看谢娜看的内容，谢娜转过脸去，不给徐达看。徐达笑道："三天不学习，赶不上徐达同志。看吧，学习是好事，书香门第都爱看书，也不是见不得人的坏事，干吗还偷偷摸摸的，连老公都不让瞧。"

谢娜冷笑道："人家是金屋藏娇，我这是金屋藏书，不是一个级别的！"

徐达没明白谢娜的话外音，便躲在床上和儿子小杰戏耍一番。

谢娜忽然想起一件事似的说道："明天，你打车到公司，我明天开车到朋友家去一趟，反正你公司里还有车。"

徐达笑道："还是省点打车费，你明天陪我到公司，然后你自个开回来不是更好？"

谢娜阴阳怪气道："切！那么早我可起不来，你花大钱都不在乎，还在乎这点小钱。保姆费我都替你省了，你还是自个打车吧。"

徐达一把搂起谢娜，亲了一口，又一把推开谢娜，继续和小杰玩耍。谢娜不耐烦道:"倒是说话,行不行啊?"

"我都告诉你了啊!"

"你连个屁都没放。"谢娜道。

徐达道:"瞧你笨得,刚才亲你一口的动作那是 O,然后推开,谐音 K。连起来就是 OK 啦! 这是我的原创,严禁别人转载复制。"

谢娜经他一说,气似乎消了一大半,她庆幸之前和徐达拌嘴,差点说出离婚的话,她相信她还是爱徐达的,徐达至少还没有完全对她失去仅有的爱。她不想说那太伤感情的话,否则效果适得其反,说不定又把他撵到刘筱雅这老妖婆那。但男人的心,还是捉摸不透。比如为刘筱雅买房子事,他就瞒得严严的。他现在和我是在演戏还是另有其他原因,她无法弄清楚。但刘筱雅,她决定第二天就去会会。就算是一场更大的暴风雨,她也要坚强面对。因为任何一个女人都无法容忍自己的丈夫为别的女人买一套房子。

011 谢娜暗访刘筱雅

第二天,谢娜早早起来为徐达、啸啸爷儿俩弄好了早餐,又抱着小杰蒙头大睡。等她睡到自然醒已是上午近九点钟,她开车先将儿子丢在娘家,然后带上房产证和徐达写的"赠予书"开车直奔刘筱雅家。却忘了今天并不是周末,也不知道刘筱雅在不在家。她也是偶尔听徐达提起过刘筱雅住的大致地方,但她也不是吃干饭的,像刘筱雅、陈菲等徐达过去的死党,她能不调查清楚地址吗?

很快到了刘筱雅租住的房间,谢娜挎着一黑色小皮包,摁了一下门铃。"谁呀?"里面问道。

谢娜心想，今天算是巧了，可能是刘筱雅请假或是休息吧，反正没白跑一趟就是万幸了。

谢娜应道："老朋友。"刘筱雅听是一个女人的声音，也就没什么防范。门开了，谢娜闪了进去。

刘筱雅吃惊道："怎么是你？"

"呵呵，说来看看你，你不信，我也不信。不过无事不登三宝殿倒是真的。"

"什么事，说吧。"刘筱雅知道来者不善，但还是竭力克制，保持客气。她为谢娜倒上一杯开水说："家里没饮料，妹妹就喝点开水吧。"

谢娜二郎腿一翘道："不用这么客气，我只想问一下，你和徐达这对老同学，是不是还藕断丝连？"

刘筱雅听这话，不觉怒火中烧，但还是克制住了："你这话就太多心了，我恨他还来不及，断就断了，哪来丝连？再说，我已是黄脸老太婆了，他是个老板，我想和他丝连，只怕他不肯呢？"

"你少给我装蒜，就算他对你没有爱情，那也有怜爱。"谢娜说着，从包里掏出徐达的新房产证，和一张已签好名的"赠予书"，往茶几上一摔："自个看吧，你胃口挺大的嘛！是不是你整天缠着徐达干的？好大的手笔，一出手就是一百三十平方米，幸亏我发现得早，要不，他可能等装修好了再给你吧？"

谢娜说了一大篇，刘筱雅听得一头雾水。她拿起房产证和那"赠予书"仔细看了一下，这才想起徐达以前说要让她看房子，她没答应，徐达就说买了送给她的事。她没想到徐达真的很快履行了他的承诺。

"是你让他买的吧？"谢娜追问道。

刘筱雅本想否定，说自己没有。但怕这样，谢娜会把责任全部推到徐达身上，影响他和谢娜的关系，她宁可自己承受委屈。

想到这，刘筱雅冷冷道："是你自己偷来的，徐达不知道吧？"

"是的，不过不是偷，在自己家翻出来的，怎么能算是偷。把本不属于自己的东西占为己有，那才是偷！徐达还没来得及给你，就被我发现了，发现的真是及时啊！"

刘筱雅道："算是我让他买的吧，不行吗？他现在是老板，是他害得我们娘儿俩受尽了折磨，甚至置我们母女的生命于不顾，向他要套房子，有什么不可以？他是孩子的父亲，他有这个义务！"

谢娜没想到刘筱雅之前还是客气的，不一会就判若两人了。她哪知道，刘筱雅也不是省油的灯。谢娜拿起房产证就往刘筱雅头上猛砸了一下。刘筱雅也不示弱，拿起放在桌上开水杯就往谢娜身上倒，谢娜连忙脱下外套，扔在桌上，又欲和刘筱雅拼命。刘筱雅连忙拿起一玻璃杯，吼道："你给我滚，刚才开水没倒你脸上算对你客气的了，再给我冲动，我用玻璃杯砸碎你的头。滚不滚？不滚我报警了，告你个私闯民宅，扰乱他人生活秩序和危害他人人身安全罪！"刘筱雅说完，从口袋里掏出手机，就要报警。谢娜连忙拿起衣服，用手指着刘筱雅道："算你狠，我们没完！"说完，摔门而去。

012　争吵不休

谢娜走后，刘筱雅心里也颇不宁静，心想，徐达可真认真啊！这同时也说明他对自己有悔过之心，有一定的担当。可他已是有家室的人，怎么能这样做呢。更何况是瞒着老婆，又被谢娜发现了，这不是如同捅了马蜂窝，如同晴天一个霹雳吗？自己不是拒绝了他的好意了吗？可她越想越伤心，自己一辈子受尽委屈，现在又被老情人的女人找上门来数落了一顿。她连忙给徐达打电话，告诉他谢娜已知道他买房子的事，以及谢娜找上门来兴师问罪的经过。又说了她如何为了缓解他们的关系，承认是自己主动要求他买房的情况。徐达一听，也有点惊惶失措，但还是镇定了下来。他对刘筱雅说，不要担心，他一定能摆平这事，且一定会给她们娘俩一个安居之地。刘筱雅只得放下电话，又伤心又担心，心想说什么也不会要徐达送自己房子，无论他的态度如何坚决。

果不其然，徐达晚上下班，一回到家里，就见谢娜一个人躺在床上看电视，旁边电脑也开着。谢娜本想等徐达回来，自己假装什么事也没发生，她倒想看看徐达向她坦白不坦白。自己不主动问他，以显示自己的大度。可一想，刘筱雅能不告诉徐达她去家里大闹的事吗？既然瞒不住，也就没必要玩大度，而且这种大度已超出了她的底线，想强作大度都难。

徐达问谢娜："儿子小杰呢？"谢娜一边看电视一边头也不回道："在姥姥家呢。"

徐达道："你不在家时，偶尔让姥姥带一下。在家怎么还丢在姥姥家，自己却在家看电视？"

谢娜道："你以为带孩子不累啊，反正最迟明年夏天，天气暖和一点儿我再不想待在家里了，都快把我给憋死了。我可不想当全职太太。明年小杰也可以上幼儿园了。"

"随便你吧，工作是你的权利，我也没权要求你整天待在家里。"徐达颇不以为然道。

徐达停顿了一下，接着问道："老婆，晚上弄什么好吃的啊？"

"哦，还没有，反正你有钱，要不，咱们一起下馆子？"

"你这是什么话！每天一回来，你总不冷不热地折腾我，你待在家里累，以为我在公司就不累啊？就知道下馆子。偶尔还可以，整天下馆子，还像个家吗？"

谢娜忍不住道："用自己钱为旧情人买房子，咱们还像个夫妻吗？咱这个家还像个家吗？"

徐达道："请你以后别老翻我的东西，你是老婆，不是潜伏的特工！"

谢娜再也忍不住，不觉大哭大闹道："我在自己家里找东西，偶尔发觉了你的不可告人的东西，怎么就成了潜伏的特工了？你一边说爱我，一边花巨款为旧相好买房子，你才是特工呢！要不是我发现，你说不定还要等装修好了再交给她吧？你要是不爱我，我可以成全你们，咱们离婚！"

"你别老拿这个吓我，你要是觉得跟我在一起委屈，我也不强迫你，强扭的瓜不甜。"

徐达说完，走出卧室来到客厅，又点起一支烟。

谢娜说离婚也是气话，她以为徐达会哄着自己。谁知他不吃这一套，或者他真的变心了。谢娜不由怒火中烧，拿起徐达准备赠予刘筱雅的房产证和自己与徐达的结婚证，一起摔向客厅的沙发上。

徐达缓缓拿起房产证，依旧放在原来的柜子里，结婚证却没有拿。他吐了一串烟圈，又慢吞吞说道："为一个房子的事，就要和我离婚。你算是掉进钱眼里了。本来想提前跟你说，但你能答应吗？我只有先买了再说，准备以后向你解释。我房产证刚拿回没几天，没来得及跟你说。如果你是刘筱雅，我也会这么做。"说完站起来，准备外出。

谢娜一把堵住徐达，大叫道："你今天给我把话说清楚再出去。别老不把我当人！"

徐达知道谢娜的脾气，执意出去只会引来更大的争吵，引得小区里的人看笑话。他只得重新坐在沙发上。"说吧，你想了解什么？"

谢娜感觉挺委屈的，流泪道："如果你不爱我，为何要娶我，是为了我腹中的儿子吧？"

徐达道："也可这么说，是为了担当一份责任吧。年轻时，我只有爱情，没有担当，我已对不起好多人，所以我要做一个有担当的人。但感情是可以培养的，我已试着寻找或是放大你的优点，试着去爱你。可你为何总要放大你的缺点，还在我的面前展示出来。"

谢娜道："你对我的担当，我可以接受。即使你不爱我，我也认了。"

"我没说不爱你，我当年为了爱情和事业可以放弃担当，难道我会仅仅因为担当而放弃爱情吗？我对你还是有感情的，而且处在上升、稳定的状态。"徐达道。

"如果你对我有爱，你会瞒着我为旧情人花巨款买房吗？你为刘筱雅可以买房，你也可以为陈菲买啊？"谢娜不依不饶道。

"陈菲有自己的房子。"

"你可以给她钱啊？"

"如果她生活有了困难，我一样会帮助她，只是现在她还用不着，她有几份兼职。"徐达慢慢说道。

"你心里装着另外两个女人，还有没有位置容得下我这个妻子？"

"你的位置，一个顶俩。"徐达忍不住油腔滑调的性格重现。

"你少来这套，你对我只有甜言蜜语，对别人全玩实的。"

"我的都是你的，要分那么清干什么？我欠这两个女人的。你是希望我开心过一辈子，还是希望我愧疚过一辈子？"

谢娜低头不语。

徐达接着又说道："刘筱雅因为我当年的逃避和不负责任，她几乎精神失常。陈菲为了我，做出了更大的牺牲，还把孩子也还给刘筱雅，当然也是我的孩子，你是知道的。我现在有条件对我曾经辜负过的女人作点补偿有什么不可？刘筱雅是租的房子，璐璐也大了，我这个做父亲的对她们娘俩也有责任和义务。她们有好生活，咱们各自相安无事，不好吗？刘筱雅是为了怕影响我们夫妻关系，才说房子是她要的。我现在告诉你，她不是这样的人，我跟她说过为她们娘俩买房子的，她拒绝了。我先斩后奏，准备先买回来，再送给她们。你别怪她，要怪就怪我吧。"

"挺仗义的嘛！"谢娜冷冷道。

"信不信由你。而且我决定给房子简装后，再送给她们娘俩。不知你是否同意我的想法，如果不同意，我就再把房子转手卖了。"

谢娜心想，想考验我的大度是吧？可我有什么理由非要配合你的大度呢？想至此，谢娜脱口道："我不同意将房子给她，更不会同意装修后给她，简直是天方夜谭！"

"好，那房子的事就交给你处理吧，你找中介卖掉。"徐达说完，把房产证递给谢娜道："我现在交给你处理，你满意了吧？我现在去公司有个事，晚上就不回来了，陪客户住酒店。"

谢娜知道徐达今天没什么事，否则下班也不会回来。现在明显是对她的决定不满意。她也不想纵容他，想收收徐达的脾气。于是加重语气说道："公司的事要紧，你先忙公司的事吧！"

徐达走后，谢娜开始坐立不安了，心想即使自己把房子卖了，徐达不贴房子还会贴钱给刘筱雅，自己能看得住吗？与其这样，不如装一回大度算了，她决定过两三天，等周末亲自将房产证和那"赠予书"送给刘筱雅。时间不能太快，显得自己太假。也不能太长，夜长梦多。时间长了，徐达的钱可能早就进了刘筱雅的账户。两三天正好是周末，徐达出差，家里没什么事，正是最恰当的时间。

013　女人间的较量

三天后，谢娜打车前往刘筱雅处，她连摁两下门铃。

"谁呀？"这次刘筱雅提高了警惕，从"猫眼"里看一下。

谢娜不好意思对着猫眼，所以刘筱雅什么也看不清，但能看出是一个女人的身影。

谢娜道："不用看，老朋友，不是强盗。"

刘筱雅听出谢娜的声音，于是不再理会。

谢娜又摁了一下门铃，见没有反应，又"咚咚咚"地轻敲门。刘筱雅没办法，心想谁怕谁啊，开就开，你能把我吃了怎么的。

谢娜一进门，却发现多了一个人，是璐璐。因为是周末，璐璐也好久没回家了，准备回来看看妈妈，第二天，再去看看陈妈妈。

陈璐璐认识谢娜，便道："是谢阿姨啊。"

谢娜道："唉，阿姨来的匆忙，是打车来的，也没能给璐璐带点礼物。"

陈璐璐道："不用，谢阿姨。我现在上高中了，难得回家的。"

刘筱雅道："不用，你上次来的时候，那么贵重的礼物，我都收到了。"刘筱雅所说的"贵重"礼物当然是指谢娜登门大闹的事情。璐璐不知道，便问道："什么贵重礼物啊？妈妈怎么能乱收别人贵重礼物呢！"

谢娜有点尴尬，道："你妈真会开玩笑，没有的事。"

见谢娜还站着，刘筱雅居然没有示意谢娜坐下，璐璐感觉有点意外，忙道："阿姨，坐下聊吧。"

刘筱雅只得示意谢娜坐下，让璐璐为谢阿姨倒杯茶。刘筱雅也坐下道："我们家没好东西招待，但来的都当作客人，以礼相待。只有一杯淡茶了。"

谢娜忙掏出房产证和"赠予书"说道："言归正传，上次是我不好。我和徐达一致同意将这房子赠予你们娘俩。你们以前轰轰烈烈的爱情我也听说过，同为女人，我不可能不理解和支持他。"

璐璐有点丈二和尚摸不着头脑，欲张口问个究竟。刘筱雅忙示意璐璐回自己房间学习，自己和谢阿姨谈点事。璐璐只好话到嘴边又咽下。

"不用，人穷不可志短。徐达没这个义务，我也没这个权利。我准备明年向父母和朋友借点，按揭买个房子。"

谢娜道："你们娘俩不容易，尤其姐姐以前吃了不少苦。我和徐达一致决定，等房子装修完了，姐姐选个黄道吉日便可入住。要是姐姐有自己的装修设计和思路，也可按自己的装修风格。钱由我们出。"

刘筱雅不知道谢娜葫芦里卖的是什么药，以为是讽刺戏弄她。却不知是谢娜已改变主意，接受徐达的想法。

刘筱雅道："上次我也不好，妹妹也不用挖苦我，我也不希望因為我影響你們夫妻感情。"

謝娜道:"倒沒這麼嚴重,花這點錢我能夠理解。我們的感情是經得起考驗的。"謝娜以為劉筱雅嘲笑他們夫妻感情的危機,忙做出辯解。

"真的不用,徐達這家伙,當年不負責任,現在以為拿房子就可以抵消他的愧疚嗎?"

劉筱雅故意批評徐達,是為了減輕謝娜對徐達的怨恨,這反而讓謝娜有點百思不得其解了。

謝娜不解地問道:"姐姐上次不是說是你自己向他要的嗎?怎麼現在到手了,又要拒絕呢?"

"我那是氣他,看他怎麼想的。沒想到他真的變了,比以前有擔當多了。我怎麼可能會要呢,要我是她的老婆,我是你的角色,我絕對不會同意他這麼干的。"劉筱雅故意說道。

謝娜欲做好人,便道:"那也要看什麼事,如果我有姐姐的遭遇,姐姐是我角色,我想姐姐也會援助我的。我相信姐姐是一個為人大度和通情達理的人。"

劉筱雅故意道:"不會。"氣氛一時有點尷尬,謝娜不知所措,於是說道:"我一會要回去了,東西先留下。"說完起身欲走。劉筱雅忙收拾好東西,要謝娜帶走,謝娜靈機一動道:"姐姐這樣就是記我上次的仇,今天徐達交給我的任務,我不能不完成。你要是拒絕,下次跟徐達說吧。這東西我不能帶走。"

劉筱雅只得說:"我知道妹妹是真心的,徐達也是真心的,但我不想要你們的房子也是真心的。"說完還是將東西塞進謝娜的包里。謝娜只得告辭。

谢娜走在路上，气不打一处来。心想自己想成全他们的好事，姓刘的还故作清高，不领她的情。但也不能完全放弃，让徐达"暗送秋波"贴钱给刘筱雅，自己说什么也得卖个顺水人情。

第二天，徐达出差回家，谢娜就向徐达说自己想通了，不会把房子卖掉。说自己亲自将房产证和"赠予书"送给刘筱雅，刘筱雅不肯要。谢娜的脑子里打什么算盘，徐达当然看得出，谢娜是怕不答应，他断不甘心，还会想着法子贴补刘筱雅。于是笑道："想通了好呀，可惜人家不领情。她不要就算了，我说她不是这样的人，你别把人家都看得那么坏。我的同学，哪一个不是铮铮铁骨，都是'富贵不能淫，贫贱不能移，威武不能屈'的好汉！"

"拉倒吧，是你们早就串通好了，来个欲擒故纵吧？"谢娜噘着嘴生气道。

"你看你，我就说吧，你总喜欢以小人之心度君子之腹！我想送房子给别人，你有意见。别人不要，我现在也不想送了，你还有意见。"

谢娜道："你这是对我有意见，故意气我，然后另寻新欢，门都没有！"

"你看，说你不上道，行了，我不说了。"

"要不明天，咱们一起去送给她吧，这样显得更有诚意些。"

"我可不敢去，她租的房子，过一会换个地，过一会换个地。也不知现在搬到哪个地方了，我也不清楚。"

谢娜鼻子都给气歪了，一边生气一边忍不住笑道："你少在这装蒜，她没搬家，在老地方！"

"老地方在哪？我真的忘了。"

"你少装鬼，你要找她，可以打她手机，即使在天涯海角，你也能找到她。别假装敬酒不吃吃罚酒。你要是真不想给，那我可改变主意了，马上就去房产中介登记，把房子给转了。"谢娜说完故意要带着房产证出去。

徐达忙一把抱着谢娜笑道："小妖精，别折腾你老公了好不好，我明天再陪你去一趟。"

谢娜用食指戳着徐达的脑袋道："少在我面前装蒜！"

徐达道："彼此彼此吧。"

第二天上午九点多，徐达和谢娜又一起去刘筱雅家。刘筱雅总算领略到夫妻已达到共识，知道是真心要送给她一套房子，但最终还是拒绝了他们的好意。谢娜和徐达只得快快而归，各怀各的心思。回到家里，谢娜道："要不，等房子装修好了，先放在这，待璐璐大些再给她们不迟。就说是给璐璐的。"徐达答应道："只好如此了。"

谢娜是不是真这么大度？不是。她是怕刘筱雅不接受房子，徐达心里不踏实，毕竟刘筱雅曾是他的女人，璐璐是他的孩子，这是不争的事实。如果她们过得不好，他一样有其他方式弥补，或是经常去看她们。这样反让她心里不踏实，不如遂了他的心意，让她娘俩生活无忧，或者生活得更好。他心情好，对自己自然会更好。俗话说得好，江山易改，本性难移。把他逼急了，生活不开心，他一样可以"四进四出"爱情围城或婚姻围城。

014 老公弟弟大胆向嫂子表白

最近，王强所做的外墙涂装工程，刚刚结束，离下一个工程开始估计还有一周多的时间。他难得和弟兄们聚在一起喝喝酒，放松放松。

他和弟兄们约定，都给家里寄点钱。虽然自己还欠着债，但他还是决定先给家里父母寄两千块钱。老板每年在年底都会把工钱结清的，他这小老板，也只有等上面的大老板跟他结账，他才能给弟兄们发报酬。平时如果有急用的，老板也可以预付一点儿，总体来说，他们现在的工程大老板人还算诚信可靠，比那白拿他钱的坏女人好多了。那案子到现在也没破，都过去两个月了。想想自己的钱成了泡影，王强总是借酒消愁，常酩酊大醉。弟兄们知道强哥的心情，都劝导他。说他有一个好嫂子，有一群好弟兄，明年再好好干，何愁挣不了钱，娶不到老婆。

有时，王强酒后冷不丁冒出一句："要是娶到像嫂子这样的好老婆，真是一种福分，可惜我哥与她有缘没分，为了另一个女人进了高墙，害我嫂子一人受罪。"

众兄弟都劝王强不必悲观，要保持乐观的心态。王强每喝大醉，弟兄们都不敢让他一个人回嫂子的住处。王强常和弟兄们挤在一起。一日，王强突然意识到，自己三天没回住处了，总共也就六七天假期。所以这天他没敢再喝酒，说回家看看嫂子，看有没有需要帮助的，或是陪嫂子出去遛遛也好，她一个人整天待在家里，也够郁闷的。

"嫂子，我放假了，有时间多陪陪你。"王强一回陈菲那，就冲陈菲叫了一句。突然觉得说得有点不妥，有点不好意思。陈菲正在上网，冷不丁听到一声，着实吓了一跳："想吓死我呀！"陈菲接着道："那该好好休息，你负责采购，嫂子给你好好改善伙食，你白天都是在工地上吃，能有什么好吃的。"

"那是。嫂子，家里有什么需要帮忙的，您尽管说，我还有三天假期。工程刚结束，我和弟兄们在一起疯了几天。要不，我出去多买点米回来，省得我不在，你出去也不方便。"

"哎，明天再说吧，嫂子也不能指望你一辈子。生存问题，我得自己解决。"

"可我在这一天，就希望能与嫂子分担一点儿，即使我以后住外面了，嫂子有事，打个电话我立马就到。"

陈菲着实是感动，不再推辞，只是轻轻道："你和你哥，都是好男人。"

"好久没带你出去逛逛了，我带你出去逛逛附近的超市吧。推着轮椅，沿大马路人行道走，让你也看看一路风景。"

"一个人步行也得走二十分钟。你推着我，我倒是乐意，你不累吗？"

"不累，干体力活的，有的是力气。"

陈菲欣然接受。

陈菲看了一下手机，时间也才下午两点多，逛逛超市，正好买点菜和生活用品，然后打车回家。

陈菲坐在轮椅上，也能感受到后面高大的身影。即使是身影，她也能感觉到身后的人如王凯一般，心想如果此时推着自己的是王凯该多好啊！两人一边走一边聊，陈菲问王强最近有没有谈到合适的女朋友。王强笑道，哪有那么容易碰上。而且工程一直忙，跟打游击似的，一会到这一会到那。家里也给介绍过，但他不是一个居家的人，不能害苦了别人，最好找一个在外的打工妹，共同打拼，共同生活才好。陈菲称说得有理，叫他让其老乡们多多关照，看有没有熟悉的。说王强已老大不小了，已过而立之年了。王强只是笑而不语。

"还有一周，就要过春节了，你不回家吗？"

"咱们工程有时间限制，要赶工期的。不是想回家就回家。可怜我父母还是两位老人过年。"王强说到这，不觉声音有点哽咽。

"没事，一有时间，你就到嫂子这。咱好歹也是一家人，一起在他乡过个节。"

王强称，"一定，一定。"

陈菲问道："唉，好久没你哥的消息，也没能去看他，他一个人在外过春节，也不知是什么滋味。"

王强道："上次不是和你说过，我哥还好。他让你保重身体，让我多照顾嫂子，让你不要等他，好好地过自己的生活。"

陈菲叹口气道："又说这样的浑话。我不等他，我还能等谁？他是我活着的唯一希望。璐璐我也还给人家了。是人家的，终究是人家的。我的命怎么这么苦啊！"

"嫂子……"王强突然涨红了脸，结结巴巴道："嫂子如果不嫌弃弟弟，弟弟愿娶你为妻。"

陈菲不觉大吃一惊，突然将轮椅打了个一百八十度，她望着王强道："弟弟，你当我是什么人？你又是什么人？敢夺兄弟之妻！"

王强不觉有点惊慌失措道："嫂子不要误会，哥哥的意思是你如果找到合适的，一定不要等他，也不要找他，他不想你一个人受苦。如果我们能够真心相爱，他说也可以。本来我对嫂子只有敬畏和尊重，没敢想太多，也觉得不合适。我也试着自己找别的女人，但我现在对别的女人真的失望了，像嫂子这样的，我去哪里找啊？如果嫂子能谈到合适的，我也真心祝福。可嫂子一门心思放在我哥身上，他不忍，我也不忍。我对嫂子是真心的，当然，这是双方的事，如果嫂子看不上小弟，我也没办法。我还是你最忠诚的弟弟。"

王强一口气说这么多，陈菲反而无话可说了。她相信王强是真心的，王强身上也有好多王凯的优点和特点。看着王强，陈菲有一种莫名的安全感和踏实感。她说不清是王强本身给她的感受，还是她将王凯的身影和特点硬往王强身上塞。究竟是自己一直把王强当王凯，还是王强把自己当作他梦中理想伴侣的化身，她说不清，她也无法说爱不爱王强。当她想到他是王凯的弟弟时，她对王强就有一种长嫂如母的爱惜。有时拿王强当王凯看待，她会有一种想靠在他肩膀上的冲动。她自己都无法弄清楚这些情况，又怎么能答应王强呢。她只能对王强说："弟弟是个好人，但我们肯定不合适，何况我和你哥也没离婚，于情于理于法皆不容。"

王强道："哥有签好字的离婚协议。"

陈菲道："早让我撕了。"

王强笑道："你撕的是复印件，哥太了解你了，他写了两份签了字的协议，说是保险。同时还让我复印了一份。"

王强的一番话，让陈菲感动得泪流满面，泣不成声。陈菲痛哭道："王凯，我一定要等你回来。"

王强道："嫂子，实话对你说吧，那离婚协议，是哥早就给我的。我后来也只看望过他一次，再后来，就没他的消息了。如果我知道哥在，我断不会有娶嫂子的想法，没有哥的授意，我也没这个胆量。嫂子，别傻了。我哥他是一个孽债，欠你的来世一定让他偿还。"

"不可能，你别欺骗我。欺骗我，也是欺骗你哥！好好的人在监狱，还能消失了？"

"如果我知道哥的确切消息，我就是不做工程，我能不带嫂子去看哥吗？"王强也痛哭起来。

陈菲道："我不管你说的是不是真的，总有一天，我要一个人亲自去看望你哥，如果真的找不到他，我也从此消失了。"

王强激动地拉住陈菲的手，突然又觉失态，赶紧松了手。他对陈菲道："嫂子，我虽然文化没你高，但我也明白一个道理。作为人，不只是为爱人、为家庭而生，也是为自己而活。我哥不小心犯了法，让你们有缘无分，不是你的错。你应该好好地活着。人最宝贵的是生命，生命属于我们只有一次。我们每个人都有权利和义务好好地、坚强地活着。如果按嫂子的想法，像我们这般辛苦的兄弟还有什么好活的？"

"那不一样，你们心中还有爱，有家庭。而我没有了知心爱人，也没了亲人。一个人活着有什么意思？"

"嫂子，还有我，就算你看不上我，至少你也还是王家的媳妇，你不想看看公婆，尽一个做媳妇的义务吗？你必须活着。"

王强的话一下子触动了陈菲的内心。是的，自己是王家的儿媳，不能照顾王凯也有照顾公婆的义务。如果王凯不和自己谈恋爱，也许他不会认识夏晓杰。如果不认识夏晓杰，也不会犯罪，自己也欠这一家人。可自己连自己都照顾不好，有什么能力去照顾公婆呢？欲生不能，欲死不能。陈菲不觉痛哭道："我连自己都照顾不好，就是想尽做儿媳的义务，可我又能干点什么？"

王强道："其实做父母的也不奢望得到晚辈多么周到的侍候和照顾，他们看到晚辈好好地活着，快乐地生活，就是他们最大的幸福。你不好好地活下去，既伤了我哥，也伤了我的父母。你的生命不只属于你自己，也属于我们全家。"

陈菲总算止住了哭，掏出纸巾擦眼泪。王强道："我只是希望嫂子能给我一个机会。如果相处得来，我将正式娶你为妻。如果嫂子对我爱不起来，我还是会多关照嫂子，希望你能找一个合适的伴侣，好好地活着。"

陈菲岔开话题道："快走吧，路人都看着我们呢，人家还以为是娘俩吵架呢。"陈菲不觉笑道。

王强脸上的泪还未干，却也笑道："嫂子没那么老，人家最多以为是小两口吵架呢！"

王强边说边将轮椅转了个一百八十度，继续推着陈菲向超市走去。

陈菲又补充道："你还是适合找一个年轻的，我比你大，我是一个苦命的人。我害了你哥，不能再害你了。何况我真的还忘不了他。"

王强道："年龄不是问题，你就当我是我哥好了。"陈菲不语。

到了超市门口，但见行人、车辆络绎不绝。虽说离过年还有几天，但大街小巷已是张灯结彩。有在超市门口散传单的；有在搭起的简易舞台上说笑、唱歌搞促销的；还有拎着大包小包卖各种小商品的小贩，更多的是人们推着小车向出租车或私家车里放年货的，煞是热闹。超市的大门两侧已挂起四只崭新的大红灯笼，还有一些宣传条幅。王强推着陈菲进了超市，大约过了一个小时，他们才逛了个尽兴。出来时陈菲自己推着轮椅，王强推着两辆满载货物的小车。一出超市大门，王强便叫了辆出租车，向陈菲住处驶去。

好久没有人陪自己逛街了，陈菲心情也好了许多。她突然想起，这么多东西却没有人陪着自己吃，不觉一阵心酸，冷不丁冒出一句："再好的东西，也没人陪我共享。"

王强道："唉，嫂子你又来了，快过年了，保持好心情吧，强作欢颜也行。"

陈菲微笑道："你和你哥一样，不同于一般的在外打工者，说话总文绉绉的。"

王强笑道："我和我哥都爱看书学习是真的，虽然家里穷，也没上什么学。我哥还上了高中，我初中毕业就打工了，因为要帮我哥完成学业。我是自学才考了个高中学历。"

陈菲笑道："我那大学，也没学到什么玩意，玩掉了。我是想学学不下去，就是个混子。"

王强笑道："可惜了，估计嫂子不是个死读书的人，是活学活用的人。我看嫂子不是一般的聪明。"

陈菲微笑道："去去去，少拍马屁。"

回到家，王强打下手，陈菲烧了几个小菜，陈菲破例陪王强喝了点白酒。王强虽说与弟兄们没事时，总是尽情而醉，但和陈菲在一起，还是不敢多喝，只喝了三两，陈菲也最多半斤。王强说自己不能喝了，但陈菲却借酒消愁。她好久没有人陪着好好醉一回了，一时兴起，非要王强再喝点。说一定要一醉方休，难道怕我这黄脸婆吃了你不成。王强只得招架。不一会儿，二人双双趴在了桌子上。约莫过了半个小时，王强好歹酒量大些，醒得早些。他睁眼一看，陈菲仍趴在桌上，面红耳赤。客厅并没装空调，他知道酒喝多了，一时人感觉是热乎的，半小时后肯定会发酒寒。王强只得抱着陈菲回到她的卧室，帮她脱掉外衣，盖好被子，打开空调。然后自己一个人回房间睡了。

王强回到自己房间，却睡不着了。他不知道自己对嫂子到底是爱多一点儿，还是爱怜多一点儿。总之，他觉得嫂子一个女人，腿脚又不方便，一个人生活得够苦的。

陈菲第二天醒来，才知道自己昨晚确实喝多了，她不放心王强，轻轻拧开王强的房门，却见王强睡得很沉很香。虽然说他们昨天都喝多了，王强虽然说过爱自己，但在自己未敢对其言爱之前，王强确实很君子，没有乘人之危，一个人独自睡了。她对王强有了更进一步的敬意。

早上醒来，陈菲洗漱完毕，喝了一杯加热的牛奶和几片超市里买来的面包，打开电脑干一些工作。她没有叫王强吃早饭，只是希望他能好好休息，睡到自然醒。

王强醒来，已是上午九点多。他快速洗漱完毕，便拿起拖把拖地，一会儿又用抹布擦桌子和橱窗等。陈菲在里屋听到动静，忙出来看个究竟，当看见王强忙得热火朝天时，不觉感动得泪眼婆娑。

陈菲悄悄擦了眼泪，对王强道："这么忙干什么，就是干活也得吃了早饭再干。"

"不饿，嫂子。平时我也没时间帮助嫂子料理家务，还有两三天假期，正好又要过年了，总得有个新气象。我别的不会，也就帮忙搞搞卫生了。我就一周的空闲时间，之前在弟兄们那疯玩了三天，耽误了不少时间。"

陈菲道："你不住这里，帮嫂子干点活，我反而舒心。你住在这里，这样忙活，好像当嫂子是外人似的。"

王强笑道："嫂子又多虑了。"

陈菲不觉叹口气道："什么工程，偏偏开始的时间正是人家合家团圆过春节的时候。"

王强笑道："我们都已习惯了。农民工，苦啊，就是苦。但我们要有以苦为乐的精神，否则什么事也干不好，尤其像我们没什么文化的，除了体力活还能干点什么。"

陈菲笑着补充道："你们这同样也是技术活。"

015 如果谣言属实，那又如何

王强在陈菲这没事总是想着法地找些事干，比如什么小电器坏了，他也拿到街上去修。

很快就是假期最后一天的下午了。第二天一大早，他就要和弟兄们奔赴下一个工地，那又将是一个漫长的工期，至少要干三个月。而且那里离陈菲这很远，他也只能和弟兄们住在一起，很少有时间看望陈菲了。王强竟然有点舍不得，他舍不得嫂子一个人孤零零地生活。陈菲也突然有一种不舍的感觉，她承认，王强在这的日子，确实给了她快乐和笑声，甚至给了她生活的信心。但现在她将又重回一个人寂寞孤独的世界。

事也凑巧，这天下午三点多，徐达说服了谢娜，一起去看陈菲。徐达还买了些年货，放在车后备厢里。一边放，一边对冲谢娜笑道："买这点东西，你不会介意吧？好歹我们是同学一场。唉，她现在也挺可怜的。"

谢娜道："不只是同学，好歹也是老情人一场。东西都买好了，还问我介不介意，我反对也是无效的。"

徐达笑道："知道我老婆大度，所以才敢先斩后奏嘛。"

谢娜不觉仰起头，故作深沉道："苍天啊，大地啊，我这是作的哪门子孽，是前世欠你的吗？整天陪我老公看他的老情人，还要我大度。"

"行了，别抒情了。"徐达边笑边将谢娜拉进了轿车。

车很快到了陈菲居住的单元下，徐达却在车里掏出手机给陈菲打电话，还故意捏着喉咙道："喂，是陈姐吗？"陈菲乍一听，还真没听出来。问道："你是谁呀？"

徐达不觉哈哈大笑。谢娜也忍不住笑着用手指戳了一下徐达脑袋，轻声说道："真是鬼头鬼脑。"

徐达一大笑，陈菲就听出来了，也故意道："是徐总啊，什么事啊？"

徐达笑道："老同学听说你找了个新男友，特祝贺一下。"

陈菲不觉吃了一惊，忙道："你在哪里看见了？听谁说得啊？"

谢娜知道是自己的功劳，忍不住笑。徐达示意谢娜别大声，然后说道："这个你别管，有没有这事？"

陈菲故意慢条斯理道："要是有人看见了，就告诉他，是我家小叔子王强。他在工地上打工，在外面租房挺贵的，所以我就让他来我家住。"陈菲一边说，一边先摁住话筒，自言自语道：都是些什么人，竟瞎咬耳朵根子。王强正干着活，听到陈菲提到自己的名字，忙凑上来，问道："谁呀，还关心我。"陈菲笑道："一会再解释，你先忙。"说完又松开摁住手机话筒的手。

徐达听不到对方反应，忙喂喂喂个不停。陈菲忙道："急什么，手机信号不好。哦对了，他呀，只是偶尔来罢了，现在已经走了。"

"不在就好，我怕打扰你们，你开门吧，我在你楼下呢。"徐达笑道。一边说一边示意谢娜将买好的大包小包东西带上。徐达和谢娜很快到了陈菲的门外。

陈菲不觉一阵吃惊，心想，这徐达整天打什么主意？怎么来我家的客人都好捉弄我，陈菲有点哭笑不得。冲王强道："是我同学来看我的。"王强示意要走，说不影响他们同学聚会。陈菲不让，示意他坐下，别干活了。

门开了，看见徐达，陈菲并不稀奇，稀奇的是谢娜也来了。陈菲心想，徐达到底想干什么啊，他竟然还能把老婆叫来同往，着实有两把刷子，明知她和谢娜以前是竞争对手。

"姐姐好。"谢娜笑着问候道。陈菲心想，小嘴怎么这么甜了，难道也是徐达调教的结果。徐达带她来，除了看望她，是不是也在显摆他的调教成果呢。

陈菲忙向徐达和谢娜笑道："这就是王凯的弟弟，有几天假，刚才还在帮我打扫卫生呢，和他哥一样勤劳能干。这就是你们传说中的主人公。"

王强忙笑笑，一时竟不知所措，也听不懂陈菲的意思。

看见谢娜拎着大包小包，陈菲知道肯定是送给她的。要是他们自己的东西，完全可以放在车后备厢里。不觉问道："来看我就行了，还买东西干什么？我们前天刚买完年货。妹妹还是自个带回家吧。"

谢娜笑道："是徐达和我的一点儿心意，望姐姐不要推辞。"说完将东西放在客厅靠窗的位置。

陈菲示意他们坐下，为徐达、谢娜、王强各泡了一杯热茶。说道："先喝口水，暖暖身子。"

陈菲道："怎么也不带啸啸、小杰一起来玩玩？"

谢娜道："在他姥姥那呢，小杰太调皮，等他大些，再带他来看姐姐。"

王强感觉有点尴尬，觉得有点多余插不上话，和徐达他们也不熟，只是参加哥哥的婚礼时见过一次，也没什么印象。忙说让他们先聊，自己把剩下的一点儿活干完。

陈菲忙道："客人在，你还要干活，存心让人说我这个嫂子整天让小叔忙个不停。何况今天你是主人公。"

"我，主人公？"王强有点不解。

陈菲说话太直白，让徐达和谢娜都感觉不好意思。

陈菲接着笑道："喏，这是我同学徐达，这是徐达夫人。他们关心我，听说我找了个新男朋友。"

王强红着脸道："大家误会嫂子了，别听别人瞎说，我明天又要到下一个工地去了。"

徐达笑道："也是一个熟人偶尔看到你们，告诉我的。我们倒是真心希望陈菲能有一个新男友，如果她老公不反对的话。唉，王凯是一个不错的同志。"

王强插话道："我哥也是这么想的。"

徐达又笑道："看你这么年轻，估计谣言不攻自破了。"

王强有点尴尬，感觉徐达明显是冲着他和陈菲年龄差距来的，而他最怕这点勾起陈菲的犹豫。

陈菲道："年龄不是问题，关键要有真爱。按老同学的观点，我和王凯就不能走在一起了？"

徐达知道一时说错，忙改口道："不是，不是。"

谢娜也在一旁插话，故意生气道："就是，那你比我还大十几岁呢！"

几个人聊了一会，徐达和谢娜起身要告辞，陈菲说什么也不肯：

"你们要有事，我不留。现在公司也都放假了，吃完晚饭再走。你们难得来一次，好好喝两杯。咱们四个，就我酒量最差。"陈菲忍不住笑道。徐达看看时间，一会儿竟是下午五点多了，便不再推辞。

谢娜帮着陈菲一起弄晚饭，徐达又主动和王强闲聊了起来，问一些工作上的事情。二人渐渐便不再显得生疏，像是多年未见的老朋友。徐达越来越觉得，王强和他哥王凯的性格、谈吐很像，都是挺真诚、勤劳、仗义的人。

不一会儿，晚饭好了，五六个菜，有荤，有素，有汤。

谢娜因为要开车，所以同意徐达尽兴喝了些，自己只喝了点饮料。其他三人都喝得很痛快，但陈菲还是有所保留的，因为有客人在，自己断不能喝醉而忘了和客人打招呼。王强也只是喝了五六两，三人两瓶酒，还剩点。

陈菲虽说没醉，却有醉意，对徐达结结巴巴道："老……老同学和妹妹慢……慢走，我就不远送了。"

徐达叮嘱王强道："知道弟弟是好酒量，下次再聚，到我家，喝个痛快。你把嫂子安顿好，有空常回家看看嫂子。"王强连连称是。

徐达和谢娜走后，王强连忙又将陈菲扶到卧室，王强喝的虽然不算多，但也不少。把陈菲安顿好后，战战微微地对陈菲说："嫂……嫂子，你……你先休息，我先回去把碗洗好，再……再休息。

016 两个单身女人的春节，最后一个男人的离去

大年三十，下午五点多，陈菲一个人也不感觉饿，所以买好的汤圆和饺子也不急于下，只是一个人坐在阳台向下张望人来人往。突然

门铃响了，陈菲想，会是谁啊，年三十还会有人光顾。于是忙推着轮椅出去开门。门一开，是刘筱雅和璐璐。刘筱雅大包小包地拎着东西。璐璐一进门就说："妈，我们陪你一起过除夕，还是人多在一起热闹。"

陈菲赶紧让她们坐下，陈菲道："璐璐，我冰箱里有吃的也有喝的，你自己挑吧。也挑点你妈喜欢吃的点心。"

璐璐道："大冷的天，待会还是弄点热的吃吧。"

陈菲笑道："唉，我怎么忘了呢，硬把严冬当盛夏了。"

刘筱雅道："本来我是想请你到我那去过年，怕你不去。况且我那是租的房子，你这毕竟是自己的房子，在你这更有家的感觉。也没提前跟姐打个招呼，想给你惊喜，又怕适得其反，打扰了你。我和璐璐都商量好 b，除夕我们到陈妈妈这陪陈妈妈，初五我们再请陈妈妈到咱们家一起过。"

陈菲客气道："一定，一定。"

璐璐拉着陈菲的手，两眼直盯着陈菲左看右看，看得陈菲都不好意思了。"看什么呢，璐璐，不认识我了？"

"不是，我看妈妈皮肤更白了，好像更年轻了。"

"什么时候学会说假话、拍马屁了。妈妈老了，都到了豆腐渣的年龄了，还年轻什么啊？"

刘筱雅笑道："可不许这么说，打击一大片。这么说，我也是豆腐渣的年龄呢。"

陈菲一边拉着璐璐的手，一边笑道："璐璐，你先看电视，回避几分钟，我和你妈有事要单独说一下。"

璐璐道："有什么秘密啊，我还没看够你呢，妈，我可想你了。"

刘筱雅道："你先去看会儿电视吧，一会叫你陈妈让你看个够。"

璐璐走后，刘筱雅道："姐，什么事啊？弄得神秘兮兮的。"

陈菲道："筱雅，你跟我不一样，我现在是一个残疾人。你比我年轻漂亮，趁现在找个合适的对象吧，别老是一个人。"

刘筱雅叹口气道："唉，谁会看上我？而且我现在也不想。你让璐璐回到我身边，已是上天对我最大的恩赐了，我还有什么不满足的呢。而且璐璐还在上学，我不想找一个让她不开心的继父。等她以后大学毕业了，我再考虑寻一段黄昏恋得了。"

陈菲道："别瞎想，那得等到猴年马月啊？找一个诚实一点儿的，心眼好点的就行。咱们这年龄，还谈什么爱情啊，就是找一个能处得来，勉强凑合过的伴侣罢了。"

刘筱雅道："陈姐什么时候把爱情看得如此低迷了？噢，咱们才四十出头，就不能谈爱情，只能叫找伴。"刘筱雅想想都好笑。

陈菲道："反正我是失望了，你有信心就好。早点成立一个完整的家吧。"

刘筱雅道："我要找，也要等在陈姐后。等你有了心上人，我再找。到时我们一起办个婚礼，岂不更好。"

陈菲叹口气道："别说那些没用的浪漫的话。爱情和婚姻又不是儿戏，还要等另一对作陪，大胆快速寻找属于你的新的真爱吧。"

刘筱雅感动得泪眼模糊，拉着陈菲的手说："姐，我们永不放弃追求幸福，一起加油，好吗？"

陈菲本是没有什么生活信心了，但不想让刘筱雅扫兴，便抓紧刘筱雅的手心说："一定！"

二人聊了一会，陈菲说我来下点水饺和汤圆吧，都吃一点儿。三人又是一起边吃边聊，屋里总算飘荡着快活的空气。第二天下午，刘筱雅和璐璐与陈菲依依惜别，并一再说明，大年初五，一定会来接陈菲到她们那一聚。并说现在车票紧张，等过了元宵节，还要带璐璐去看看姥姥。

陈菲刚关上门不久，璐璐又急忙敲开门，递给陈菲一张纸条，就又拉着刘筱雅匆匆而去。陈菲打开纸条一看：妈妈，王强叔叔真的不错！好好珍惜。

陈菲看完一笑，心想：这孩子……

三个月后……

王强带领弟兄们完成了当下的工程，离接下一段工程还有七八天时间。王强没有像上次那样疯玩三天。他只歇了一天，便告别工友们，来看望陈菲。王强到陈菲住处时已是晚六点左右，王强对陈菲说，由于工期紧，又在春节期间，老板特意把这期工程款都给了大家。他说怎么也得请嫂子一起到外面餐厅里吃饭。于是，两人就在陈菲所在的小区外马路边一小餐厅落座。王强和陈菲点了几个菜，王强说两人一瓶酒虽然能喝完，但不想让嫂子因自己而大醉，还是少喝点，所以一人拿了一小瓶二锅头。陈菲道："唉，早知道弟弟想喝酒，可以从家里带一瓶。"王强笑道："难得请嫂子下回馆子，还自带酒水，不好。"

陈菲道："日子才好些，就学会死要面子了。这有什么，现在还兴打包呢。"

王强笑而不语，两口酒下肚，王强话又多了起来，对陈菲道："嫂子还当我是弟弟吗？"

陈菲不解，疑问道："弟弟，这是怎么了，难道我拿你当过外人吗？"

王强壮着胆子道："难道嫂子对我就没有一点儿爱的感觉。"

陈菲也是几口酒下肚道："没有，就算偶尔会有，那也会被自己的理性浇灭。于情于理于法都不容。"

王强道："哥一去无影踪，且有离婚协议，弟对嫂有情，如果嫂对弟有意，哪来的情、理、法不容的道理？"

陈菲一口将剩下的酒干了，说道："这点酒，喝了一点儿醉意没有，没意思。老板，拿一瓶白酒来。"

王强劝慰道："嫂子，喝点就行了，要喝下次我在家陪你喝，一会还要回去呢。"

陈菲道："这么近，你怕什么？走几步就到家了。反正你的酒量大，用轮椅推着我回去就行。"

见王强不作声，陈菲道："你不会舍不得一瓶酒吧，那还请嫂子吃什么饭。"

王强道："哪里哪里，我在嫂子家，长嫂如母，待我恩重如山，我怎么会舍不得酒，我是替嫂子的身体着想。"

王强只得让服务员又拿来一瓶白酒，之前的小瓶二锅头，也就二两。王强见陈菲喝完，只得陪着干完。

王强拧开酒盖，一边为陈菲和自己斟酒，一边对陈菲道："既然嫂子对哥痴情不改，总是无望地傻等，折磨自己，我也没办法。但我也就死心了，实话对你说，我最近交了一个女友，但因为我对嫂子还抱有幻想，一直没敢深交。既然嫂子下不了决心，那我就另找女友了。还有两三天假，但愿能为嫂子做点什么，以后我就出去住了，不会住在这里了。但有空，我还是会来看你的，你自己要多保重。"

王强其实没有交女友，只是拿这话试探陈菲，如果陈菲生气，说明她对自己还是有那份感情的。

陈菲轻呷了一口酒，对王强道："是吗？那该祝贺弟弟，有时间带她过来给嫂子瞧瞧。在外面交上女友，还在嫂子这里显摆，说是对我有情，让嫂子情何以堪。你比你哥可狡猾多了。"

陈菲不得不承认，虽然她对王强有不错的好感，但她毕竟没有爱他的勇气。一个比她小得多的年轻人，还是她深爱的老公的弟弟。她不能光听别人说没有了王凯的消息，到底怎么回事，等天暖和些，她要亲自打听王凯的下落。哪怕她的等待永远是一场梦。但当听说王强找了一个新女友时，瞬间，她没有祝福的心意，却有一份醋意和伤心。她不明白自己到底是怎么回事，难道自己真的有点爱上这个小叔子了吗？她想想荒唐、可笑，也不为自己的情感和理性所容。但失落、醋意和伤心，着实是存在的，她的心在痛，在滴血。她无法预知和把控自己的命运，只感到很无奈、无助、落寞和伤心。于是她又一口喝掉了杯中的酒，足有三两。加上之前的二两小瓶二锅头，陈菲已是半斤酒下肚。

王强也将刚倒下的一杯酒一口下肚，不一会儿，也是脸红耳赤。陈菲却已是头昏脑涨，半斤酒对陈菲来说，若是平时也不算多，只是今天喝得猛了些，不觉趴在桌上不能动弹。王强还好，这点酒对他来说，虽然喝得也猛了些，但也还能挺住。他叫服务员倒了两杯开水，让陈菲喝点水。陈菲却怎么也不吱声，但见她轻声叫道："王凯，王凯，你为何这么狠心，抛下我一个人不管，你什么时候回来呀？"

王强稍歇了一会，只得扶着陈菲坐上轮椅，推着她回到了家。

陈菲刚一到家，就捂着嘴，手直指卫生间。王强知道陈菲大概要吐了，便又扶着她进了卫生间。王强刚一转身，就听陈菲"哇"的一声，吐了出来。王强看着心痛，等陈菲吐完，漱完口，先将她扶到客厅沙发上，休息一下，又为她冲了一杯浓茶。

王强又打好热毛巾，给陈菲擦了一下脸。问道："嫂子，现在吐了，好点了吧？"

"嗯，好多了，吐了，心里也痛快多了。"陈菲无力答道。

"哎，嫂子何必喝那么猛，折磨自己。"王强道。

陈菲呷了一口茶，看着客厅里的灯光，不觉问道："什么时候了，怎么这么快都开灯了。"

"嫂子，快八点半了。"王强答道。

"这么快啊，记得出去时才是夕阳西下，现在却已是华灯初上。我就这样被岁月无情地催老了。"

"嫂子才四十多，正是壮年，哪算得上老。"王强应道。

"我，累了。还得麻烦你扶我上床休息。"

王强扶陈菲上床，将刚倒好的茶放在了床头柜上。

"嫂子渴了，床头有水。"

陈菲一躺床上，便昏昏欲睡了。王强返回客厅，燃起一根烟，边抽边慢慢地吐着烟圈，脑海也是思绪万千。嫂子太苦了；嫁给哥哥不久，哥就进了大牢。本来想了却哥哥的心愿，希望她重新找一个人，好好爱她，她却不为所动。他也曾想以哥哥的影子形象，替哥哥照顾嫂子，可嫂子却总是给他似是而非的回答。他知道嫂子也想追求自己幸福的生活，只是下不了决心放下对哥一片痴情。他在待在这里，也不太好。

王强对陈菲不放心，抽完烟，又回到陈菲卧室，对着陈菲叫道：

"嫂子，嫂子！"

见陈菲没有应答，王强想摇摇陈菲，又觉得不太合适。便又对着陈菲的耳边再次叫道："嫂子，嫂子。"

陈菲道："瞎叫什么，老婆不能叫啊？"

王强不知道陈菲说的是真话还是醉话，他宁愿相信一次是真话。他刚想亲吻陈菲的额头，冷不丁陈菲又叫他："王凯，你怎么去了这么久才回来啊？"

见陈菲没什么事，王强只得羞愧而痛苦地返回自己的卧室。

第二天，一大早，陈菲醒来，却发觉茶杯下压着一张信纸：

"嫂子，我走了，我还是和弟兄们住一起吧。以后可能还会来看你，但可能不会常来。你自己要多保重，一个人坚强地活下去。欠你的钱，我会在三年内还给你。谢谢你在我最困难的时候，给我信心和帮助。"

陈菲看后，不觉眼睛模糊一片，失声痛哭。

017 夏晓杰刑满出家，暗里指点陈菲惜红尘

八年后，夏晓杰因在狱中有立功表现，提前出狱。出狱后，她万念俱灰，慕名来到 K 市的静心庵，决定剃度出家，了此一生。静心庵的弘一师太接待了她。

弘一师太问："小施主缘何出家？"

"唉，"夏晓杰长叹一声道，"小女一来罪孽深重，二来看破红尘，望皈依佛门，普度众生，洗净孽债。"

弘一师太道："我看你泪眼婆娑，面露忧色，凡尘未了，不宜出家。"

夏晓杰道："不，我意已决，望大师收留。"

弘一师太道："家中可有父母兄妹？可曾知晓你要出家？"

夏晓杰道："父母都健在，有一弟，已成家。"

弘一师太道："父母兄弟皆在，却无视父母兄弟之牵挂，此为大不孝。此处不宜留施主，除非你了却尘缘，脱尽凡尘，尚可考虑，你且回去吧。"说完弘一师太一甩袖，持拂尘而去。

夏晓杰失望至极，又匆匆转道回家。

父母其实也是听监狱领导说过，夏晓杰将提前出狱。父母、弟弟，这几天，天天站在村口望，就是没女儿的影子，打电话给监狱领导，说她三天前就出狱了。

这一天，夏晓杰的爸妈照旧在村口张望，等待女儿能够奇迹般地从天而降。

近了，更近了，一个似曾熟悉的身影在眼前浮现。当夏晓杰走到父母面前时，双方先是怔了怔，然后夏晓杰和母亲几乎同时伸出双臂，紧紧拥抱着。母女俩失声痛哭，泪流满面。弟弟也在一旁不停地抽泣着。弟媳妇林丽对这个不曾见过面的姐姐，也陪出了几滴眼泪。林丽旁边还立着一个六岁左右的小男孩，叫涛涛。看着一家人哭哭啼啼，涛涛则充满好奇地看着他们，忽闪着一双乌溜溜的大眼睛。

一家人经过一番促膝长谈，终于破涕为笑。庆祝一家人从此团圆。

夏晓杰和弟媳林丽一边张罗着烧午饭一边想着自己的心思，她不知该怎么向父母开口。

在家里小住了几日，弟弟依旧要上班。弟媳林丽则在家照顾着农事。弟媳也不再像开始那么热情了，总说些指桑骂槐的话。

"我二十岁就嫁给你弟了。说实在的，如果一个姑娘家，尤其像咱们农村的女人家，要是二十四、五还不嫁出去，总觉得自己像是没人要似的，挺丢人的。即使没有婆家，也会自己出去打工，绝不会还和父母待在一起的。"林丽慢条斯理道。

夏晓杰道："妹妹莫急，我不久就离开家，离得远远的，永远不回来。"

林丽道："姐姐多心了，我这不是和姐姐谈心么，我是指我娘家村里有这么一个女子，别人给她介绍对象总是挑三拣四的，都三十小几了，还跟父母在一起。女人嘛，找个差不多的男人，把自己嫁了，就是一种幸福，你说呢？"

夏晓杰微微一笑道："要是有的女人终身不嫁呢？"

林丽用惊讶的目光打量着夏晓杰："不嫁？那不成了老姑娘了？丢人！我说姐姐，你不会说你永远待在家里不嫁吧？"

夏晓杰苦笑道："不嫁也不一定不上班，天天白吃家里的。也不一定天天待在家里，可以出家啊。"

"做尼姑？姐姐不会是说闹着玩的吧？"

"不是，我回来，向父母弟妹道个别而已。"说完夏晓杰"吧嗒吧嗒"掉下泪来。

林丽看夏晓杰不像是说着玩的，连忙一路小跑，告诉夏晓杰的妈："涛涛他奶，咱们家姐姐，说要出家当尼姑，这可怎么得了，丢死人了。我怎么这么倒霉，嫁给一个尼姑的弟弟！"

夏晓杰爸妈一听，急急忙忙从家门口的菜地里赶回来，夏妈妈问道："晓杰，你说的可是真的？都什么年代了，还兴这个。"弟弟得知，也在一旁调侃道："姐姐，玩时尚也不带这么玩的！"

夏晓杰"扑通"一声，双膝跪地："爸，妈，是女儿对不起你们的养育之恩，女儿已心如死灰，你们就成全女儿吧？"

见女儿去意已决，夏晓杰父母要给夏晓杰点钱，夏晓杰执意不要，说身上的钱够路费的。只带了几件换洗的衣服，向父母磕了三个响头，并一再叮嘱弟弟，要善待父母。然后便匆匆离家。

再次见到弘一师太时，弘一师太见其已无忧虑之色，并且出家意已决，便同意正式收其为弟子，赐号妙然。夏晓杰成了一名正式的尼姑。

就这样，夏晓杰在静心庵一待就是三年，日日吃斋念佛，倒也清静。然事隔这么多年，她一直想去看看陈菲，便向师傅告了几天假，说是要下山走走。弘一师太慨然应允道："静心庵，是修身养性清静之地，但也绝非与世隔绝之地，徒儿去吧。"

夏晓杰千恩万谢，告别师傅，稍做准备，便一身尼姑打扮，直奔陈菲的住所。

夏晓杰参加过陈菲的婚礼，也知道陈菲买的新房是在东海边的一个复式小楼房。当她经过她家时，适逢陈菲推着轮椅，披头散发，坐在轮椅上一步一步向海边推去。夏晓杰忙跑到陈菲的前面，双手合十，置于胸前，慢慢道："施主此欲何为？"

陈菲用惊奇的目光打量着眼前这位年轻漂亮的尼姑，好像在哪里见过，又好像从不认识。

陈菲道："您是？"

夏晓杰道："小尼妙然，云游至此，多有打扰。"

陈菲不再言语，继续推着轮椅继续向海边走去。

夏晓杰赶紧一步，拦住陈菲，双手合十道："施主还未回答我问题，此欲何为？"

陈菲道："往去处去。"

夏晓杰道："大路千万条，何独行此路？"

陈菲含着泪道："对我而言，独此一路。"

夏晓杰道："可见施主心胸不够开阔，心宽则路广。人生短暂，何必怠慢了自己？"

陈菲道："人生虽短暂，苦海却无边，留得性命在，忧痛长连连，又何必折磨自己？"

夏晓杰道："生老病死，喜怒哀乐，皆人之常情。归根结底，人都是为自己而活着。爱也罢，恨也罢。那都是自我以外的东西。人生的最高境界，就是自我的修性，自我的存在。施主，其实有时往回走要比一直向前走，路会更加宽广，望施主珍爱生命，善待自己。"说完帮着陈菲，将轮椅转了一个一百八十度，缓缓向她家送去。

陈菲道："谢谢大师指点，我心已空如大海，从此，即便是随波逐流的浮萍，也要一直飘摇下去。"

"施主多保重，小尼去了。"说完便双目微闭，一掌置于胸前，一手捻动佛珠，漫步而去。

018　日记里的思念

陈菲在王凯刚入狱的一年中，先后看过他两次，自从肚里的孩子流掉后，因伤心过度再没去看过王凯，从此便与王凯失去了联系。自从见了妙然（夏晓杰）后，虽心情开朗了，但还是对王凯念念不忘。事隔十年，不知王凯如何，便再次启程去看望王凯。

可到了王凯原来所在的监狱时，那里的人却说王凯早在四年前便被转到另一所监狱了。陈菲一片茫然，又转到另一所监狱。可那里的负责人却说查无此人。陈菲托朋友找关系，四处打听，结果却是众说纷纭。有朋友告诉他，说王凯在六年前，在原来的监狱时，就因病在保外就医时死在医院里。监狱里领导没能联系到他的家人，便擅自火化了。也有朋友告诉他，说王凯在转到新监狱时，因不堪狱霸羞辱和欺凌，在和狱霸及其喽啰打斗时，寡不敌众，不幸身亡。

陈菲本来是决意要找到王凯的，说活要见人，死要见尸。如今朋友带来的消息，让她无法遂愿。想想，好端端的一个大活人，如今却连个确切的消息都没有。想来，不觉肝肠寸断，泪如雨下，加上旅途奔波劳碌之累，回家不久便卧病在床。

陈菲每日茶饭不思，久则面容憔悴。有时托邻居整箱整箱地带点方便面。饿得实在不行了，便喝点白开水，嚼点方便面。

每天醒来，便是为老公写信，寄了几次没有回音，但还是坚持写，哪怕无处可寄。

9 月 23 日

老公，我对不起你。我只在你入狱第一年，看过你两次。此后，不是我不想看你，是因为我们的孩子掉了，我怕你承受不了这个打击（其实，我也承受不了）。我没有勇气面对你，也不知该如何是好。十年来，我无一刻不在牵挂你，可我就是没有勇气去见你，我怕你提起孩子的事。但思念日甚，痛定思痛后，我还是千辛万苦地去看望你，寻找你，可却再没能见到你。道听途说的消息，让我无法相信，找寻不到你，无法印证那些消息是真还是假。如果你还活着，我相信，你肯定会回来，我愿一生为你守候。如果你真的不在了，我愿日日为你祈祷。祝你开心，健康，不再寂寞。

老公，你不知道我有多想你，我梦见你回家时，手捧着一大束鲜花，朝我微笑。只是头发有点乱，胡子有点长，样子有点怪。不过我一眼就认出了你，扑在你的怀里大哭，然后是傻笑，开心地傻笑。儿子则用怪怪的眼神，打量着你。我让他叫"爸"，儿子很听话地叫了两声，你则开心地将儿子举过头，用胡子扎他的小脸。

　　可醒来时，我发觉什么都没有，我急切地找儿子、找你。我看见你和儿子，在海的那边玩耍，我拼命地向你们挥手，向你们喊叫，可你们就是无动于衷。我急切地在海边找了一条船，可无论我怎么奋力地划，船却总是在原地打转。当我急切地醒来时，我只收获了一片潮湿的枕巾，别无所获。

10 月 1 日

　　老公，今天是我们结婚十一周年纪念日，十一年前的今天，我们是多么幸福和快乐。可是现在，你和我却是天各一方，其实已是生死两隔。我忘不了你常对我说的鼓励的话，无论发生什么，都要坚强地活着。是的，我是坚强地活着，可是却活得那么孤单，那么痛苦。我想给你送点衣服，却不知送向哪里。我想给你烧点纸钱，却怕你还活着。不管如何，我会坚强地活下去，期待那么一天，你奇迹般地回来。在我的脑海里，你一直都是活着的。只是出了一趟远门，要好久才能回来而已。每晚的灯，总是亮着，当你回来时，我希望你能顺利找到自己的家门。

1 月 25 日

　　老公，今天是除夕，家家户户张灯结彩，可我们家却冷冷清清。

我把最好最红的对联和窗花，贴在门窗上，也除不去我对你的思念，我的忧伤，我的寂寞。你说过，你最大的愿望，就是在海边有一处自己的房子，和我还有儿子一起看海，看潮起潮落，看春暖花开。可如今只有我一个人在这独饮买醉。家家过年买了许多菜，我也买了许多，可是吃饭的却只有我一人。

每次吃饭，我都盛三个人的饭碗。我的，你的，还有我们儿子的。我一会儿往你碗里夹菜，一会儿往儿子碗里夹菜，饭桌上似乎总洋溢着我们的欢声笑语，我感觉这一切似乎都是真的。每次吃饭，我都吃好长时间，因为我在等你们吃完。可你们总是吃不完。我倒了又盛，盛了又倒。日复一日，年复一年。

老公，不管什么原因，你怎么能忍心撇下我不管，你怎么忍心？我承认，我流掉了孩子，那是我的错，但那也是天意。有时，我真想一死了之，但我又怕有一天，你奇迹般地回来，你看不到我会更伤心。所以，我宁愿痛苦地活着，直到我生命的结束。

以下是十年后，陈菲六十岁生日时的一篇日记：

7月7日（农历）

老公，今天是七夕节，还记得吗？我眺望天空，牛郎织女尚有相见之日，可我们的相见之日，却遥遥无期。我的头发都白了一大半了。如果你回来，我肯定会吓你一大跳的，我都成老太婆了。你呢，是不是胡子留得很长很长，头发也很长很长，像个道长似的。呵呵，糊弄谁呀？

老公，我快撑不住了，从和你离别，到现在已二十多年了。

我现在已垂垂老矣。但是这么多年都熬过去了，还在乎余下的这些日子吗？

……

019　校花的凋零

陈菲七十三岁这年，双腿已完全失去了知觉，上床下地，完全是靠两只手臂的力量，但仍每天坚持写日记，坚持给王凯写信。仍每天坚持坐在轮椅上，推到海边，向海的那边眺望，她知道自己的日子不多了，看来再也等不到王凯回来了。也许，正如朋友早年打听的，早就死了。她有时，一会儿看看海，一会儿翻看以前王凯喜欢看的诗集。那些书，以前是放在二楼的，后来，她因为身体不便，便很少上二楼。她让一个好心的邻居，将她的一些书和用品拿到楼下，平时便几乎不上楼。只有每逢过节前，她艰难地爬到楼上，打扫打扫。

陈菲以前并不喜欢看诗，自从王凯进了监狱后，她便经常翻看那些诗集，因为她和王凯在一起的时间太短，从相识到离别，只有不到半年的时间。她甚至觉得对他还不够了解，就已嫁给了他。她希望通过王凯喜欢看的诗集里，能够更多地去了解他，了解这个比自己小九岁的男人——她的丈夫。

这一年的十二月一日，是陈菲的生日。她却在前一天的夜晚去世了。怎么死的，没人知道。反正邻居发觉时，她是坐在轮椅上死去的。

徐达的孩子啸啸和璐璐帮陈菲处理后事，在整理遗物时，无意中发觉陈菲的床头，有一瓶未喝完的法国产的红葡萄酒。酒瓶下，压着一张纸条，上面有一小段话：

三十年追梦，三十年相爱，三十年相思，三十年寂寞，三十年伤痛，一万年无悔。

下面还有一首小诗：

　　自古伤痛多离别，
　　爱恨情仇何时了？
　　王者竟成相思老，
　　铠甲锈迹尘满弓。

　　璐璐忽然发现一秘密，原来是一首藏头和藏尾诗，不觉一阵心酸，独自一人跑到海边，对着远方呼喊："妈——妈——"。

　　陈菲死后第三年，陈菲曾经的邻居跟人说，时常看到一个满脸络腮胡子，身材魁梧满脸沧桑的老人，在陈菲以前所住的单元楼下张望徘徊，像是等一个人。还时常拨打手机，却始终没人接听。偶见他跟着别人上了楼，打探陈菲的下落，却总遭别人白眼。说没这个人，他才是房主，胆敢再来扰民，便要报警了。后来，这位老人便再也没去过。有人将此事传到璐璐和啸啸的耳里，被告知说是极像年轻时的王凯，尽管蓄了胡子。

　　璐璐对啸啸道："呵呵，谁信啊，弟弟你认为呢？"

　　啸啸长长叹了口气，意味深长道："唉！谁知道呢！"

（完）

跋

　　人生总得有点追求，不只是物质的，也包括精神文化层面的。作为一个文字爱好者，出一本书以寄托自己的思想和情感，是我一直以来的梦想，也是对自己多年来文学创作的一点总结。长篇小说《爱就爱了》写了将近两年（中途因出了交通事故，住院耽误了一些时间），后又在近一年时间内校对了不下100遍，为出版又筹划了近两年时间。在本书即将面世之际，借此感谢那些曾经帮助过我的亲人、同学、朋友和领导以及社会各界爱心人士。因为有了你们，我在生活中看到了曙光；因为有了你们，我在彷徨中多了几分自信；因为有了你们，我在孤独的世界中并不感到寂寞；也因为有了你们的支持，本书才能够顺利出版。最后，请允许我以一句歌词作为本书的结束语："人海中，难得有几个真正的朋友，这段情，叫我不能不在乎……"

潘乾 2020 年 5 月 20 日

序

　　《红楼梦》开篇有诗云："满纸荒唐言，一把辛酸泪，都云作者痴，谁解其中味。"多少年来，我一直有种愿望，有种冲动——要写一本书，让它寄托我的感情。我自己把它定为"自传体小说"。之所以称为自传，是因为它有我的影子，我的思想，我的心路历程；称之为小说，是因为我不想完全拘泥于现实，而是要超越现实，甚至要夹杂一点浪漫主义成分。《林海雪原》的作者曲波说："许多人问我，少剑波是不是写的就是我自己，我说不是，他有我的影子，但却要高出我自己，我是把他当作一位优秀的指战员来写的。"所以，我也要说，书中主人公有我的影子，却是另一个活生生的人。大凡写自传的人都是一些优秀人物，我却要写一个平凡人的"自传"。以残疾人事例为原型的书很多，我写这本书的目的当然绝不会只停留在写残疾人自强、自立，或是呼吁社会关心他们这一层面上。我试图写出各种各样错综复杂的社会关系，人与人之间的关系，以及人们对人生的态度、看法。尤其要刻画一个活生生的，与众不同的另一个典型——平凡而又另类。如果我写出来的东西能给人一点感慨，一点沉思，一点叹息，一点感悟，那么，我也就心满意足了。

我自己把本书定为"自传体小说"，是为了便于写作时对全局的驾驭。但却希望读者只是把它当作小说，这样才能给读者一个更广阔的想象空间。当我写完这本书时，如果感觉自己像是生了一场病，那么我会感到快意和成功。

开 篇

我的朋友阿坤死了，他是自找的。我不知道他是不是到了他所说的"极乐世界"，作为好友，我替他写了碑文：

［阿坤者，江淮人也。阿坤幼时，聪颖好学，尤喜为文，方入蒙两载，便仿古人，赋诗几首，递于其师曰："先生，此可为诗乎？"先生笑曰："不为也，儿歌也。"阿坤面红而退。

阿坤少时，偶得一疾，四方求医，未果。邻人讥之，同窗戏之，师者叹之。阿坤渐显孤僻，唯埋头苦读，以解忧伤。终不堪身心重创，思维日钝，不比从前。然因其勤能补拙，遂不落伍。

名落孙山后，阿坤终日茶饭不思，痛定思痛，东挪西借，对其校长曰："吾欲复读也。"校长曰"不可，无用也。"阿坤曰："吾无悔矣！"校长曰："损我校容，坏我校风，扰我升学率，吾所不欲为也。"阿坤言之再三，校长拂袖而去。阿坤掩面而泣，乃退。

阿坤天性多趣。琴棋书画，吹拉弹唱，无所不好，然终非专心攻之，故并无佳绩，仅能自娱耳。每遇良辰美景，必泼墨挥毫；每得一乐器，必日日撩拨、调弄，虽无人教授，竟也能成曲。

阿坤一生虽所学甚多，然命运多舛，又远离人际网络，郁郁不得志于有司。遂落魄潦倒，便学古之文长（徐文长），放浪形骸，疯言疯语，痛苦之至，以头抢地，偶有骨折，虽揉之有声，竟未能夺命。怪哉！

一日，阿坤散发弄舟于淮河，顶蓝天，迎朝霞，兴之所至，乃击楫而歌曰："抽刀断水水更流，举杯消愁愁更愁，人生在世不称意，明朝散发弄扁舟……"一鹅竟闻声落于小舟之首。阿坤大喜，视之为鹤，遂跨鹅背，欲作"驾鹤仙游"，天鹅奋力，乃展两羽，缓冲云天。忽闻"砰"的一声枪响，天鹅饮猎人之黑弹，凄然一声，载着阿坤，一头扎入深深之河底……

阿坤卒时，年方三十有二。

雨寒先生曰：人潮人海中，潮起又潮落。春风得意能几何？万般皆由天定。古今多少沉浮事，一切皆付笑谈中，何苦作"庸人自扰"。呜呼，哀哉！］

（注：雨寒乃碑文作者网上昵称，也为常用笔名）

送走了阿坤，我心里常常像是积压着重物，作为好友、知音，感觉似乎有一个未了的心愿在折磨着我。我终于下定决心要把他的"一生"，其实是半生写出来。

童年篇

公元二十世纪七十年代四月的一天，一户王姓人家传来一声清脆的婴儿啼哭声。守候在年轻母亲身边的一位年过半百的阿婆高兴地奔向门外："狗子（孩子爸爸的小名），俺闺女替你生了个大胖小子。""真的？太好了。"说完就要冲向房里看儿子，却被接生婆挡在了门外。"你婆娘需要休息，不要惊动她。"年轻父亲只得蹲在门外，高兴地哼着小曲儿。

这家人，男的叫王守义，小名狗子，女的叫徐翠兰。刚结婚前几年，由于农村总有干不完的活，吃不完的苦，一连丢了好几胎。好不容易抓住了个闺女，取名小翠。可后来，女主人一直没能再有个小孩，急得狗子整日指桑骂槐，婆婆也不给好脸色看。翠兰背后一把鼻涕一把泪地不知哭过多少回。在小翠五岁的时候，终于添了一个大胖小子，全家都沉浸在快乐中。乐得狗子总是要拿上一个破丝网，说是要弄点小鱼小虾泥鳅什么的，给媳妇加点营养。

刚添了儿子不久的三弟听说姐姐也添个大胖小子，风尘仆仆地从二十里地外赶了近两个小时的路，来为妹妹祝福。三弟抱着小外甥高兴地说："姐姐，你这孩子多大呀，足有七斤多。哪像我那个不足月的只有四斤来重的小子。医生说，还不知能不能养活。""别听他的，人家都说七个月生个聪明蛋呢！""姐姐，别安慰我了，要不咱们对换，那个聪明蛋给你，我要你这个傻小子。"翠兰故作嗔怪道："我倒是无所谓，只怕是你姐夫不同意哩！""看你说的像是真的，自己的骨肉谁不亲，我才不换呢！""说的也是。"翠兰说道。"姐，孩子名字起好了吗？""还没有，我正想着呢。"

坐在一旁的王守义终于逮着了插话的机会，"就叫王乾吧，谐音旺钱，希望咱们家钱越来越多，日子越来越好。"王守义上过初小，后因家贫停了下来，这在村子里算是个"文化"人了，说起话来还有点文绉绉的。"不好，不好，太俗气。孩子要学习，怎么能把致富的愿望放在小孩子的名字里。就叫王坤吧，乾为天，坤为地，咱们庄稼人就是以地为生，还是坤好。""好吧，难得你这位舅太爷大老远赶来，就让你做主吧。小名就叫阿坤得了，叫起来还蛮顺口的。"

书上说四月里气候宜人，这个季节出生的孩子较聪明。也许正应了这句话，当这个叫阿坤的小家伙借着这三月春风一路茁壮成长，生得机灵可爱。冬去春来，一眨眼五六年过去了。阿坤已由一个蹒跚学步的娃娃成为一个淘气而又聪明的小男孩。还未入学就缠着父亲教他写字。那时，村里孩子入学都迟，六七岁的孩子还未上学竟已学会写字已算稀事。小阿坤学得不多，也就一百多字。无非是自己的名字，还有"祖国多美好""全国人民大团结万岁"之类的话。小家伙哪能耐得住寂寞，每天写上两遍，便找小伙伴玩去了。

阿坤七岁那年，由上五年级的姐姐带着入了学。听说小阿坤未上学已会写字，校长把阿坤叫来："听说你会写字，写个看看。"阿坤想了想先写上自己的大名"王坤"，又写了句"毛主席万岁"，居然还把"毛"字上面写成了三横。校长笑着拍着他的脑袋说："不错，不错。"

阿坤比同龄人要矮一些，他被安排在第一排。他很开心，他可以清楚地看见老师一讲起话来那一翘一翘的小胡子，甚至很喜欢看老师那唾沫星子在透过玻璃窗而射进的阳光里闪亮地飞舞，就像晚上天空中那无数颗闪烁的星星。这绝对是坐在后面的同学无法体验到的乐趣。

"阿坤，瞧你今天刚换的衣服怎么弄得这么脏，是不是又和人打架了？"阿坤点点头："咱村的蔡毛毛给我起了个外号叫'小萝卜头'，在同学中传开了。我不喜欢这个外号。小萝卜头缺衣少食又瘦又小，还死在了狱中。我还要做好多事呢，我想当解放军、医生、画家，好多好多呢！下次他再带头叫，我还揍他。""他比你高半头，你打得过他？"母亲笑着问他。"打得过，他像一头蠢猪，我一手抓着他的衣领，先往前推，他拼命往前挤，我顺势一拽，右腿一绊，他就摔个狗吃屎。"阿坤边说边眉飞色舞地比画起来。母亲忍住笑仍厉声说道："打得过也不能打，要团结同学，你是去学习的，不是和人打架的。"阿坤低下了头："妈，他们怎么都比我高，我是不是一个长不大的孩子？""瞎说什么啊，阿坤，你看田里的庄稼，总有高有矮，那最矮的一棵到了收获的季节一点也不比别的差。不是也挂满了颗粒，压弯了枝头吗？也许你就是那株最矮却是颗粒最多最饱满的一棵呢！"阿坤似懂非懂地点了点头，高兴地找好友小兵去玩。

王小兵家离阿坤家约二里多路，他高兴地边走边蹦。金秋十月，田野里一片金黄，头顶上蓝蓝的天，洁白的云，还有路边树梢上鸟儿在叽叽喳喳地歌唱，路边的灌溉小沟里，小草随流摇曳，还不时地有小鱼儿游来游去。"多美呀！"阿坤突然大叫着，高兴地一手拿着小褂一路飞奔。

小兵比阿坤大一岁，个头在同龄人中算是佼佼者。学习好、人缘好，就像个天生的组织家、活动家。小伙伴们非常喜欢集聚到他家玩。这不，阿坤一到这里，就看见庭院里已有五六个孩子：毛毛，阿胖，芸芸，还有两三个邻村的同班同学，他们下棋的下棋，看小人书的看小人书，芸芸还自个儿玩"跳格子"游戏呢！

"你们看，阿坤来了，咱们又多了一个伙伴了。"小兵首先发现了目标："同志们，现在咱们玩打仗游戏好不好？""好！"众皆附和。

小兵道："我、毛毛、阿坤一组，阿胖、芸芸，狗蛋一组。""我不跟阿坤一组，他个头小，要是被敌人生擒，影响我方战斗力。""毛毛！"小兵义正词严道，"不准这样对待同志，他聪明、机灵，一定是个优秀的侦察员，你还不止一次地败在他手里呢！大伙说是不是？"说完还瞄了瞄毛毛。"是！"大伙异口同声。

"我才不稀罕和你在一组呢！"阿坤冲着毛毛说。"小兵，我要和阿胖对调，和芸芸、狗蛋他们在一组。我还要当队长呢！"说完从屁股后面摸出一支木枪来。那时玩打仗，一般用一个铁夹子夹一个细树枝，就算一把"枪"。谁有"好枪"如木枪，塑料枪，那是精品，谁就能当"领导"。"好，这边我当队长，大家分头行动吧。小兵有一塑料枪，能喷水，又由于其特出的'组织才能'，他当队长谁也没有异议的。

阿坤身先士卒，亲自充当侦察员。发觉小兵正部署作战任务，让毛毛向东出发，绕到屋后侦察敌情；让阿胖以篱笆作掩护绕过菜园子，伏在门前一小沟边，匍匐前进，发现单个目标，立即击毙。若对方人员集中，则回来请示。他自己则隐蔽在一草垛里，以作策应。

　　阿坤立即迅速撤回，喊来狗蛋和芸芸。

　　他先掏出木枪对着小兵左腿"叭叭"两声（声音是从嘴里发出的声），小兵应声倒下（根据游戏规则，谁先中弹，若不是打着要害部位，如头、胸、必须倒地，必须受伤。阿坤不想让小兵过早结束游戏，所以只打"伤"了他的腿）。他和狗蛋立即将小兵绑了起来，交给芸芸看着，以防逃跑。阿坤则和狗蛋伏在小沟南侧的稻田里。毛毛一个目标未找到，又沿着原路返回。刚走到他们的面前，芸芸大喊一声："不许动！"阿坤则连开几枪，毛毛一边倒下，一边嘟囔道："阿坤，你个坏小子，上次我只打伤了你的胳膊，你却对我的头连开几枪，你好毒。让我这么早就结束游戏。""别说话，你已死了！"毛毛只得乖乖地遵守游戏规则。阿坤和狗蛋以同样的方法截获了阿胖。这一杖打"死"一个，活捉二人，别提有多高兴了。

　　这一天，阿坤晚上还做了个梦，他梦到小兵当上了游击队长，自己当上了政委。毛毛那个狗汉奸最终未能逃脱他的惩罚，要不是小兵说情让他"戴罪立功"，他早就把他毙了……

　　"阿坤，你怎么还没上学？"母亲把晨活干完了，回家发现阿坤还躺在床上。"不好，我梦见我们正在急行军呢！"说完拎起书包就向学校赶去。

第一节课都快下了，阿坤怯生生地喊了声："报告。""王坤，你怎么到现在才来，都快是少先队员了，还这么懒散，先进来吧。下面宣布一下本学期我班首批少先队员名单：王小兵，王坤，李芸……

"妈妈，你看我脖子上多了个什么？"一放学，阿坤就向妈妈展示他的脖子。"哟，这是什么，这么红艳艳的，很好看呢。""这是红领巾，只有少先队员有，我是少先队员了。""少先队员是什么呀？""我也说不清，只有好学生才是少先队员呢。以后，我还要入团，入党呢。""好好。"妈妈高兴连声应道，"才二年级就这么有雄心，长大了一定会有出息。""那当然。"阿坤自豪地将脖子上的红领巾抹了又抹。

阿坤每次放学做完作业的首要任务就是要帮妈妈打一篮猪草，这样不但能让猪子吃得饱，长得壮，还能看到各种各样的野花呢。有绿色的狗尾巴草，粉红的芙秧花，红白相间的野蝴蝶花。这次老师布置的作业较平时稍多了点，做完了，太阳已落下了西山，再想打一篮猪草已不大可能。他就去找小兵了。

"我今天的任务还未完成呢，咱们去偷队里的红花草吧？""好，等天再黑一点。"小兵爽快地应道。

天公不作美，天上一轮明月照得大地一片雪白，阿坤和小兵还是按计划各拿一个竹篮向红花地深处走去。又嫩又脆的红花草很好拽扯，只几分钟的工夫，每人都装了满满一篮子。小兵力气大，一手拿着自己的篮子，一手抬着阿坤。两个人吃力而又急促地小跑着："哪里跑？两个兔崽子！""不好，看地的老头来了。"他们拔腿就跑，没跑几步就被老头赶上。"啪啪"几下，就把他们的篮子踩坏了。"谁家的小孩，走，到队长那里去。"老头子一手拽着阿坤，一手拽着小兵。小兵情急之下，推了一下老头，拉起阿坤就跑……

没偷着红花草，反而损失了一个竹篮，阿坤和小兵恨得咬牙切齿，发誓一定要报复那个该死的老头子。

队里的西瓜熟了，每次放学回来他们总要经过那地块碧绿而又散发着诱人气息的西瓜地。阿坤和小兵商量，晚上放学后，以打猪草为幌子，快速杀向西瓜地。

黄昏时分，阿坤、小兵一路快速地抹了几棵榆树叶（可作猪食）就直奔西瓜地……

他们在偷袭成功，逃离西瓜地一段距离后，将篮子放在路上，准备休息一下，顺便享受一下胜利果实。就在他们自认为神不知鬼不觉时，那该死的老头子快速撵了上来。他们连忙抱起瓜跳入路边的小沟里。

"两个兔崽子，上次偷花（红花草，因为开着好看的红花，偶尔也用花代指草），这次又偷瓜了吧？""没！"他们把西瓜紧紧地摁在水里。突然，阿坤脚下一崴，手一松，西瓜冒了出来。老头忙过去，要捉阿坤，阿坤头一歪，栽入水里。

"不好，"小兵大叫，"你把他吓晕了，还不救人！"老头连忙跳入齐腰深的沟里。阿坤突然冒出水面，喷了老头一脸口水，和小兵一起一个猛子扎得好远，溜之大吉了。

这个暑假，阿坤觉得最没意思，天气比往常热得厉害，知了在不知疲倦地叫个不停，吵得人心烦意乱。和毛毛的几次摔跤都败了。戴在胸前的"三好学生"的牌子，卖货郎那随处可卖，毛毛不好意思买"三好学生"就买了个"五讲四美"的牌子戴在胸前，耀武扬威的，看了就恶心。班主任把芸芸的试卷统计错了，害得她与三好学生无缘，难过得几天不出来玩。

阿坤正躺在门前树荫下的一张小桌上胡思乱想，突然传来了芸芸的声音。

"阿坤，告诉你一个秘密。"

"什么秘密？"

"我们开学上五年级了，可你要留级了。"

"怎么会，本人是三好学生、班长、少先大队学习委员，怎么会留级呢。成绩单上不也明明写着'升'吗？"

"听你爸爸说的，为这事，还找了李老师开后门呢。"

"怎么回事？"

"毛毛在李老师家偷听到的，他也没告诉我，他好像很得意呢。你还是等你爸中午放工回来问他吧"

"好吧。"

"爸，你找李老师让我留级？""是！""为什么？"阿坤急得要哭了。"唉！你看人家都一米四、一米五了，你才一米一还不到，上了五年级，书也多了，怕你连书包都背不动，万一考不上初中，这么小能干什么？留一级或许个子长高一些，爸也放心些。"

阿坤"啪嗒啪嗒"流下了眼泪："我不会考不上的。""可爸妈心疼你，爸准备多辛苦一点，多养两头猪子，再等两年，等你小学毕业了，带你到外面看看。免得那班坏小子叫你小萝卜头，爸妈心里也不好受呀！"

"好吧。"阿坤呜咽道。

天不再那么蓝，云不再那么洁白，重复而又枯燥的学习，阿坤一点也不感兴趣。重复的学习没有使他的成绩"更上一层楼"，偶尔还有所下降。他也很少再找别的伙伴玩了。人家都是高年级的学生了。毛毛在自己面前就是一副自鸣得意的样子。

这一年怎么就这么慢啊！

好不容易挨过了一年，终于学到新课了，阿坤又快乐起来。可小兵、芸芸、毛毛都上初中了，自己永远比他们要矮一级。瞧，毛毛在自己面前说得多玄乎：一可以减去一百，数还有有礼（理）数和无礼（理）数之分呢。更可气的是他总在自己面前重复着自己都已记住了的外语：什么古的拜（再见）了，好阿油（你好）啦。唉！什么时候自己才能学到这些呢？

离开了昔日的小伙伴，阿坤孤独了许多。蔡小毛不在了，可还有许许多多的"赵小毛""钱小毛""孙小毛"。为自己两肋插刀的小兵也不在了，一切只能自己扛。喜欢托起下巴聆听自己胡编乱造故事的芸芸也不在了，只有鸟儿、青蛙听自己的悄悄话。他多么希望自己能跳级赶上昔日的小伙伴啊！

最终，阿坤虽以全班第一名的成绩考入了初中，但心情并不太好。因为他感觉不再像小时候那么开心，现在总有许多让人心烦的事。

暑假里，芸芸高兴地对阿坤说："坤哥，告诉你一个好消息，我和小兵的爸妈都要我们留级，说是打牢基础，以后考中专稳一点。毛毛成绩差也留级了，我们又能在一起了。我和小兵商量要帮你预习初中功课呢。"

"谢了，我可能没空，我爸要带我到S市看病呢！""什么病？""比你们都矮呗。"阿坤说完流下了两行泪水。"你不够坚强，哪有男孩子动不动就流泪的，而且我听大人说，男孩子是晚发育，以后你一定会比我高的。""但愿如此吧！"

汽车在路上颠簸了三个多小时，阿坤和父亲终于来到了这个从未光顾过的大都市。粗大的梧桐树相拥在一起，形成了一个硕大的穹顶。路上人流不断，车流不息，高大的楼房四处林立，各类小贩吆喝个不停。阿坤突发奇想：要不是为了看病，真不知何时才能看到这么美丽的地方。能看到如此美景，真是不虚此行。

阿坤父子经人介绍来到了S市一所有名的老字号医院……

阿坤的主治医生是一位四十岁上下的中年男子，姓郝，高高的鼻梁上架着一副金边眼镜，文绉绉的。他建议阿坤住院治疗。阿坤拍了头部、胸部的X片，郝医生初步诊断为"脑垂体侏儒症"。

阿坤看到郝医生神秘兮兮地将父亲叫了进去，阿坤也尾随其后在门外偷听。

"你小孩属于难产导致先天性生长激素分泌不足，这种病医学上称'脑垂体侏儒症'，目前国内外尚无良药，初次就诊可能有一定效果，以后收效甚微。"

王守义边听边用袖角拭去眼角的泪水，阿坤听完跑回病房，一头扎进被子里呜呜大哭。

阿坤需要住院两个月，也只能住两个月，因为还要上学。阿坤的治疗挺简单，每天吃两次药，每次吃一粒甲状腺片。每周打两次针，每次打半支苯丙酸诺龙。父亲除了照顾他饮食起居外，常常感觉很聊，烦闷地靠在床边打瞌睡。

医院有规定，晚上病人家属不得在病房过夜。因为没钱住旅馆，王守义只能在病房的过道上过夜，有一次还被人偷了几十块钱和十几斤粮票。家里还有农活等着他，王守义陪了儿子四五天，再也按捺不住了，向医生提出自己能否回家，让孩子独自住院治疗。郝医生拉着王守义的手说："你放心回去吧，有护士、病友，会照顾好的。"

阿坤只得含着泪，目送着亲人远去的背影，小小年纪的他竟也初尝了"独在异乡为异客的"滋味。身边没有亲人，没有伙伴，没有同学，天性活泼好动的他变得沉默寡言。洁白的天花板，洁白的墙，洁白的医装，让人不只是感觉整洁、干净，更多的是肃穆、寂静、无聊，还有那充斥着整个病区的难闻的药水味。这一切让阿坤感觉是那么的寂静和百无聊赖。

唯一能够让他解闷的是打开八楼病房的窗户，看着楼下来来往往的车辆、人流、外观装饰着形形色色广告灯牌的商店。阿坤想下去买一支雪糕，既可解馋，也可透透外面的新鲜空气。可他不敢，医院太大，他怕走得出去，走不回来。

"阿坤，帮叔叔到楼下买支雪糕，你自个也带支。"阿坤转头一瞧，邹叔叔在叫他，阿坤犹豫。

"别怕，要锻炼自己的胆识，记住一些关键标志。你看你都十三岁了，还这么胆小。"阿坤终于鼓足勇气，并顺利地完成了任务。

邹叔叔是同病室最爱谈话，也是最关心他的人，他不但鼓励阿坤要好好学习，尊敬他人，还鼓励他要自强不息。每逢周末，都邀请阿坤到他家做客，到附近的名胜古迹游玩，这让阿坤很开心。他突然想起要向爸妈写封信，好让他们放心。

爸妈你们好!

我在这里挺好的，这里的护士还有其他叔叔尤其是邹叔叔对我照顾得特别周到。每次吃饭，邹叔叔都帮我订好了。可他总是问我喜欢不喜欢吃，却不告诉我贵不贵。开始，我不知如何是好，后来我就看着价格表，凡是贵的，我都说不好吃。其实，我好想吃，我只是想为家里省点钱，就要开学了，还要交许多学费呢。还有半个月我就要出院了。记住，别忘了，一定要准时来接我。我好想你们，我经常在墙角偷偷地哭泣，我多么希望在外面的人群中看到你们，可总是不见你们的身影。

阿坤写着写着，不觉流下了眼泪，他继续写道：

医生说我长高了近十厘米，现在快一米二了，要是都以这样的速度长高，该多好呀！可听医生说，初次用药有一定效果，以后用任何药都没多大用处。我才不信他呢！或许还有比这高明的医生呢！

爸妈，你们快来吧，阿坤长高了。

儿：阿坤 8 月 14 日

眼看新学期就要开始，阿坤盼星星、盼月亮，可就是没有父母的身影。"爸，妈，你们怎么还不来呀，不是说好了吗？"想着想着便依在走道墙壁上睡着了。

"阿坤，不要睡懒觉了，看谁来了？"阿坤睁开惺忪的睡眼"咦，怎么在床上？"忽然想起一定是昨晚在外面睡着了，邹叔叔把他抱到床上的。

"阿坤。"听到一个熟悉的声音，阿坤定睛一看："爸，妈，你们终于来了！"阿坤连忙跳下床，扑进母亲的怀里呜呜直哭。"妈，我好想你""我们今天就是接你回去的。""嗯。"

就要和朝夕想处了近两个月的叔叔、阿姨分手了，阿坤难过地哭了。"阿坤，别哭，叔叔会给你写信的。"邹叔叔边说边三下五除二地将一张大报纸剪成了一个"上衣"穿在阿坤身上，又将早以用硬纸板剪成的眼镜往阿坤脸上一戴，活脱脱一个卡通人物。阿坤笑了，笑得那么甜。人世间，好人真是无处不在啊！

回到家门口，已围了好多人。有邻居的叔叔婶婶，爷爷奶奶，还有许多小伙伴，小兵、毛毛、李芸都在。

"毛毛，他来干什么？该不是又是来嘲笑我的吧？"阿坤心想。

"坤哥，我们知道你今天会回来，我和小兵，毛毛一吃过午饭就来了。""是呀，毛毛还说，你上次给他讲的岳云大战金蝉子的故事还未讲完，还要你接着讲呢。""阿坤，以前都是我不好，不该取笑你，这么长时间没见到你，我还真的好想你。以后再叫你小萝……唉！我这嘴该打。"毛毛说完真打了自己几下子。阿坤、小兵、芸芸乐得呵呵直笑。

阿坤看见许多人围着父母嘘寒问暖。

"狗子，怎么样，娃娃有救吗？"

"医生说，比较难。"王守义难过地摇摇头。

"我看娃娃这两年比以前高了。"

"以后可能就没有什么效果了。"父亲叹息道。"不要全信医生的，我弟弟以前一点点高，到了二十岁一窜老高。这叫'男长三十慢悠悠'呢。"

"男孩晚长呢！"邻居张大婶劝道，阿坤发现父亲从口袋掏出一包一毛钱的香烟，微微颤抖着点燃了一根，一语不发地听乡亲们议论。

"我看这孩子长不大了！"有人窃窃私语，"做个特型演员，或是给马戏团跑跑龙套，倒是天生的料。"

"以后婆娘都找不到。""哈哈。"阿坤看见两个同村的人幸灾乐祸地扬长而去。

阿坤默默地跑回自己的房间，趴在床上静静地流泪。

"坤哥，不要难过。""不要烦我了。""呜——人家关心你，你却嫌我烦。""关心有什么用，解放军当不成了，歌唱家当不成了，他们说我以后考上学校也没有人要，上学还有什么意思。""别听他们的，他们自己没本事学习，就说别人学了没用。""他们还说我找不到媳妇。""不要担心，以后，我嫁给你。""真的？""嗯，这下开心了？那你也给我讲讲《岳飞传》的故事好吗？""好。"

这天晚上阿坤做了一个梦。他一夜之间便长高了，比小兵还要高。他穿着漂亮的衣服去迎娶新娘。他握着芸芸的手使劲地摇："芸芸，你真好，说话算话。""唉哟——"阿坤突然疼得直甩手。"喵呜——"一只大狸猫仓皇而逃。唉！这哪是什么新娘的手，分明是家里的那只大狸猫睡在他的枕边，他握疼了它的爪子……阿坤开心地笑了。

伴着淡淡的忧伤，阿坤度过了童年。

花季年华篇

又要和小兵、芸芸、毛毛他们同出同归了，阿坤非常高兴。开学那天，一吃过早饭他就去催小兵、芸芸上学。"急什么，早着呢，这是头一天，下几盘棋再走吧。""好吧。"阿坤一连下了四盘，节节败退，气得把棋一推："不玩了。"小兵说道："你是身在曹营心在汉哪。你的心早已飞到学校了。好吧，你这个催命鬼。"

来到学校，这里早就来了好多人，看样子大多是新生。芸芸笑着说："坤哥，有人比你还积极呢。""就是嘛，你们还说早呢。"

中学和小学就是不一样，那操场多大呀，还有好多好多宽敞明亮的教室。学校门口，几个烫金大字的招牌老远就能看见"XX中学"。

"咱现在是中学生了。"阿坤有些感慨。难怪毛毛神气活现的，就连自己也有些飘飘然了，那些弟弟、妹妹们，快快长大吧，中学那才叫棒呢。

上午只报了名，下午拖到三点多钟才勉强开了课。老师刚点完阿坤的名，阿坤清脆应了声："到！"

"哇，他也是咱班的？""哈哈，这么小，是武大郎在世吧。"有人小声道。阿坤想不到蔡毛毛之类的人无处不在。全没了刚入学时的兴奋，趴在课桌上一声不吭。

"你们再胡说八道，小心我的拳头。"小兵紧握着拳头吱吱地响。

"坤哥，不要难过。"芸芸大着胆子溜到阿坤的课桌旁摇着他的胳膊轻声说道。

"芸芸，听说你将来还要嫁给他是不是，又一个潘金莲就要诞生了。"毛毛见人多起哄，老毛病又犯了。

芸芸委屈地哭了起来。

课堂上喧哗的大都是些留级生，自以为掌故颇为熟悉，资格也够老的，说起话来，简直有点忘乎所以。

"啪！"语文老师将黑板擦重重地敲在桌子上，厉声说道，"你们眼里还有没有我这个老师，第一节课就这样。尊敬同学，尊敬师长，小学老师没教过你们吗？以后，谁再对王坤同学说三道四，就到办公室找我。"说完气哼哼地走了。

阿坤独自来到操场的小河边，掏出了三舅给他买的新口琴。他只是胡乱地吹着，只有他自己能听懂那每一个音符，那里面有他的理想、欢笑、忧伤和无奈。他多么希望自己是一个诗人，把那无名的忧伤宣泄出来。他突然想起好久不写日记了，于是想回教室写日记。刚转身就瞥见芸芸。"我知道你很难过，我怕你孤独，所以想陪陪你。""不用了，免得让你受牵连。""坤哥？""以后就叫我王坤吧，免得让他们笑话我是你弟弟了。""我都不在乎，你怕什么？""你不怕因为你不是我。"阿坤说完鼻子一酸，独自走开。

时间飞快，"五四"节快要到了，各班级要搞联欢晚会。阿坤早就被班长小兵鼓动着唱两首歌。阿坤起初不答应，他说没有什么心思唱歌，但经不起小兵再三恳求，总算答应了。

晚会上，大家将桌子围成椭圆状，边喝茶吃瓜子，边看同学表演节目，好不开心。阿坤以一曲《在那桃花盛开的地方》和《牡丹之歌》赢得了阵阵掌声。"想不到王坤还真有两下子。""王坤，再来一首吧！""给我们再吹段口琴吧！""下面欢迎李芸芸同学给大家讲个故事。"小兵继续他的主持。

"我给大家讲个'骆驼和山羊'的故事吧。"骆驼很高，羊很矮……""我听过了。"有人窃窃私语。芸芸装作没听见继续讲。只有阿坤能听懂芸芸的用意，他分明看见芸芸的眼里闪动着晶莹的泪光。他觉得芸芸长大了，自己又何尝不是呢？

也许是因为中学的班务工作更难做，也许是因为中学时竞争更激烈，也许是因为中学生的眼光更挑剔。初二那年，阿坤虽然学习优异，却未能选入班委，只当选了小组长，这多少让他有点失落，还常常搅得他心烦意乱。

新学期伊始，各班要组织大扫除。阿坤布置了本小组的任务。让一些人带锹，一些人带兜担，谁知还带出了意想不到的麻烦。

"王坤，你这是什么意思？"陈小春首先提出了抗议，"你倒会拍马屁，毕小明爸爸是班主任，你就让他带锹，让我带碍手碍脚的担子，你自己是组长，家又离学校近，怎就不带担子，做干部就要做好榜样。"毕老师是毕小明的爸？阿坤还真不知道，他有口难辩："我才不知道毕老师就是他爸爸呢！如果知道，就是为了避嫌也不会让他占'便宜'的，我只是随便布置的。""那你自己怎么带锹，不带担子呢，自己挑不动，带个担子不行吗？"是呀，阿坤心想，自己只想到自己身高根本挑不起担子，所以就让别人带了，这不明摆着让人说闲话。他觉得自尊心受到了伤害，强忍着眼泪说："好吧，你带锹，我带兜担。"阿坤家离学校不远，也不近，跑步要半个多小时。阿坤几乎是拖着担子到了学校，又拖着担子回了家。

母亲看了心疼地说："阿坤，老师怎么让你带担子，担子都快比你高了。""别说了妈，我这是自找的。"妈没听懂他的意思，叹了口气走了。

阿坤忽然想起要和姐说说话。

"姐。"阿坤推开姐姐的房门，却见姐姐和着衣服睡着了。他拿起姐姐垂下床沿的一只手，只见姐姐手上的皮肤一块块翘起来，摸上去挺扎人的。这是因为姐姐每天都要起早贪黑打八九块柴席，以贴补家用。

他想起儿时常常和姐姐乘着月色送饭到六七里外的芦苇滩上，给放鹅的父亲。每次回来，姐姐都要背他一段。一次不小心跌了跟头，把他的头跌破了，为此还遭到了母亲的训斥。

姐姐比自己大五岁，已毕业几年了。十九岁的她，却成了家里的一个劳力，摸着姐姐粗糙的手，阿坤眼前一片模糊。

这一夜，阿坤失眠了。

第二天，他向老师辞去了小组长的职务。他说，他很累。从此，阿坤一心扑在学习上，因为他的理想是要上大学。

时间在紧张而有秩序的学习中飞逝，阿坤经常不参加体育课。不是不想，是他自知难与同学参与在一起。到了初三，阿坤感觉体力大不如从前，学习也降了下来，自卑感与日俱增。

新来的班主任林老师教化学，是从县城一所中学调来的，讲着一口纯正的普通话。他是这所农村中学唯一用普通话讲课的老师。同学们听着别扭，有的甚至暗笑。阿坤却听着特别动听、悦耳。高兴之余还学着他的腔调："今天我给大家讲一讲元素周期表的来历……"

正讲得津津有味，林老师微笑着喊道："王坤，到我办公室来一趟，我正要找你呢！"

到了办公室。

"你为什么经常不上体育？"

"不是不想，是我不行。"

"你这是自卑，是故步自封，上体育是你的权力，更何况重在参与嘛。"

从此，阿坤活跃在久违了的操场，他高兴地翻连叉、跟头，还能来鲤鱼打挺呢。况林老师还教他们书法，使他知道了"巅张狂素"何许人也，"草圣"何许人也。使他对书法产生了浓厚的兴趣。此外，林老师还给他们讲解古代文人许许多多凄美的故事。诸如苏轼写给妻子的"十年生死两茫茫，不思量，自难忘"之句；陆游写给前妻的"红红酥手，黄滕酒，满城春色宫墙柳"之句，还有李清照的"寻寻觅觅，冷冷清清，凄凄惨惨戚戚"之句。让他感动得常常"才下眉头，却上心头"。他曾对好友芸芸说："我一感动，就想流泪。我像是有着宝玉的多情和黛玉的多愁呢。"芸芸则笑他"自作多情"。

班上要发展一批新团员了，班长邵文拿了一些草表分发给一些同学。班长把草表发给了他的一些铁哥们，然而却没有阿坤的份。阿坤在初二时，就有机会入团了，但由于名额有限，他让给了一个另一个同学。眼看就要毕业，现在却失去了最后一次机会，他感到很失落。班会表决时，班长的几个铁哥们没能通过。这时，一个平日里和阿坤并没有什么交情的同学单红军站了起来，他学习既不差也不好，是那种最让老师和同学容易忽略的一类。

单红军说道："这次团员候选名单不公平，为什么没有王坤呢！他学习优秀，关心集体，团结同学。"

林老师点了点头，将阿坤的名字加在了黑板上。经过同学们的公开表决，一些同学没能通过，而阿坤顺利通过，成了一名正式团员。阿坤很开心，算是第一次真正体会了民主选举的魅力所在！

快毕业的一天下午，同学们叽叽喳喳地去拍毕业照。阿坤不好意思去"露脸"，林老师硬把他叫去拍照。其实他又何尝不想和同学们合影留念呢。

林老师拉着阿坤，就坐在他的旁边。他感觉林老师身上有着一股慈父般的温暖。毕业照上，林老师那深情的微笑，从此定格在了他的记忆深处。

阿坤在日记中写道：林老师，你是我遇到的最好的老师，尽管你带完这届毕业班，就要回城了。无论你在哪里耕耘，我都会永远想你的。

中考结束了，阿坤，小兵，芸芸都达到了重点高中分数线。可这一年政策有变，学生按区划分，就近入学。小兵开了后门，到了一所县中学读书；芸芸未达到中专分数线，只得和阿坤一起就近读了一所普通高中；毛毛也自费上了这所中学，不过他准备"弃文从武"考体校。

8月20日，"路漫漫其修远兮，吾将上下而求索。"阿坤在日记中写道。

这所普通高中坐落在阿坤所在村子向北20余里处，虽算不上环境优美，却远离集镇，环境异常安静，也算是一个学习的好地方。

刚报名那阵子，阿坤遭遇到初中入学时一样的鄙夷的目光和讥笑的话语。不过他已有心理准备。像他这样不遭人讥笑，他反而会有些诧异。因为讥笑他的人都是些最普通的人。如果不遭遇讥笑，那么现实中的"圣贤"不是无处不在吗？他不相信世上"圣贤"多于普通人，否则圣贤也不能称其圣贤了。他觉得讥笑他的人，只是一些平庸的人。他的心理承受力较之初中时，要大得多。但高中学生人数多，那一大片"不寻常"的目光，像无数支利剑刺得他喘不过气来。阿坤常常像躲瘟疫般，仓皇地进进出出。

随着时间的推移，"习惯成自然"这个真理让阿坤稍稍感觉到一点平静。

刚入学那阵子，阿坤甚至为一日三餐而犯愁。每到开饭的时候，就能看见黑压压的人头汹涌地冲向食堂，还夹杂着敲饭盒的声音、五音不全的"摇滚音乐"。这么多的人堵在食堂的窗口就像一堵墙将阿坤远远的挡在了外围。幸亏有两个好心的同学常帮他打饭菜，他总算没有放弃高中的学习。后来，精明的生意人在食堂附近搞起了一个"小食堂"，那里伙食品种齐全，但价格要比学校食堂贵一些。对穷学生而言，许多人当然首选便宜的大食堂，尽管那里的伙食较单调。所以去"小食堂"的人相对要少些，阿坤总算有了"可趁之机"，从此，谢绝了两位好心同学的帮助，独自解决了一日三餐的烦忧。

最让阿坤高兴的是和芸芸又分在了同一个班级。由小学到高中一直是同班同学，这在他们班绝无仅有。

女大十八变，不知不觉中，芸芸似乎一夜之间由一个活泼可爱的小姑娘长成了一个亭亭玉立的美少女。特别是那一头瀑布式的秀发使她显得更加妩媚动人，似乎能让人嗅出那秀发间散发的淡淡清香。

阿坤觉得自己与芸芸之间有一种无形的距离，而且距离越来越远，让他更加寂寞。

"阿坤你回答一下这道题。"阿坤没听见。英语老师重复道："阿坤，叫你呢，开小差了吧，知道讲哪儿了吗？"

唉！自从上了高中，他觉得所有的老师对他都有一种轻视的感觉，很少有老师在课堂上叫他回答问题。他想起小学、初中时，自己总能得到老师的青睐，这给了他许多自我表现的机会，他似乎天生有股表现欲。老师的青睐使他更加努力学习，以不辜负老师的关切。这就形成了一个"良性循环"，因为自己的优秀受到老师的青睐、同学的尊敬，而这一切使他更加有兴趣投入到学习中。高中生活开始的不适应，别人嘲讽的话语使他感觉很压抑，成绩较之以前有所下降。再加上老师从来不叫他回答问题，这使他对学习的兴趣淡漠了。刚入学不久，一连两次数学不及格，让他惊出了一身冷汗。他在日记中写道：12月10日，阿坤啊阿坤，你是为自己学习，又不是为别人，何必在意别人哪怕是老师是否在意你呢？何必对别人的嘲讽那么在意呢？你曾是那么的优异，现在怎么了？沉默啊沉默，不在沉默中爆发，就在沉默中灭亡。总有一天，我会将成绩赶上去的。

由于他没奢望老师会在课堂上喊他回答问题，这一次的意外使他毫无"惊喜"的感觉，相反，他已淡然，甚至有些反感。

"Do you know what I just asked you?"英语老师再次发问。

"I know, but I don't know how to do it."阿坤答道。

他明明知道怎么做，却说不会，他对这难得的一次"青睐"一点也不感兴趣，他的这个"黑色幽默"让同学们哄堂大笑，让老师尴尬，让自己更加失落。

自入高中以来，阿坤自感不是上体育课的料，就从来没上一次体育课，也从未有哪一个体育老师会像林老师那样鼓励他走出教室，哪怕只是在操场上走一走。教室——食堂——宿舍的三点一线的周而复始的枯燥生活，使他多么渴望能在体育课上轻松一下呀！然而他向来被排斥在体育活动之外。他感觉体力越来越差，为了增强体质，他不得不起得更早，在别的同学早上锻炼之前跑上几圈。

他每周的伙食费只有五元钱，他紧巴巴地计算着，恰好用到周末，再由父亲送来下周生活费，因为家里没有多余的钱。每周的伙食费都是父母想方设法筹来的，生活的艰辛比起人们锐利的目光又算得了什么呢？他发誓要考上大学，实现儿时的梦想。

又一个美丽的清晨，阿坤捧着书，在操场边早读。忽然，毛毛的身影映入了眼帘。

"毛毛，你们搞体育的真够辛苦的。"他现在觉得毛毛长大了，也不那么讨厌了。他经常看到毛毛起早贪黑地训练，对他颇有几分好感，忍不住搭讪了一句。

"你们不也辛苦吗？每天总要比我们背更多的东西，谁让咱笨呢，文化课那么差，只有考体校了，考体校文化分要少一些。"说完又笑着迈开步伐消失在雾气中。

该死的脑子，怎么又在胡思乱想，还有好多单词没记呢。他定了定神，又继续他的晨读。

"王坤，借你的笔记用一下好吗？我有几处记漏了。"李芸芸说。

自从上了高中，阿坤发觉了一个微妙的变化，那就是李芸芸不再叫他"坤哥"，也许因为彼此都不是小孩子，也许是因为自己不再是芸芸眼里昔日的"坤哥"，用现在话说，芸芸已是美眉，而阿坤却不是"帅哥"。阿坤这样想着，不觉又自卑起来，怅然地把笔记本递过去。

"芸芸，为什么不向我借呢？我可记得一点不落，何必舍近求远呢？""四大美男子之一"的肖冰高声嚷道。

"你那字像蚯蚓找妈妈，谁看得懂？"芸芸顶了一句。

"哈哈！"大家哄堂大笑，教室里洋溢着快活的空气。

能够博"班花"一笑或是一训，这对许多男生来说是一件很惬意的事。阿坤觉得很无聊，又觉得是不是自己"落伍"了呢？

教室外，一个跟阿坤较熟悉的理科班学生郭明明，突然从门外鬼头鬼脑地向招手示意。阿坤走了出去。

"请你将我这张纸条交给你班的李芸芸好吗？"阿坤已明白了八九分，故作镇静地说："有什么事，要找她帮忙是吗？"

"嗯。"

阿坤拿过纸条若无其事地放进口袋里，待他走远了，立即回到座位上，将纸条拿了出来。"也太把我当正人君子了吧？"阿坤得意地想。

他展开纸条：李芸芸，你好。自从第一次见到你，我就有一种心动的感觉，我觉得你就是我的梦中情人。你是那样的温柔、善良、美丽、大方（空话，你还没有我熟悉她呢，怎么知道她温柔、善良）。尽管我们还都很年轻，但我今生愿意永远为你守候，十年，二十年……如果能够活五百年，我也要为你守候五百年。我愿和你共结秦晋之好。山无棱，天地合，乃敢与君绝，企盼回音。（全是套话）

这理科班又称和尚班（因为女生寥寥无几，故有此"雅号"），那些男生感情无处宣泄，竟把主意打到咱这美女如云的文科班？他觉得有点好笑，又油然升起一股失落。又似乎有一种酸酸的感觉。他默不作声地将纸条递给了芸芸。

不久，他收到芸芸的"回信"：王坤同学，你我青春年少，当以学习为重，勿想繁杂之事。做人要自尊自爱。我会永远把你当作我最崇敬的大哥、同学、朋友。

阿坤看了，丈二和尚摸不着头脑，找芸芸说纸条不是他写的，是他人让他代转的。说完让李芸芸打开看。芸芸诧异地望着阿坤，打开纸条。阿坤一看惊呆了：天哪！那个该死的头脑少根筋的家伙，竟忘记了署名。阿坤哭笑不得，芸芸乐得"呵呵"直笑。

"疏远"了的友情，终于在这场误会中产生了"厚积薄发"的效果。阿坤心情似乎好多了。

有苦趣也有乐趣的学习生活，就这样延续着。当你还未来得及细细品味过去的酸甜苦辣时，离"黑色七月"只有两个月了。

首先面临的是会考。许多同学知道就要彼此分手了，悄悄地忙着毕业留言册。阿坤也想搞，但怕影响学习，所以这成了他以后很大的遗憾。

一年一度的毕业照又开始了，老师让阿坤帮着拿凳子，望着同学们争先恐后的样子，阿坤简直有点胆怯了。难道自己这个样子也好意思与别人抢位置？他犹豫了。没有一个教师和同学想起他。这让他第一次感觉人性的自私、无情的一面。相机的"喀嚓"声把他们的青春容颜定格在了胶片里。而他却不在其间，他悄无声息地回到了宿舍，蒙上被子偷偷地哭泣。

他想起曾经写过的两篇作文。一篇《我的十九岁》，一篇《雪》。

他在前一篇作文中写道：别人的十九岁如娇艳的牡丹，而我的十九岁如一只折了翅膀的雄鹰，妄图展翅高飞，却总是飞呀飞不高……

他在《雪》中没有写大自然的雪，而是写了他心中的"雪"。他说，大自然的雪可以融化，可他心里的雪却永难消融。

老师给这两篇的评语是：生活是美好的，要热爱生活，自尊自强。

而如今，这一切却是那么的现实，他觉得任何美好的说教都改变不了现实，尽管这些说教都是善意的。在这最值得留念的时刻，没有一个同学和老师想起他，或者有的看见了也视而不见。这不是最好的例证吗？

别人的无情使他越发变得坚强，他越发地发奋读书。

会考成绩终于下来，阿坤以 538 的成绩突破了以前总在十几名徘徊的"局面"，跻入前十的行列。曾经最差的数学竟也考了 118 分（满分 120）

"王坤同学预考过关了，高考可能是个问题。"阿坤亲耳听到老师关切的谈论。"考上也没人要。"食堂的李师傅便当作他的面对别人说。阿坤心里很是不悦：哼！自己儿子被刷了，就嘲笑别人的不是。他在暗暗为自己打气，不能让那些"流毒"蚀了自己。

奇怪的是，他从此常常做梦，梦见自己真的考上了，却等不来通知书；梦见自己千里迢迢来到大学却又被退回。他伤心地不是大哭就是大睡，甚至纵身跳入汹涌的江河中……一觉醒来，大汗淋漓，却已听得教室里书声琅琅。他有一种不祥的预感，他也从此常常头昏脑涨。

"十年寒窗苦，一纸定终身"的日子终于来到了。他感觉发挥的极差，不知道自己是怎样稀里糊涂地交卷，又是怎样稀里糊涂地打起行囊回到家中。不管这一次成功与否，他坚信他不会这么早结束学习生涯，不会从此与书无缘。培根说"知识就是力量"，他还有许多追求，许多梦想，要靠知识垒成扎实的根基。"假如生活欺骗了你，不要悲伤，不要哭泣，在不幸的日子里等待，幸福的一天终将会到来。"雪莱的诗句又在耳畔回响，激励着他摩拳擦掌，要做生活的强者。

一个月的漫长等待，使他日日茶不思、饭不想。好不容易就要摆脱这种折磨，他却要面临失败的痛苦。因为，他对这次考试一点也不自信。当他从老师手中接过分数单时，他只感觉天旋地转。只考了 400 多分，他不知道是怎么样离开办公室，又是怎样木讷地回到家的。

痛定思痛，他决定求父亲东挪西借一点，再"拼杀"一年。

小兵考上了一所普通大学的政史系，芸芸考了一个二类大专，毛毛如愿以偿的上了体校。小兵和芸芸都曾请他去吃"庆功酒"，他都婉言谢绝了。他为他们祝福，但不想只是充当分享别人快乐的角色。他多么希望别人能分享自己的快乐，而快乐只能属于那些孜孜以求并取得成功的人，自己何乐之有呢？

阿坤未参加小兵、芸芸的喜宴，这让他们多少有点不快，同时也表示理解。在他们入学前，小兵送给他一把精制的木剑，上面刻有"宝剑锋从磨砺出，梅花香从苦寒来"的字样。剑盒里还有小兵的赠言"男儿当自强，相信你会成功。"芸芸送给他一本日记，扉页写道"你过去是我的朋友，现在是，将来还是。"

阿坤非常感动，谁说时间会冲淡一切？他和小伙伴的友情就如一坛陈年老酒，时间越长，酒香越醇厚。

乡邻有的为之惋惜，"这娃会考不是考得很好么，怎么一下子考得这么差？"

"狗子对孩子也太苛刻了，肯定是营养跟不上。"

"是不是分数被调包了？我亲眼从电视上看过这样的事呢！"

而更多的是幸灾乐祸，"肯定是考上了，人家不要他，干脆改了他的分数，让他死心。""我说呢，怎么可能会有学校要呢？"

"哈哈，他就是考个研究生也没用！"

就是这些流毒曾经让他常常夜不能寐，他再也不能受之影响了，决定"轻装上阵"再奋斗一回。

走向社会篇

"罗校长，我想再复读一年。"阿坤说。

"人已满了，不能再接受了。"

"上次你不是让我这次来的吗？"

"现在不行了！"

"校长，你就让孩子再读一年吧，他不死心啊。"父亲说道。

"明白告诉你吧，你考上也不会被录取，不要白花钱，这不明摆着影响我的升学率嘛！"校长一边说，一边呷了口茶。

天哪，这就是自己曾经的语文老师、班主任说的话吗？

"不录取，我也不后悔，我只想再努力一次。"

"不行！"校长又吐了个大大的烟圈。

阿坤欲再说话，校长忽然举起了茶杯。他明白了他的意思。语文课上，他曾演示过：那是送客。

此处不留爷，自有留爷处。阿坤心想。眼看就要开学了。原以为在母校复读是天经地义的事，他压根没想到会在母校吃一个闭门羹。他又让父亲急速到另一所学校报名，自己整理一下书籍和行李。

阿坤赶到那所学校，经过一番忙碌，宿舍都已安排好了。父亲带他到班主任那报道说："这是我孩子王坤，刚刚到，希望老师多多关照。"

旁边的一个戴眼镜的老头凑过说："你是来复读的？"

"嗯。"

"张老师，让报名处把他钱退了，怎么能接受这样的学生，难道让我们的学生不安心学习，天天看笑话不成？"

看样子这老头是校长，阿坤的头简直要炸了。目不识丁的老百姓那样说，他尚可忍耐，但"传道，授业，解惑"的老师也这么说，这太让他觉得意外了，真是天下乌鸦一般黑呀！

他和父亲把好不容易带来的行李又带了回去。

从此，他常常绝食，他不明白为什么别人跌倒了可以再爬起来，而自己跌倒了却被许多有形或是无形的力量压制着，永远没有爬起来的机会。他甚至后悔，当初没有在母校校长的面前跪下，或许他能"良心发现"同意他的请求。从此他给自己定了一个处事原则："凡事，宁教做过，不教错过"。只要他认为不是百分百的不可能，他都会作百分百的努力。当他后来想起那一年《残疾人保障法》实施时，他是多么后悔，没在校长面前再努力地苦谏几回啊！

阿坤终日不思茶饭，母亲看在眼里痛在心里。

"阿坤，你怎么能不吃呢，搞坏了身子怎么办，妈还指望你呢！"

"我能干吗？我自己一事无成，自身不保，你让我拿什么来尽孝心，尽赡养义务。"

母亲流着泪说："你小时候不是说过，就是要饭也要照顾好妈妈吗？怎么现在不如小时候坚强了？"

"那时，我还无知。"阿坤第一次在母亲面前表现得如此倔强。他舍不得一天到晚劳作的父母，他舍不得为了给自己省下伙食而从来不买一瓶雪花膏的姐姐，他舍不得把自己当成偶像的年幼的妹妹。他曾暗暗发誓，要考上大学，将来找份工作，拿了钱好好答谢家人。他忽然想起一首歌"我拿什么奉献给你，我的爱人"。他恨自己为什么不能一次成功。

"阿坤，听广播说有家福利企业招工，是搞缝纫的。"母亲说。

"我对那不感兴趣！"

"孩子，你首先得学会自立和生存。"

"妈，你嫌我是负担？我可以不吃不喝，这正好成全我，也成全了你们。"

"阿坤，你怎么能这样说呢？随你吧。"母亲叹了口气。

阿坤最终还是去了，且交了300元的押金。

所谓的"福利企业"，只是一个个体老板租两间平房，招了几个残疾职工。其工作也只是为别人加工一些布袋。

八九个职工挤在一间又暗又脏的房子里。阿坤不甘心这样的生活。他带了高中书籍。他想以"社会青年"的身份，无须到学校复读，直接从教育局报名，参加下年的高考。

房子里弥漫着劣质香烟的浓烟和烟味，还有一些人粗俗的笑谈和刺耳的咳嗽声。

"小东西，看什么书，文屁冲天的。"

"有本事到这干什么？"

"卖什么风骚（雅）？"

"瞧他那自命清高的德行，摆什么读书人的臭架子！"

"哈哈，我怎么闻到一股酸腐味？"

阿坤不语，他还做着读书人的梦。

辛苦了半年，没拿到一分工钱，老板携着执照连同他们的押金跑了。那一年阿坤考上一所大学，但未能被录取。

一个偶然的机会，收音机里传来了某特教学院招生的消息，阿坤向学校打了电话，问像他这样是否可以报名。答曰：可以。不过每省只招五六个。这简直是万人走独木桥。阿坤从不怕困难，他相信"有志者，事竟成"，他选择了自幼就喜欢的美术专业。

他自学炭精画像，当他练到一定功夫，有点像模像样时，仍不满意，总觉得欠缺了点什么。他带着几幅画，向初中时的美术老师陆老师请教。

陆老师告诉他，绘画不只要形似，更要神似，同时创作者要全身心投入到对要表现对象的一种激情。只有自己对作品充满着激情，笔下才能"熠熠生辉"。同时指出他已走入一个误区，美术考试当考素描，色彩，设计。素描是后面两者的基础，而"石膏素描"也为素描之基础，所以首先要学习石膏素描。

对美术老师的教诲，阿坤千恩万谢。

没钱上美术辅导班，一切只能靠自学，他从陆老师那里陆续借来了石膏像，什么几何图形啦，维纳斯啦，阿波罗啦，大卫啦。阿坤以前从未看过这些玩意，对它们总是爱不释手，每拿到一个新模型，总充满着表现的渴望。

然而，周而复始的，不同角度的练习，让他画画激情渐趋平淡，为了提高技艺，他买了大量的书籍。《素描技法大全》《素描基础》《素描指南》《自学成画家丛书》《色彩入门》等等，而这就花去了父母不少的钱啊！

他原以为小时绘画很好，以为自己颇具绘画"天赋"，却不料绘画如此博大精深，那种小儿科式的涂抹简直不值一提。"许多东西，当你不了解它时，你以为很简单，也不会给你带来烦恼，只有当你涉足时，你才会觉得，你是多么的无知，而正因为你的无知，你的渴望了解，又会让你平添许多烦恼……而巨人一定是伴着烦恼成功的。"他在日记中写道。

那一年，阿坤终究未考上美校，因为技不如人，他又打开了日记本：

6月30日

成功的机遇，永远不会钟情于一蹴而就的人。

又一次春暖花开，阿坤决定不能总是关在屋里自学，他缠着父亲借了一些钱到一所美术院校上辅导班。他遭到高中复读时同样的尴尬。"不行，不行，我们这是正规院校，每月都有一次人体模特课，人家会不信任你，就连外系的美术爱好者，我们也不让参加。"

"不就是人体绘画么，人体艺术的作品，我看多了，有什么了不起，小人常常以正人君子自居，却从不愿把别人当君子。"阿坤心里恨恨道。

没办法，他只能打道回府。后经人介绍送了一些薄礼给一中教美术的老师，插入到他的美术班，只学习两个月。

他不会让这两个月白费，他向老师请教许多不懂的问题。同时，他还让在外上美术院校的同学寄一些习作给他看看。

阿坤进步不少，理论和实践的加深，使他懂得了如何去表现美，如何去欣赏美。这让阿坤"终生"感到幸运和无悔。他曾说他第一次摄影就拍得那么好，完全归功于美术的学习。他让你懂得怎么去构图，怎样去抓住美的瞬间。色彩的和谐，调子的统一，明亮的对比度，这一切都是"美术"的因素，也就是美的因素。而人间总有许多美好的东西。它让你即使身陷"丑"的重围中总能发现一些"美"的东西。他很欣赏一句名言"不是世界缺少美，而是缺少发现美的眼睛"。

阿坤盼望着今年的美术考期能快点到来，然而不久校方传来消息。本届取消单独招生，而要纳入普通高考。这就意味着要考许多文化课。天哪，经过这两年的折腾，语文、政治、英语尚可，可数学、历史都快全还给老师了，而这些课程在原先的单独招生中是不考的，只考语文、政治，而这些都是他的"强项"。

这样的打击太大了，学美术是个很费钱的事情。颜料、纸张、书籍买了一大堆，如今却如同丢进了滔滔江水。

4 月 30 日

命运总是爱和不幸的人开天大的玩笑。

阿坤觉得自己快撑不住了，他想起了书上的一段话"左丘失明而作《国语》，屈原放逐乃赋离骚，司马迁受宫刑乃成《史记》……"有多少人的成功是一帆风顺的呢？人，不仅要学会选择，也要学会放弃。他终于告别了伴随他两年的美术学习。从此走上了谋生的路，不再作"读书人"梦想。

他来到一家个体企业，生产"尿警器"，小儿尿湿时，自动报警。每天工作十几小时，但工资只有一百多元。每半天要焊接电子，半天用手转为外壳打眼。外壳是塑料的，很滑。与他人合作时，不是他锥伤了别人的手，就是别人锥伤了他的手。干了近一年，老板拖欠工人三个月工资，卷起铺盖走了。

接连串的打击，使阿坤变得更加郁闷，烦恼暴躁，他常常对父母的话表示莫名的反感。他不喜欢父母说的：不要为自己的不幸而耿耿于怀，你想想那些可怜的痴呆人、盲人、瘫痪者，他们不也在坚强地生活、快乐地生活吗？

可他不是痴人，痴人没有痛苦，没有追求，他甚至觉得如果自己一天学不上，对他反倒是一种解脱。读书，要么带给你财富（包括物质的，精神的），要么只会带给你痛苦。人生最大的痛苦莫过于不能将理想变为现实。

失落、孤独、寂寞，使他学会了抽烟，抽烟的钱来源于曾为一些死者画过肖像。

他想起了已上大三就要毕业的芸芸。他给她写了封信，诉说这几年的挫折和对朋友的思念。他说，之所以给她写信而没给小兵写信，是觉得女人更易理解一个人，更能尊重一个人。《红楼梦》中宝玉就说过，女人是水做的骨，男人是泥做的肉。所以女人，更容易给人以尊重、理解，要不，怎么会用"柔情似水"来形容女人呢？末了，他突然鬼使神差，想开一个"国际玩笑"，他写道：你还记得儿时的承诺吗？

不久他收到了她的回信。

"坤哥，你好，滑过两小无猜的童年，我仍感觉我们是最好的朋友，甚至对儿时的诺言，仍有所期待。但随着岁月的流逝，我越来越感觉到它的不可能性。无论我们的心是多么的贴近，现实的距离总把我们拉得很远很远。我甚至做梦都会想到，如果有一天你能奇迹般长高，我仍嫁你无悔。我们长大了，我虽不曾和你多说话，但黑夜里，却是我夜夜泪沾巾，夜夜无眠的时刻。我是多么渴望，让童年的青梅竹马，两小无猜，在未来收获一份完美的结局。然而我知道，现实已不可能。其实，我也不想我们破例成为无关风月的一对青梅竹马。如果有来世，再让你牵我的手，好吗？祝好运。"

读着她的信，他眼前一片模糊，能感觉到她那不变的纯真的心，他已很满足。

接连的失业，让他再一次做起不切实际的幻想，他从不甘心这种百无聊赖，无所事事的日子，他觉得，要想干成一件事，找到一份工作，就必须有一个健康的身体。他想再次为自己寻医问诊。你向父亲请求借点钱，想到 H 市看看，堂哥在那当兵，也写信让他去看看。

父亲说："孩子，你已二十几岁了，没指望了，不是爸不带你出去看病，那是钱朝水里扔呀！况且家里也没有什么收入，那几亩薄田仅够维持几张嘴呀！"阿坤深深懂得，身体关系到他的一生幸福，他必须作无数次的努力与尝试。

父亲最终还是答应带他去看看。

堂哥热情接待了阿坤，将他带到了当地一所有名的儿科研究所。那里的医生只给他查了一下骨龄。还好，骨骼尚未闭合，理论上还有希望，但要付出至少十几万的费用，若是用进口药则是几十万。这简直是天文数字。阿坤茫然地告别了那家医院。他常想，要是有足够的钱，也许我就能改变一切，理想和现实就能走近一步。可钱呢？

阿坤不死心，经人介绍又来到某市一家医院，该医院采用的是"截骨再生"增高法。就将患者的小腿骨截断，让其再长。需要住院近一年，效果好的，也就只能长十几厘米，差的两三厘米，且要付出昂贵的治疗费。

当地的一位老乡热情而友善地向他们做出了建议"不足取"。他目睹一些患者手术后的痛苦状，花巨大的费用，换得甚微的效果，不值。弄不好，还要落得又一个残疾——不能行走。

阿坤再一次失望。

求医无望，就业无门，阿坤陷入深深的绝望。简直有度日如年的感觉。他感觉自己虽值青春年华，却像一个孤独的老人。他一下子觉得自己失去了理想，失去了未来，没有了奋斗的动力与目标。

看着昔日和自己成绩差不多甚至不如自己的同学，通过复读一年，两年，甚至三年，都考上了大学，最后都找到了如意的工作，他是多么的羡慕啊。别人可以跌倒了再爬起来，而他王坤一次也不能跌倒；

失败了一次，就要永世不得翻身，永远为之付出代价。这是多么的不公平啊！

11 月 30 日

我热爱生活，但我讨厌这个不平等的社会。

阿坤为生计而愁时，芸芸已在县里一家机构工作，而小兵也刚分配到本镇，做了镇政府办公室秘书。

看到昔日好伙伴荣归故里，阿坤有一种说不出的酸楚。

夜晚是寂静的，对有些人却是寂寞的，阿坤便是。阿坤晚上除了写日记，就是拼命看电视，从开头一直看到结束。晚上尚可度过，"漫长"的白天怎么办？他实在难以忍受白天的一切。父母的唠叨，自己的苦闷和无为。笛子吹腻了，吉他弹腻了，他想起了瞎子阿炳，想起了阿炳拉的"二泉映月"是多么凄婉哀怨。他觉得只有二胡才能寄托自己的感情。

他花了十几元买了一把廉价的二胡，没日没夜地练，终于能够拉出乐曲来了。只要会唱的歌，会哼的调，就能拉出来。可以后再没多大进步了。他的技艺还不足以让他充分表达自己的感情，这多少让他有点失落。

为了消磨失业在家的难挨时光。一日他突发奇想：何不自己尝试作一首歌呢？他不懂乐谱，就用笛子试吹，然后根据笛子上的"哆，来，咪，发，嗖"来记录下来，什么地方连唱，什么地方停顿，只有他自己看得懂。他花了近一天的时间。他说，这将是他一生唯一的"音乐作品"，因为好累，他的歌名叫"梦在风雨中"。歌中写道："我有一个梦，深藏在心中，美丽如彩虹。是谁只让它美丽了瞬间？问天天不语，只看见西天彩虹妹妹的眼泪在飞；曾经有个梦，如今在风中，如今在雨中。是谁折断了它的翅膀？问天天不语，唯独自疗伤才能翱翔在缘分的天空。"

阿坤总爱用那把旧吉他弹唱自己的作品。

时间在寂寞的隧道中穿行，总是很慢。

阿坤的堂哥做了乡镇企业的厂长，阿坤父母好说歹说，总算同意让阿坤进入该厂医务室，做了一名收费员。尽管他不懂医学，也无须懂。因为有医生，有护士。但阿坤觉得，入了这个坎，就应懂一点。他借来了一些医学书籍，如《临床医学》《诊断学基础》《生物学》《解剖学》等。尽管可能不太了解，但他还是希望对医学有一个哪怕是粗浅的认识。干任何事，他说都希望自己能够无愧于心。他甚至勇敢地对自己进行穴位、肌肉注射。没钱治疗，他就买以前用过的药。厂医不敢穴位注射，他就自己拿起针筒，找好足三里穴位进行注射。不管有无效果，他觉得，注射下去的就是一份希望。

这里的工作除了盛夏和秋冬季节，病人较多，工作较忙外，其余则较清闲。阿坤是不甘寂寞的人。

他想起自己曾好写作无数次地投稿，却无数次地失败；他想起一个朋友说的自学考试一事。他毅然决定要加入这支大军中，而且决定，要考就一定考完本科为止，也好减少昔日未能上大学的遗憾，他决定报考中文专业。

好久都不曾看书了，看着那一大摞厚厚的书，他有点犯怵。刚开始，他一点也看不下去，坚持一段时间后，终于能陶醉其间了。

"关关雎鸠，在河之洲，窈窕淑女，君子好逑。""落霞与孤鹜齐飞，秋水共长天一色。""众里寻他千百度，蓦然回首，那人却在灯火阑珊。"多么美好而又意境深远，令人回未无穷的诗句啊。他相信自己选对了专业！

阿坤的学习，再次受到内外的一致嘲笑。

"看这书有什么用？"

"大学都不分配了。"

"花那精力和钱干什么，憋得慌。"

阿坤只是默默忍受着。他要吸取高中时的教训，绝不能受人干扰。我阿坤想做的事，没有做不成的。他又打开了日记。

7月5日

嘲弄像一群苍蝇，总是叮住你不放，可它们叮错了对象，因为我不是臭鸡蛋。

每次参加考试，我都看到许多犀利、惊诧的目光，使我许多次差点没有勇气走进考场。我想起一位台湾作家曾跪着"走"进大学了，与之相比，这一点又算得了什么。考试前，我都要用笔在手腕上，深深地写一个"忍"字，这使我一次次能够鼓起勇气，坚持到底。

在乡镇企业上班的日子，阿坤很充实，尽管工资很低。他一边工作，一边学习。然而好景不长，进厂不到四年，该厂由于经营不善而倒闭了。而此时阿坤亦已取得了中文大专文凭。他本想继续考本科，但不得不先解决生计问题。他后悔当初没有听父母的话，学一门"手艺"，对自己而言，读书又有什么用呢？他长长地叹了口气。

他拿着自己的文凭找亲朋好友帮忙，最终却只进了县城一家个体仪表厂，干着贴标签的工作，工资每月三百元。还常常遭受不公正待遇。他想起了一位在外地当"官"的堂舅，请他帮忙，找一份有意义一点，充实一点的工作，他不再对任何人抱多大希望，努力争取。他在信中写道：

舅舅：

你好，多少年来的奔波挣扎，已让我身心俱疲，我深深地懂得，任何事情都不应依赖别人，一切只能靠自己。但任何人免不了别人的帮助。一个人的成功，往往少不了个人的努力，外物的帮助，还有一定的机遇。而自己仅靠自己的努力远远不够，况且这个社会存在着许多不公。但看那些"一杯清茶，一份报纸，到时领工资"的官员们，不乏平庸之辈。有的不知光年为何物，却故作斯文，说是对老百姓，对党的忠诚一光年也不变；有的拿着电脑证书却不知道软盘怎么插；有的还从未进过考场，大学文凭却已收入囊中。比起他们，我觉得我比他们强，又不比他们"强"。

如果说，我是一支杠杆，那么希望您的帮助成为我这杠杆的一个支点。相信你有这个能力，帮助一个需要帮助而又值得帮助的人不是徇私。古人云："携泰山以超北海，非不为也，不能也；为长者折枝，非不能也，不为也。"

假如我选择逃避生活，那不是我不热爱生活，那是我很无奈、无助；假如我选择逃避生活，我又不甘心此生枉走一遭，未能干成一件有意义的事，未能成为一个对社会有益的人，一个不能成为对社会有益的人，又有何幸福、快乐可言。在我告别童年的那刻起，我还从未真正快乐过。

在这里，我没有工作的愉悦，只有屈辱和忍耐。在这里我已失去了做人的最起码的尊严，我怕再这样下去，我会变成一个没有灵魂，没有理想，麻木不仁，不知廉耻为何物的行尸走肉。

请给我一点帮助，一点快乐好吗？

堂舅回信说，当尽力而为。但终究未能给他带来佳音。

他在日记中写道：

7 月 8 日

当别人金榜题名时，我名落孙山；当别人因为有非农业户口顺利找到工作时，我没有；当找工作需要文凭时，我没有。当我通过自己的努力取得大专文凭和非农业户口时，本科已不稀奇，户口也已无所谓。这是时代的进步，对己则是黑色的幽默。而如果这个社会，一切都遵循公平竞争，不以貌取人的法则，自己无怨无悔。而那些没有任何学历，技能的人，不也同样混迹于"人民公仆"中吗？

7月10日

有一句话叫"学以致用"，如果一个人总是学而无所用，那是一件多么痛苦的事啊！

阿坤决定暂时放弃考本科的打算。枯燥乏味的工作，每天遭受的冷言冷语，让他压抑极了，每到夜晚，他才懂得这是一个多么平静的世界，这才是一个属于自己的世界。然而，他在享受寂寞的时候，又害怕寂寞，害怕夜晚，因为压抑，因为烦闷，夜夜无眠。他不停地以听歌、抽烟来打发时间。他喜欢听《大海》《挪威的森林》《海浪》。似乎那些伤感的歌曲才是他的心声。然而他又不满足这些。他想起了久违了的写作。写作才是寄情的最好方式。他想起以前常常投稿失败。经过这三年的学习，他感觉受益匪浅，他要检验检验。

走向网络篇

　　阿坤到县城仪表厂上班时，小兵已调至县委宣传部工作。

　　一日走在路上，阿坤看见小兵，他想和他说说话，却又想，自己已不是当年的闰土，他也不再是当年的迅哥了。他想装作没看见，而小兵却发现了他。"阿坤，我在报纸上看到你的文章了。"

　　"是吗？"阿坤很高兴，却故作镇静："你这秘书都快出书了，我这算什么？""那还不是自费的。"小兵笑笑，"对了，你何不学上网，网上可以学到好多东西呢！""我不会。""你以前不是自学过五笔吗？会打字学起来快，我教你。"

　　"从什么地方开始学起呢？"

　　"就从最基本最好玩的 QQ 学起吧，那是上网与网友聊天的东东。"

　　"东东？"

　　"东东就是东西，这是网络术语，你还不懂，以后便知道了。"

　　"你得想一个好听的名字，我帮你申请 QQ 号。"

　　"嗯，让我想想——就叫'寒雨'吧。我觉得它有种意境美，古代许多诗词中都有这个词。如王昌龄的'寒雨连江夜入吴'之句，李煜的'无奈朝来寒雨晚来风'之句。而且我觉得它符合我的心境。"

"真是英雄所见略同，咱们不愧是朋友，心有灵犀一点通呢！你叫'寒雨'，我叫'雨寒'，不过我的网名跟我的心境无关。"

阿坤从内心十分感激小兵，他让自己认识了网络，结识了另一个世界。原来，我们这个世界有两个。一个现实的，一个是虚拟的，真是缺一不可。想起以前只生活在"半个世界"里，真是可惜呵！

小兵只教阿坤上了一次QQ，他便举一反三，俨然成了一个上网高手。他还学会了用E－MAIL发稿件，真是方便多了。自学考试的学习，网络原创的浏览，使他的写作能力提高了不少，文章也以雨后春笋般的速度发表了，这让阿坤多少有了点快乐和"成就感"。这一切，使他对工作的不顺心，稍稍抛在了脑后。况有好多可以交流的网友。然而，他是一个感情丰富、想象丰富的人，这使他陷入另一个误区。也许是由于他对现实的不满和偏见，他对这个虚拟的世界大加赞赏和沉溺其间。他上QQ，从开始的游戏、玩笑态度，逐渐过渡到认真、投入，直到痛苦、无奈，难以自拔。

"情缘"网吧坐落在阿坤住处约三百米处，是阿坤常去的地方。

这一日，阿坤打完两篇文章后，就一边听音乐，一边和网友聊天。他认识了一个叫"风"的网友。

与风的第一次"亲密接触。"

雨（寒雨）：敢问小姐芳龄？

风：妙龄20有3。

雨：你是学生？

风：NO。

雨：可有 BF？

风：无，尚在寻寻觅觅中。

雨：寂寞么？

风：YES！

雨：两颗孤独的心可否一起跳跃？

风：可以。

雨：好感动。我想唱支山歌给你听。

风：洗耳恭听。

雨：你是风儿，我是沙，雨哥陪你走天涯。

风：晕！

雨：你快乐吗？

风：我很快乐，你呢？

雨：白天快乐，晚上失落；看见你快乐，离开你失落。快乐其实并不容易，尤其发自内心的快乐。

风：你有什么烦恼吗？

雨：难言之隐。

风：我能理解，也不勉强你告诉我。

雨：不要你呀你的，叫我雨哥得了。

风：雨哥！送你一首张雨生的《大海》吧！

雨：好好听，好感动。听歌思人，更让人心痛。可惜雨生大哥已作古了。

风：坏！

雨：男人不坏，女人不爱。

风：男人太坏，女人淘汰。

雨：不敢太坏，有多少爱可以从头再来。

风：雨哥，你可真会说，我真有点喜欢你了。

雨：我也是。

风：我要走了。

雨：不忍送你到离别的车站。

风：只好等在来生里，再踏上彼此故事的开始。

雨：只要今生，等你一万年。

风：谢了，雨哥，要走了，88。

雨：但愿做个好梦，梦中有我。

与风的第二次"亲密接触"。

雨（寒雨）：千年等一回，君终现眼前。

风：我是一阵风，来去无影踪。

雨：敢问小姐家住何方？

风：桃花岛，地球村。

雨：说真格的。

风：知道又如何？

雨：告诉又何妨？

风：陇西一穷巷。

雨：深巷藏佳人。

风：佳人有话问，可否说与小妹听？

雨：OK。

风：哥有何苦衷？

雨：唉！

风：不说生气了。

雨：抽刀断水水更流，举杯消愁愁更愁。

风：人生在世不称意？

雨：明朝散发弄扁舟。

风：真的不肯说？

雨：不是不肯说，而是不能说，说了，朋友都做不成了，何谈爱你一万年？

风：那你是不信任我？

雨：只要彼此心心相印足矣。

风：OK。

雨：谢谢。

风：要走了。

雨：伤心总是难免的。

风：Why？

雨：我的爱情鸟飞走了。

风：春去春又来，花谢花会开。

雨：好吧，88。

风：88。

与风的第 N 次"亲密接触"。

雨（寒雨）：一日不见如隔三秋，数日不见当隔几何？

风：我的心因思念雨哥已碎成了花瓣雨。

雨：雨后会有一个晴朗的天，美丽的虹。

风：那是架起你我之间的桥梁。

雨：可仅相会在农历七月初七？

风：有情若是久长时，又岂在朝朝暮暮？

雨：听君一席话，胜读十年书。

风：书山有路勤为径，学海无涯苦作舟。

雨：可雨哥我学而无所用，白白苦作舟。

风：沉舟侧畔千帆过，病树前头万木春。

雨：理论是一套，现实是一套，于人是一套，于己是一套。

风：轻轻地我走了，正如我轻轻地来。

雨：我挥一挥衣袖，作别佳人的风采，88。

好久见不到风，阿坤倍感孤独，近来写的文章竟全是网络情缘之类的，大概有近二十篇吧。如《情深深雨蒙蒙》《都是网恋惹的祸》《莫愁啊，莫愁》等。他一篇叫作《网恋》的短文中写道：

  最初在报纸上看到"网恋"这个词，觉得颇为新鲜、离奇。等到自己有一天碰上了这种感觉，你会觉得"网恋"它是存在的。只要你不是太沉溺于其间，太执着于其间，你会想象那是一种美好的。让人难以释怀的、纯真的、销魂的情感。实际就是一种介于知心朋友和恋人之间的情感。

如果有一天你发觉好久没见你的异姓网友，你心里便有一种茫然、失落，空荡荡的感觉，你的精神支柱似乎一下子瘫痪了。而当你偶尔在网上碰见她（或他）时，似乎又有千言万语从心头涌起，你甚至感觉你的心在"砰砰"直跳，眼中激动的，思念的泪花在闪烁，你甚至又不想说，只想戴上耳机，听一曲《盛夏的果实》《十二种颜色》，或是《挪威的森林》。手抓着鼠标不放，望着对方发来消息时闪动的头像，真想趴在桌上大哭一回。朋友，你应该明白，你真的网恋了。不过你大可不必试图变为现实，因为幻想和浪漫毕竟离现实太遥远。你只当它是一个美好的梦幻，一份最纯正的，伟大的友谊。你既能体验其美好，又能从幻想中解脱，正视现实，你就是一个很有理智，很"伟大"的聊天者。

其实，他根本没有他写得那么洒脱！

没有风，他又结识了几个铁杆网友，他和她们谈彼此的人生观，理想，追求，奋斗与失败，谈与网友到底是"亲密接触"好，还是"距离产生美"好。走得太近，怕失去"距离美"，有"距离美"又觉得太遗憾，见不到心心相印的朋友。他太真诚，太认真了。终于有一天，他向一个叫冰雨的网友说出了他的秘密，并且传给了她自己的照片。从此，冰雨在他的QQ里永远消失了。无论他怎么发电邮，怎么留言，就是杳无音讯。

"风"不见了，"雨"（冰雨）不见了，阿坤伤心透了。他恨自己太傻，网络之所以美好，也许因为太虚拟，谁要是往现实拉近，谁就要自食苦果。他后悔，如果不告诉她们这一切，至少，他们还是很好的网友。

12 月 8 日

虚拟世界的美好，只要有人的参与，它就不是一方净土，免不了现实的丑陋和龌龊。

铁杆网友的相继离去，网络情人的杳无音信，使阿坤的心情糟透了。他庆幸没有对风儿说出自己的秘密。她留给了他，他也留给了她几乎完美的印象。他终于按捺不住，饱含深情地写了一篇小说，通过 E-MAIL 发给了风，且发表在某知名网站。题目叫《我心永恒》。全文如下：

我心永恒

某报社登载了这样一则故事：

寒风潇潇，飞雪飘零，长路漫漫，踏歌而行。一位大侠挥剑北上，向他心爱的女子的家走去。离该女子家约十里处，英雄忽然想起这位女子曾经说过："你爱我，可我并不爱你。"英雄犹豫了一下，遂长叹一声，挥剑斩去了自己的双脚。从此，他以苍穹为室，以大地为床，风餐露宿。后来竟化成了一个陶俑。若干年后，一位女子携夫路过此地，见一陶俑端坐在那儿，好生奇怪。"手"里似乎还攥着一样东西，拿出来一看，竟是一张女子照片，虽久经风雨，仍清晰可鉴。女子一声尖叫："我的照片！"遂对其夫曰："好一个痴情儿郎！我们走吧，遂欲离去。"陶俑似肝胆俱裂。"当啷"一声，化为碎片。女子愕然，回头捡起一碎片，吻了吻，不欲离去。夫催曰："走否？"女子不语。夫曰："吾先行。"遂拂袖而去。女子对着碎片又吻了吻，轻轻地唱起了一首歌："有没有一种爱，能让你不受伤，看一看花花世界，原来像梦一场。有人哭，有人笑，有人输，有人老，到结局还不是一样。朋友别哭，我依然在你心灵最深处，朋友别哭，我陪你就不孤独。红尘中难得有几个真正的朋友，这段情叫我不能不在乎。"歌声凄切、哀怨，在空中飘荡，经久不息。可是，女孩呵，你可知道这迟来的爱怎能唤醒英雄的长眠？几天后，某报社登出一则寻人启事：某女，身高165厘米，身穿一件米黄色上衣，粉红色长裙。与夫旅游途中因感前世一段情缘，竟意乱情迷，不欲离去，至今未归。知情者请与本报社联系，但终究杳无音讯。这则故事在陇西一带流传甚深。据说故事的男女主人公都是铁杆网友。有歌谣为证：网络爱情，游戏人生，竟有男子，信以为真。北上西行竟为陶俑。女子感焉，痛哭失声，为抚其情，结伴三年。终难自拔，遂化为追月彩云焉。编者写：这则故事最早见于《寒雨先生文集》，寒雨先生是我的故交，曾多次给我讲起这段故事。每说至伤心处，不免潸然泪下。据传，这则故事是寒雨先生的亲身经历。据传，寒雨先生曾与一陇西女子热恋。女子不堪其贫贱遂与一商人奔焉。寒雨有感而发遂作此作。但终究有无此事，我也不得而知矣。寒雨先生虽为须眉，却性若女子，多愁善感。吾曾赠诗一首《挥剑当歌》以劝勉之：人生本无常，何必话凄凉。挥剑斩阴霾，又见九重阳。

文中，他假借他人的口气对自己进行劝慰。其实，他自己却并不这么想。文中主人公才是他自己的真实写照。

"王坤，你怎么迟到了？"车间主任训斥道。

"我是迟到了，可别人迟到了，你怎么不说？"

"你不要管人家，人家不上班，照样生存，而你呢？若不是我们厂长大哥看在与你表哥的一点情分上还不要你呢。这规章制度就是针对你的，怎么啦，不服气，走！"

"去你的，老子不干了……"

风，你在哪里？冰雨，你为何不理我？小兵，你还上网吗？我已写好一篇文章，今晚上最后一次了。

他在一知名网站发布了他的帖子《告别QQ》：

我亲爱的朋友，今天，让我再最后一次看看你闪烁的头像，再"聆听"一次你精彩的话语，再看一次你妩媚的"笑脸"，因为我要郑重地和你们说一声"再见"，从此告别那曾经让我心动的QQ。走向网络，走向QQ，时间不长，仅两年有余，但走到今天我的热情已被耗尽。现在看到老友，也只是偶尔寒暄几句，就再也无话可说，那种尴尬和无奈的处境让我茫然不知所措，我越来越感觉与QQ的缘分已行将消失殆尽。我也只能无奈而痛苦地与之说声88，也许这是我目前最明智的选择。

记得刚走进QQ那阵子，真是心动不已，能与全国各地的朋友交流，纵情地谈人生，谈理想，谈友情，谈亲情，谈爱情。时而真情倾诉，时而豪情壮语，时而嬉笑逗乐。QQ就像一片广阔的草原，任我这匹骏马纵横驰骋，何其快哉！两年多的时间里，我交了不少朋友，我也付出了许多真诚的感情，甚至网恋。然而，好友的相继杳无音讯或离我而去，网络情人的花落他处，使曾经寂寞的我更加寂寞，失意痛苦使我更加痛苦。虚拟空间的距离美，虽说也是一种美，然而却是酸酸的，涩涩的，让人难以把握、承受，令人遗憾、痛苦万分。也许QQ永远只是少男少女的感情游戏，当年轻的我心理日趋成熟时，我对QQ的热情也逐渐淡漠。它曾经让我心动、痴迷、痛苦甚至不能自拔。这种感情的折磨，我再也承受不起。晚上躺在床上，与网友的许多故事竟像一个个千奇百怪的梦，那么虚幻，那么让人难以捉摸、把握。曾经豪情万丈、千言万语的我，如今面对老朋友竟有一种"无语凝噎，唯有泪千行"的复杂心情，而更多却是心痛、悲哀和惆怅。有时打开QQ却什么话也说不出，只是戴上耳机，听那一曲曲缠绵悱恻的歌曲，听着听着，心中不觉又涌起一片凄凉，似乎又后悔，不该上网了。这使我痛下决心，告别QQ。虽然，我将告别QQ，但与朋友的一场风花雪月，我将会永记心间，那曾经的一段岁月将成为我人生的一段最难忘，最美好的回忆。诚如一句时尚的话"不求天长地久，但求曾经拥有"。

亲爱的朋友，虽然我不上QQ了，但是，如果有一天，你还能记起我，并愿意给我留言的话，就请发电邮给我。

"思念是一张网，你就是向我撒网的精灵，流完最后一滴伤痛的泪，才发觉你终究是别人的传奇……

相隔在雾的两端，让距离在你我之间留下美丽，你是我心底永远的定格，记忆深处最真的梦……

这就是我上 QQ 的最大感受！

"轻轻地，我走了，正如我轻轻地来，我挥一挥衣袖，不带走一片云彩。"

朋友们，祝你们每晚做个好梦，但愿梦中能有我。3166！

刚打完帖子，一个熟悉的头像不住的闪动，是风！

与风的第 N＋1 次"亲密"接触。

雨（寒雨）：弃我去者昨日之日不可留，乱我心者今日之日多烦忧。

风：有缘千里来相会，无缘对面不相识。

雨：流水落花春去也，天上人间。

风：臣心一片磁针石，不指南方不肯休。

雨：迟来的爱，我承受不来。

风：万水千山总隔不断我对雨哥的情。

雨：今天是我最后一次上 QQ。

风：为何？

雨：请看星语心愿——本人大作《告别 QQ》。

风：？

雨：该来时没来，不该来时却来了。

风：那一段时间，我失恋了（"现实的"，作者批注）。

雨：我也是（"虚拟的"，作者批注）。

风：我收到你的邮件了。

雨：如烟往事耳。

风：我没想到雨哥是如此的执着，认真。

雨：我的辞典里没有"虚情假意"。

风：我是风儿，你还愿不愿做沙？

雨：想来的时候没有人能阻止我，想走的时候没有人能留住我。我会永远记住与你的一段缘。

风：皮之不存，毛将焉付？让我为你唱支歌吧！"你曾说过，要好好爱我，别管承诺其实并没有把握，不用难过，更不必说些什么，当结果是那么赤裸裸，其实不必说什么，才能离开我，起码那些经过属于我……"

雨：我也为你唱首歌吧！"网上一个你，网上一个我，网上你的温柔我就犯了错。网上的情缘也卿卿我我，爱一场梦一场谁能躲得过？"

……

停止了工作，停止了写作，停止了网络，无须再受别人的鸟气，无须再受虚拟感情的折磨，无须再去奋斗，好累。白天拼命地听歌，晚上拼命地抽烟。一会儿唱"我的未来不是梦"，一会儿唱"不见你的时候我情绪低落，只有你能刷新我的寂寞"。

"喂，王守义，我说你家阿坤有点不正常！"

"不会吧，"王守义说，"他说中了奖，不用上班了，高兴呢。"

"不会有这么大的好事吧？""就算是，我看他是乐极生悲呢！"

"什么'往上一个你，往下一个我'的，唱的什么东西？"

"哈哈，我看他是病了。"一个驼背老头说。

"妈，我要到芦苇荡玩，那里有好多鹅、鸭，还有许多渔船，好美。我想为它们拍几张照片。"

"去吧！"

阿坤骑着车，背着相机，一路哼着小曲。

一个似曾相识的身影映入眼帘。这不是芸芸吗？准是回娘家探亲的，遂下了车。

"芸芸，这是你儿子？"

"是。"

"呵，都有我高了。"

"阿坤，别这样说！"

"我看像我的儿子。"

"阿坤，你……"

"哈哈，开玩笑，来世再做我的新娘吧。"

芦苇荡离阿坤家十余里。这是一个天然的湖荡，湖荡四周是广袤无垠的芦苇滩。

夕阳的余晖撒在湖荡上，散发着点点金光，渔船上炊烟四起，有鹅鸭的"嘎嘎"声。

阿坤跳上一只小渔船，击楫而歌曰："抽刀断水水更流，举杯消愁愁更愁，人生在世不称意，今朝散发弄扁舟"。唱得兴起，一天鹅游到船边，似乎听懂了他的歌。阿坤大喜。突然跳向天鹅，并高呼"我欲驾鹤仙游也！"。天鹅载着阿坤，沉入深深的湖底……

结束篇

　　我亲爱的阿坤友，你最亲密的伙伴——小兵，用他拙劣的文笔将你这平凡人的事迹写出来，并且发表了，书名叫《梦在风雨中》。这不是我的功劳，而是你曲折的人生经历，不同寻常的思想与独特的个性得到了编辑与读者的理解与认可。

　　尽管最终你未能顶住一切，但我们——你的好友从不认为你是一个弱者。你追求过，奋斗过，何以成败论英雄。

　　如果你再活三十年，用你优秀的文笔记下你的心路历程不是更好吗？而且我深信一定能实现自己的美好梦想。

友：雨寒

作于一九九七年。

（全文完）

　　曾经年少爱追梦的我，曾经堕落孤傲的我，曾经自卑而忧愁的我，以为会绝望地在三十岁之前死去，所以写了小说《梦在风雨中》一文，但最终我还是坚强勇敢地活了下来。也许人生的意义不只在于结果，更在于过程。如今，我还在艰难前行，也许岁月就是一把无情的利剑，已将我打磨得心如止水，淡泊名利。

（本文作者潘乾 2020 年补记）